中公文庫

神やぶれたまはず

昭和二十年八月十五日正午

長谷川三千子

中央公論新社

神やぶれたまはず　目次

神やぶれたまはず——昭和二十年八月十五日正午

序

一国の歴史のうちには、ちやうど一人の人間の人生のうちにおいてもさうであるやうに、或る特別の瞬間といふものが存在する。その瞬間の意味を知ることが、その国の歴史全体を理解することであり、その瞬間を忘れ、失ふことが、その国の歴史全体を喪失することである、といつた特別の瞬間――さうした瞬間を、われわれの歴史は確かに持つてゐる。わたしがいまここでしようとしてゐるのは、その瞬間をもう一度ありありとわれわれの心に甦らせ、その瞬間の意味を問ひ、そしてその答へを得ることである。

その答へを得たとき、われわれの時間、われわれの歴史は、ふたたび歩み出すことができるに相違ない。いはゆる〝戦後〟と呼ばれるわが国の歴史の数十年間は、厳密に言へば、歴史でもなく、時間でもない。昭和二十年八月十五日、われわれの時間は或る種の麻痺状態に陥つて、そのまゝ歩みを止めてゐる。六十八年たつて、いまだに〝戦後〟が終らないのもそれ故である。

しかし、その麻痺状態は、それ自体が一つの手がかりである。そこに何か大事なものがあり、それを忘れ去つてはならないことを、人々が無意識のうちに察知してゐるからこそ、日本人の精神史は、そこで凍結し、歩みを止めてゐるのである。

法華経のなかに、衣裏宝珠といふ話がある。ある貧人が、富裕な親友と久しぶりに出会つて、酒を飲んでしたたかに酔つて寝てしまつた。急用で去らねばならなくなつた親友は、貧しい友の衣の裏に宝珠を縫ひつけて立ち去つた。ところが貧人はそのことに気付かず、ずつと後に再会するまで、ぼろぼろの衣の裏に宝珠を抱へもつたまゝさまよひつづけたといふ。

いまのわれわれは、この衣裏宝珠の貧人にとてもよく似通つてゐる。われわれは戦ひに敗れ、われわれをうち負かした敵の庇護のもとで、乞食よりもまだ卑しい生を重ねてきた。しかし、その腐臭をはなつ汚れた衣の裏には、確かに一つの宝珠がかくされてゐるのである。

その宝珠に気付くのは、或る意味でたいへん怖ろしいことである。それは、自分たちがとうの昔に無縁になつてしまつたと思ひ込んでゐる〝精神〟の領域に踏み込むことを意味するからである。いまも昔も〝精神〟の領域のことがらは、人を戦慄させずにはおかない。

しかし、宝珠を持たされた者には、そのことに気付く義務がある。わたしがここに試みるのは、ぼろぼろの衣の裏に縫ひつけられた宝珠をそつと取り出し、それと認める、といふことである。よくよく目をこらして見れば、ぼろぼろの衣のすき間から、ところどころで、宝珠の輝きはもれ出てゐる。そのかすかな閃《ひらめ》きを手がかりに、いまこれから、われわれの歴史がひそかに抱きもつ宝珠を発掘してゆきたいと思ふ。

第一章　折口信夫「神　やぶれたまふ」

一、「新しい神学」へ

神こゝに　敗れたまひぬ――。
すさのをも　おほくにぬしも
青垣の内《ウチ》つ御庭《ミニハ》の
　宮出でゝ　さすらひたまふ――。
　くそ　嘔吐《タグリ》　ゆまり流れて
蛆　蠅《ハヘ》の、集《タカ》り　群起《ムラダ》つ
直土《ヒタツチ》に――人は臥《コ》ひ伏し
青人草《アヲヒトグサ》　すべて色なし――。

村も　野も　山も　一色《ヒトイロ》——
ひたすらに青みわたれど
たゞ虚し。青の一色
海　空もおなじ　青いろ——。

折口信夫のこの詩「神　やぶれたまふ」をはじめて目にしたときの、奇妙で複雑な感動は、いまかうして冒頭の数節を書きうつしてゐる間にも、ありありと甦つてくる。ここには、絶望の極まつた末の美しさ、酸鼻のきはみのはてに現はれる森と静まりかへつた美しさといふものがある。昭和二十年八月十五日正午の、「あのシーンとした国民の心の一瞬」のかたちが、これらの詩句のうちにくつきりと灼きつけられてゐる。

これは、単なる叙事詩ではない。また、単なる抒情詩でもない。敢へて言へば、これは来たるべき新しい「神学」の到来を告げるべき序曲である。けれども、まさにそのやうなものとして面とむかふとき、この詩篇は私を大いに困惑させるのである。

昭和二十年、終戦の詔を拝して「何だか心の持つて行きどころもないやうな気がした」折口氏は、箱根仙石原の家にひとりこもつて四十日ほどをすごす。岡野弘彦氏は『折口信夫伝』に、その「蕭々と鳴る初秋の萱原のなびきを見おろして過した孤独な四十日」を「死と復活のための喪にこもっている時間であった」と述べてゐるのであるが、事実、その後の折口氏は、昭和二十一年、二十二年と、次々に多くの長歌や詩を発表する。そして、それらを集めた『近代悲傷集』のなかの一篇が、この「神　やぶれたまふ」なのである。

このとき折口氏は、それと並行して、いかにして「我々の神学」をうちたてるか、といふことに心を砕いてゐた。昭和二十一年末の「神道概論」の講義では、学生たちに「あなたがたの中に、神道の建設に情熱を向ける者が出てもらいたい」と言ひ、「今の世の幼き者の生ひ出でて　問ふ事あらば　すべなかるべし」といふ歌を示して、いま幼い子供たちが二十歳になり三十歳になつたとき、どうしてあの時戦争に負けたんだと言はれても、宗教的考へがあればよいが「宗教的情熱がなければ磨滅してしまっている」と語ったといふ。

実際、或るひとつの思想、あるいは宗教が、その力を本当に試されるのは、それがこの世の不幸と出会ふときである。昭和二十二年二月の「神社新報」に「神道にとつては只今非常な幸福な時代に来てゐる」といふ言葉をもつて書き始めてゐる折口氏は、そのことを誰よりもよく知つてゐたことであらう。そして、いまこそ自分たちの神々がその真価を問はれるべき時である、といふ緊張にみちた自覚をもつて、折口氏はこの長歌「神　やぶれたまふ」を書いたに相違ないのである。

しかし、それにしては、ここに現はれてくる神々の姿は、いかにも寂しくわびしい。

たゝかひの果てにし時に、
神集《カムツド》ふ　荒神たち
　鹿島神　香取神
　ことゞひの　ひと言もなし——。

たけみなかた　諏訪の御神《オンカミ》
おほものぬし　三輪の大神《オホカミ》
言稀《コトマレ》に宣《ノラ》すみ語《コト》の、
言寂《コトサビ》し——。なげきぞ　深き

たしかに、虚勢を張つてみせたり空威張りをしたりすることほど、日本の神々にふさはしからぬ振舞ひはないと言へよう。かつて国学者の本居宣長は、ものごとに触れて心がつき動かされるまゝを素直に嘆ずるのが「もののあはれ」といふことであり、そこに日本人の心の本来があると説いたのであるが、この神々もまた、日本人の神々にふさはしく素直ななげきを見せてゐるのだとも言へる。

　また、敗戦後の折口氏は、神道がこれから真の宗教となるために必要な反省点として、「神道は余りにも光明・円満に満ちた美しいものばかりを考へてをり、少しも悩みがない。記紀を見れば古代人の苦しみが訣《わか》つて来る筈であるが、日本人の苦しんだ生活を考へようとはしなかつた」と語つてゐる。ここに描き出されたわびしく寂しい神々の姿も、さうした反省を背負つてゐるのだと言へよう。

　この詩の冒頭にも登場してゐる「すさのを」は、記紀のなかでもとりわけてなげく神である。父神いざなきの命に「汝命は、海原を知らせ」と命じられたのに、国を治めようともせずに、いまだあひ見ることのない、よみの国の母をしたつて泣きくらす。「その泣く状《さま》は、青山は枯山の如く泣き枯らし、河海は悉《ことごと》に泣き乾しき」と『古事記』に語られてゐる。そのなげく神としてのすさのをを、戦後の折口氏はしばしば主題にえらび、何篇もの詩を書いてゐるのであるが、それはすなはち、ただ光明・円満の教説では人は救はれぬ。人と共に苦しみ、人と共になげく神を見出さなければ、日本人は救はれることができない、といふ思ひによることだつたに相違ない。

　一見すると、まるでケロリとして敗けたことを忘れ去り、ただ生き延びたことを喜び合つてゐるやうに見える人々の心の底にも、敗戦の悲しみと絶望は黒々と渦巻いてゐる。そして、人々が自らの心の底の、その黒々と渦巻くものから目をそらし、それを忘れ去らうとすればするほど、敗戦の悲しみと絶望は、奥深く内攻し、人々の心を底から蝕み、腐らせてゆく。われわれは正しくなげき苦しまねばならず、そのためには、われわれと共になげき苦しむ神々の存在が不可欠である――そのことを、折口氏ほどよく理解してゐた人はゐなかつたのである。

けれども、あらためてこの詩にあらはれてくる神々の姿を見つめると、それはたうてい単に「われわれと共になげき苦しんでくれる神々の姿」などといつたものではない。本当に自らが傷つき、絶望し切つてゐる――さういふ神々の姿がそこには見出されるのである。これはやはり、何としても異常なことと言はなければなるまい。いやしくも神とあらうものが、人の世のいくさに敗北したといふだけでかうも潮垂れてしまふのは、尋常なこととは思はれない。

神力《カムヂカラ》　示す　時《ヨ》もなく
神いくさ　完全《スデ》に　敗れて
面目《オモ》なしや――　斎垣《イガキ》のうちに
神と　我還《カヘラ》ふべしや――。

これではまるで、神がわれわれのために歎き悲しんでくれるどころではない。人間の方が腑甲斐ない神々をいたはり、なぐさめてゐるごとくですらある。あるいはまた、次のやうな一節も、異様と言へばはなはだ異様である。

神いくさ　かく力なく
人いくさ　然も抗力《アヘ》なく
過ぎにけるあとを　思へば
やまとびと　神を失ふ――

たしかに、人の世のいくさとは言へ、人の請ふまゝに神々も「神いくさ」を力一杯たたかつたのであるから、「人いくさ」の負けは「神いくさ」の負けであり、ともどもに敗北を味はふことになる理屈である。しかし、さうやつて神々も人々も全力を尽して戦つた、その結果がたまたま武運つたなく敗北に終つたからと言つて、どうして「やまとびと　神を失ふ――」といふことになるのか？　――それを解くべき鍵は次の一節にある。

日高見《ヒタカミ》の国びとゆゑに、
おのづから　神は守ると
奇蹟《シルマシ》を憑む　空しさ。
信なくて何の奇蹟《シルマシ》――。

折口氏はしばしば「われわれは、神風が吹くと他力本願のことばっかり言って、自分の内からの信仰心を全然持ってない」と語つてゐたといふのであるが、これはまさにさういふ反省である。せつかく神々が力を尽して戦つてくれても、人間たちの側に真の宗教的情熱がなければ、神々も威力の発揮しようがない。奇蹟をいくら望んでも、奇蹟の起るはずがない――さういふ反省である。そして折口氏はさらにから続ける。

かくのみにありけるものを
人言《ヒトゴト》にかたらはれつゝ、
神ごゝろ深く　きずつき
神装《ヨソ》ひすべて　穢れぬ――。

つまり、われわれはこんな風に真の宗教的情熱を持たぬまゝに、ただ御利益を求めて神のたすけを請ひ、神々をいくさの場へとさそひ出した。その、いはば当然の結果として、われわれの戦ひは敗北に終つた。しかし、そこで誰が一番深く傷ついたのかと言へば、神々がもつとも深く傷ついたのである。われわれは、われわれの信うすき心によつて、神々をけがし、傷つけてしまつたのだ――さう折口氏はうたふのである。

「神　やぶれたまふ」のメインテーマはここにある。これは、単なる敗戦の悲しみをうたつた詩ではない。何よりも、これは懺悔の詩——神々の前に、自分たちの信仰のうすさを悔ひわびてゐる詩——なのである。

たとへば、昭和二十一年八月、神職講習会で行つた講演において、折口氏はこんな風に語つてゐる。

「戦争中の我々の信仰を省みると神に対して悔いずには居られない。我々は様々祈願をしたけれど、我々の動機には、利己的なことが多かつた。」

「神様が敗れたといふことは、我々が宗教的な生活をせず、我々の行為が神に対する情熱を無視し、神を汚したから神の威力が発揮出来なかつた、と言ふことになる。」

かうした悔悟がそのまゝ長歌のかたちをとつてあらはれ出てきたのが、この「神　やぶれたまふ」といふ詩であつた。あの異様なほどわびしく寂しい神々の姿は、まさにこのやうな神々への悔悟の反映にほかならなかつたのである。神々が腑甲斐ないのではない。神々のもつ真の威力を発揮してもらふだけの信の力に欠けてゐたわれわれこそが、腑甲斐なく面目ないのである。

さうした折口氏の反省は、この長歌の最後につけられた、つぎの反歌のうちにもこめられてゐる。

信薄き人に向ひて　恥ぢずゐむ。敗れても
　神はなほ　まつるべき

神々にたすけを請ひ、ともに戦つてもらひながら、信うすくして神々のもつ力を存分に発揮してもらふことができなかつたわれわれが、戦ひに敗れたからとて、そのまゝ神々を忘れ去つてしまふとしたら、それはさらに二重の背信行為ではないか。少なくとも自分ひとりは、そのやうな二重の裏切りはすまい——さういふ毅然とした覚悟のほどが、この反歌のうちには聞き取れるのである。

戦後の折口氏の、新しい神学の構築にむけての努力は、このやうな反省と覚悟とを基として、その上につみ重ねられていつたと言ふことができよう。そして、その意味で、最初に述べたとほり、この「神　やぶれたまふ」は単なる叙事詩でも抒情詩でもない、「来たるべき新しい神学の到来を告げる詩」なのである。

しかし、この詩をまさにさういふものとして受け取らうとするとたんに、打ち消しがたい困惑がたちのぼつてくる。その困惑の根本にあるのは、この詩の核心部をなすと言つてもよい、あの一節である。

日高見《ヒタカミ》の国びとゆゑに、

おのづから　神は守ると
　奇蹟《シルマシ》を憑む　空しさ。
信なくて何の奇蹟《シルマシ》――。

いつたい本当に日本人は、このやうな傲慢で怠惰な姿勢で戦ひに臨んでゐたのだらうか？　あとで見るとほり、戦時中の人々の戦ひに臨む心のありやうをさぐればさぐるほど、これとは正反対の国民の姿がうかび上つてくる。現に、折口氏自身、昭和十九年に発表された「飛鳥の村」といふ詩のなかでは、「日高見の国びと」の戦ひぶりについて、こんな風にうたつてゐるのである。

わが国は　四方《ヨモ》に戦ふ。
たゝかへど　おごることなく
緊りにし　万葉《マンネフ》びとの心をぞ
人は守《モ》るらし――。

それがどうして、敗れたとたんに「われわれは、神風が吹くと他力本願のことばっかり言って、自分の内からの信仰心を全然持ってない」といふことになつてしまふのか？

たしかに、戦時中の日本では、「神風」といふ言葉がしばしば人の口にのぼつた。そして、そこにいくばくかの「困つたときの神だのみ」といふニュアンスがこめられることもあつたであらう。けれども、それは「日高見の国びとゆゑに、おのづから神は守ると……」などといふ思ひ上りではなく、むしろ「人事を尽して天命を待つ」といふ類のことではなかつたか？　さうでないとしたら、どうして戦争末期にあの「神風特別攻撃隊」などといふものが出現しえたであらうか？

たとへば折口氏は、終戦前に牧師たちの集まりに出かけて、そこで或る人が「或はあめりかの青年達は、我々と違つて、この戦争にゐるされむを回復する為に起された十字軍のやうな、非常な情熱を持ち初めてゐるかもしれない」と話すのを聞いて「愕然とした」といふ。そして自らも「今度の戦争に、伊勢神宮や熱田神宮等の如く、多くの戦災神社があつた時に、誰が、十字軍の時にようろつぱ人の持つてゐたやうな、情熱を持つてゐたらうか」と述べてゐる（「神道宗教化の意義」昭和二十二年十月、神社新報社刊）。しかし、これはどう見ても見当はづれの感想である。

現実の十字軍の遠征が、決して純粋なる宗教的情熱のみに導かれたものでなかつたことは、現在では広く知られてゐる事実である。当時のヨーロッパ人たちは、世界最先端の文明圏であつたイスラーム世界への好奇心とあこがれと欲望とにつき動かされて遠征していつたのであつた。宗教的情熱は、その一端であつたにすぎない。また、もし仮りに、十字軍をつき動かしてゐたのが、その牧師が言ふやうな「非常な情熱」であつたとしても、エルサレムの奪還といふことが、キリスト教といふ宗教にとつて真に宗教的な意義をもつものであるかどうかは、はなはだ疑はしい。そもそもキリスト教にとつて、この地球上になにか「聖地」なるものを認めるといふこと自体、まつたくその宗旨の根本に反すると言はざるをえないのである。もともとエルサレムに神殿を有してゐたユダヤ教にとつてすら、土地に執着するといふことは、ヤハウェ神の深く忌みきらふところであつた。信者にもとめられるのは、もつぱら神をうやまひ、その律法を守ることであつて、神が与へてくれた土地《ハ・アレツ》それ自体に固執することは、むしろ神とユダヤ民族との契約からの逸脱であると考へられる。このやうな思想は、「創世記」のうちのもつとも古い文書にうかがはれる思想であるが、[注1]かうした思想があればこそ、二千年にわたつてユダヤ民族が土地を持たない民族として世界中に散らばつて生き延びる（いはゆるディアスポラ）といふことがありえたのである。

　さらにそれを、もつと押しすすめたのがキリスト教である。キリスト教はユダヤ教の内から生まれ出たものでありながら、ユダヤ民族の宗教、といふ枠をうち破り、人類全般の宗教であるといふことを標榜してゐる。それは当然、「血と地」の絆を断ち切つたところに成立する宗教といふことになるわけであつて、その宗教が、かつてユダヤ教の神殿があつた場所を「聖地」と称して戦ひ取らうとしたりするのは、宗教的倒錯以外の何物でもない。折口氏に話をしたかの牧師は、さうしたことを何一つ考へようともせずに、ただ十字軍と言へば、キリスト教の本家本元が信仰のために戦つた有難い戦争だ、といふ通り一遍の考へから、「ゐるされむ」を回復する為に起された十字軍のやうな、非常な情熱」と言つたのであらう。しかしそれを、折口氏ともあらう人が、ただう呑みにしてしまつたといふのも解せない話である。おそらくこのとき、折口氏の心の目は、よほど暗く閉ざされてゐたのであらう。

これればかりではない。このやうな牧師の言葉に「愕然とした」といふ折口氏は、そのとき、神風特別攻撃隊のことを思ひ出しもしなかつた様子なのである。ひよつとして氏は、十字軍は聖なる宗教的情熱に貫かれてゐたけれども、神風特別攻撃は、単なる狂気のわざ、あるいは単に上からの命令によつて尊い命が散らされただけのことだつたと考へてゐたのだらうか？　もしさうであつたら、氏は「日高見の国びと」のたたかひの内面を、まるで知らなかつたのだ、と言はねばなるまい。

たとへば、『靖國のこえに耳を澄ませて』といふ本がある。これは、「散華のこころ」と題して十七人の戦歿学徒の遺族に取材した雑誌連載を、一冊の本にまとめたものなのであるが、ここに登場する若き軍人たちは、みな、しつかりと自らの目で自らの死を見つめ、まさに「覚悟」といふ言葉の本来の意味での覚悟をつかみ取つて、あるいは特攻機に、あるいは回天に乗りこみ、またあるいは危険な偵察の任務のうちに命を散らしていつた人々である。この人たちは、別に「宗教戦争」をしようとしてゐたわけではない。たとへば伊勢の外宮を焼かれ、熱田神宮を焼かれた、その報復をしようなどといふことは全く念頭になかつたであらう。これら十七人の軍人は、みな、いまは「戦ふ時」であり、自分はその戦ひに全身全霊をあげてつくす、と決意してゐた。ただそれだけである。しかし、その決意のうちには、まさに「宗教的情熱」といふ言葉で語る以外にないものが含まれてゐた。或る人は、「死すること強《あなが》ち忠義とは考へざるも自分は死を賭《と》して征く。必ず死ぬの覚悟で征く」との言葉を遺して飛びたつていつた。また或る人は、「ぬば玉の　闇を貫く光りこそ　愚かなる身の　いのちなりけり」といふ絶唱を残して未帰還となつた。かうした人々は、戦ひの最後まで「万葉びとの心」をもつて、「おごることなく」人事を尽したのではないか？

「我々は様々祈願をしたけれど、我々の動機には、利己的なことが多かつた」といふ折口氏の言葉は、このやうな日本の若い戦人の心から、まるでかけはなれてゐる。それどころかむしろ、このやうな氏の言葉は、かうした「万葉びとの心」をもつて戦ふ人たちの姿を、必死で視界からしめ出さうとするための呪文のやうにすら聞こえるのである。[注2]

二、「新しい神学」の挫折

いつたい折口氏はどうしてしまつたのか？——その原因を推測するのは難しいことではない。それは明らかに、愛弟子の藤井春洋氏を硫黄島の激戦に失つた、といふ折口氏自身の体験に深くかかはつてゐると考へられるのである。

春洋氏は、二十一歳の時から折口氏の家に身を寄せ、出征まであしかけ十六年間、生活を共にしつつ氏の薫陶を受けた、文字通りの愛弟子である。その春洋氏の硫黄島守備隊への配属が決つたとき、折口氏は彼を養子にする手続きをしてゐるのであるが、氏にとつて藤井春洋氏を失ふといふことは、我が子を失ふことであると同時に自らの学問の後継者を失ふことであり、また自らの生活そのものを失ふことでもあつた。春洋氏を死地に送り出すにあたつて折口氏のよんだ次の二首は、さうした深い苦悩のさまをありありとうかび上らせてゐる。

かたくなに　子を愛《メ》で痴《シ》れて、みどり子の如くするなり。歩兵士官を
大君の伴の荒夫の髄《スネ》こぶら　つかみ摩《ナ》でつゝ　涕ながれぬ

この切実な「身も心も崩れるような」悲歎のまへには、ほんの一、二年前に自らのよんだ、すべての勇ましげな歌や詩が、すべて色あせる思ひだつたであらう。たとへば、昭和十七年発行の歌集『天地に宣る』においては、氏は友人佐藤正鵠大佐の子息の戦死をいたんで、こんな勇ましい弔歌をよんでゐたのであつた。

物部《モノノフ》の家の子どもは、親をすら　かくはげまして　いくさに死にき

しかし、いざ自らが親として子を失ふ段になつてみると、たうていそんなどころの話ではなくなる。昭和二十年二月二十六日の藤井巽氏（春洋氏の兄）にあてた手紙には、硫黄島への米軍の攻撃開始の報に、すつかり取り乱した折口氏の姿がそのまゝあらはれてゐる。「まだ達者でゐるだらう。居てくれるに違ひない。しまひまで生きとほすに相違ない。こんな風の未練な考へが、心一杯になつてゐます」とつづる氏は、また（藤井家が代々社家となつてきた）、気多大社の御守を北向きの窓にうつして御本社を拝めるやうにしたと述べ、藤井氏にも重ね重ねといつた体で祈禱を懇願してゐる。このさまを見てゐると、戦後のあの「他力本願のことばっかり言って……」といふ折口氏の言は、実はかうした自らの言動に対する反省であつたか、とすら思はれてくるほどである。

しかし、或る意味では、これこそが折口氏の真実の姿であると言へよう。あの佐藤大佐

の子息への弔歌は、一口に言つてただの「他人事《ひとごと》」であつた。それがわが事になつたときの正直な取り乱しぶりに、われわれはむしろ氏の真実といふものを感じ取るのである。おそらくは、さきほど見た折口氏の昭和十九年の詩のなかの言葉――「万葉びとの心をぞ人は守るらし」――も、かうした正直な取り乱しと深い悲歎をくぐり抜けて、はじめて真実の言葉としての力を獲得すべきものであつたらう。

ところが、その肝心のところで、折口氏の心は女々しく屈折してしまふのである。

三月十日の藤井巽氏にあてた手紙は、繰り返し「御案じ下さいませんやう」と述べて、「春洋から度々いうてよこしました覚悟は、私にもついてゐます」とも記してゐる。しかし、さう言ふ口の下から「たゞ思へば思へば、今が今まで、陛下の貔貅《ひきゅう》をあだ死にさせるやうな人々でないと信頼してゐた者どもが、今になつて皆、空虚な嘘つきだつたと痛切に知つたくやしさ。たとへやうもありません。……」と、とめどもない呪詛《じゅそ》の繰り言がつづくのである。これは端的に女々しい愚痴と評すべきものであらう。

たしかに、かうして他人を責めることで、何とか自らの苦悩を紛らさうとするのは、人間の心の自然な動きであるとも言へる。しかし、そのやうにする時、その人の悲歎は透明さを失ひ、苦悩と悲しみを通じてこの世の真実に到達する道はふさがれてしまふ。ここに見られるのは、まさにさうした屈折のさまである。

戦後、大東亜戦争における参謀本部の戦略、作戦の失敗については、さまざまの指摘がなされてをり、それらの指摘の多くは真実をついてゐる。しかし、どんな国のどんな戦争であれ、当初の計画がその通りに実現してゆくなどといふのはありえないことである。現実の戦争においては、自他共に数かぎりない見込み違ひを重ねつつ、それが致命的とならなかつた側が勝つ、といふだけの話なのである。現に、春洋氏の参加した硫黄島の攻防戦においては、見込み違ひを犯したのは（父島より防備が手薄と見て硫黄島を目標に選び、予想外の抵抗に、次々と予備師団を投入するうちに三万近い死傷者を出した）米軍の方であり、半年以上の周到な準備によつて一ヶ月余りの激戦をもちこたへた日本の守備部隊は、大東亜戦争全体を通しても稀なほど「作戦通り」の戦ひを行つたのである。それを、結果が玉砕に終つたからとて「あだ死にさせ」たの「空虚な嘘つき」だのと述べたてるのは、まつたく故なき言ひがかりといふものである。

もし仮りに、春洋氏が生きてゐてこれを見たら、師のかくも女々しい放言を、決して許さず、厳しくとがめたことであらう。このやうな繰り言は、自分の潔く厳しい覚悟を汚すものだ、と叱責したことであらう。実際、ここでの折口氏は、そのことを充分に承知のうへで、さうした叱責をしてくれる春洋氏のもはや居らぬといふ淋しさを、地団駄を踏むやうな気味合ひでぶつけてゐるとも見えるのである。

いづれにしても、折口氏は最後まで、自らのこの悲歎をくぐり抜けて、その向う側につき抜けることができなかつた。言ひかへれば、日本の若者たちが、たしかに或る「宗教的情熱」と呼ぶほかない強い意思をもつて自らの命を投げ捨て、死地にとび込んでいつたといふ事実に、正面から向き合ふことができなかつた。あの「日高見の国びとゆゑに、おのづから神は守ると　奇蹟を憑む　空しさ……」といふ奇妙な一節も、そこから発して現はれ出てきたと見るべきであらう。

そのことは、当然、戦後の折口氏が目指した「神道の宗教化」のうへにも影を落とさずにはすまない。さきの『折口信夫伝』において、岡野弘彦氏は、折口氏にとつてこの課題がいかに大きく困難なものであつたかを、間近にゐたものの証言としてから語つてゐる。

「告白すれば、私は八年のあいだ折口教授の『神道概論』の講義を聞き通していながら、その当時の折口教授の心の根底にあるはずの、神道宗教化の意図がどうしても明らかにな って来なかった。『むすびの神』の論を聞いていると、今までの国学者の産霊神に関するどの論よりも新鮮で、これが宗教化の核になってゆくのかと思うとそうでもない。次の『物忌みと罪けがれ』の論を聞くと、日本人の罪障観をもとにして新しい日本の宗教を考えてゆくのかと思うと、そう単純ではない。『既存者・天御中主論』では、これが出発点となって日本の既存神を考え宗教化の体系が立ってゆくかと思うと、そう単純には進まない。……」

そして、このやうに「幾度か予測をもって追究しては、方途を変えみずからの研究をつきくずし、試みを繰り返し繰り返しして考えつづけた八年間」ののち、つひにそれを完成させることなく、折口氏はその生涯を終へたのであつた。

しかしそれにしても、折口氏はいつたいどうして、この日本の敗戦といふ時期に「新しい神学」をうちたてよう、などといふことを考へたのだらうか？　それは単に、敗戦になつて、わが国の神道も反省しなければならぬ、といつた消極的な発想ではなかつたはずである。いつたい何が折口氏をその課題へとかりたててゐたのだらうか？

そのことについて、たいへん舌足らずの言ひ方ながら、柄谷行人氏はこんな風に述べてゐる。

「しかし、たとえば、折口信夫は、敗戦後『神は敗《マ》れたり《マ》』と歌い、神道の世界宗教化を考えました。これは、ある意味で、ユダヤ教がバビロンの捕囚の経験のなかから出てきたのと似ている。ふつうの宗教では、神は戦争に負けたら捨てられる。ユダヤ教の独創は、信仰者を敗北させ不幸にあわせるような神を意味づけたことにあると思います。折口もそう考えたと思うのです。やはり、これは絶対的な戦争をやった経験からきている。」（『〈戦前〉の思考』より）

ここでのユダヤ教についての柄谷氏の解説はいささか不正確なものであつて、ユダヤ教の神が「信仰者を敗北させ不幸にあわせる」神のごとくに見えるのは、表面上のことでしかないし、またそれは、単にバビロン捕囚の経験のなかからのみ出てきたものでもない。それについては、後でまた詳しく見ることになるであらう。しかし、ここには一つ、重要なことが語られてゐる。すなはち、われわれにとつての大東亜戦争は、決して単なる、他の手段をもつてする政治などではなく、或る絶対的な戦争だつたのだといふこと。そして、もし「日本の神学」といふものが構築されうるとすれば、その基はこの「絶対的な戦争」の経験以外のところには見出されえない、といふことである。

「絶対的な戦争」といふのは、いはゆる「聖戦」――崇高なる目的のために遂行される戦争――のことではないし、かと言つてもちろん、「侵略戦争」「悪い戦争」といつたものでもない。さうした評価は、一寸冷静になつて見れば明らかなとほり、それ自体、現実の政治力学が生み出すレッテルにすぎず、客観的に見るならば、歴史過程におけるすべての戦争は、正しいのでも悪いのでもない、ただ端的な戦争である。すべての戦争は「普通の戦争」なのだと言つてもよい。

しかし、その「普通の戦争」のただなかに、或る「絶対的なもの」のたちあらはれてくることがある。それは、おそらく世界の歴史を見わたしても、めつたにあることではない。また、それは、そこに居合はせたすべての人に見えるものでもない。むしろ、ほんの少数の人の目にしか映らないと言へるかも知れない。けれども、それは何らかの形で、その同時代の人々、あるいはその後の人々にまで感知されうるものでもあつて、大東亜戦争のうちには、確かに、さうした「絶対的なもの」が含まれてゐたのである。

　折口信夫氏は、明らかにその「絶対的なもの」を垣間見てゐた。さもなければ、あの「神　やぶれたまふ」のやうな詩が書けたはずもないし、また「神道宗教化」を言ひ出したはずもない。しかし、氏にとつて、その「絶対的なもの」をそれとしてつかみ出すのは、ほとんど構造的に不可能なことであつた。単に、折口氏が自らの悲歎をのりこえることができず、それを見つめる勇気に欠けてゐた、といふのではない。実は、本来それを為すべき者は折口氏ではなしに、「息子」の春洋氏であつた。おそらく、それが判つてゐたからこそ、折口氏の苦しさは耐へがたいものとなり、また氏の「神道宗教化」も、迷走せざるをえなかつたのであらうと思はれる。

　しかしそれにしても、日本人の大東亜戦争の経験の、いつたいどこに「絶対的」なものがひそんでゐるといふのだらうか？

第二章　橋川文三『戦争体験』論の意味」

一、「イエスの死の意味に当たるもの」を求めて

いまなほ、八月がめぐつてくると、「戦争体験を語りつがう」といふたぐひのことがしきりと語られる。「戦争体験を風化させるな」といつた言葉が、かならず繰り返される。しかし、いつたいそれはなぜ「風化」してはいけないのか？　なぜ語りつがねばならないのか？　もしそこに「絶対的な戦争をやつた経験」を見ようとしないならば、そんなことをしてなにになるといふのか？

かうしたことを本気で問はうとする人はめつたにゐない。それどころか、かうした問ひを理解する人すら、決して多くはない。そのなかで、果敢にそれを問はうとしたのが橋川文三《ぶんぞう》氏であつた。橋川氏はまさに「戦争体験」を「絶対的な戦争をやつた経験」として語らうとした人であり、橋川氏のその孤独な奮闘ぶりは、昭和三十四年末に発表された『戦

争体験』論の意味」のうちによく示されてゐる。

氏がこれを書かうと思ひたつたきつかけは、或る座談会における石原慎太郎氏との論争にあつたといふ。石原氏はそれ以前にも、戦争体験などといふことにいつまでも拘泥してゐるのは、女々しい無能さのあらはれだといふ意見を表明してゐた。それを橋川氏が問ひただして、戦争体験は回顧趣味であるのか否かといふ論争になつたのだけれども、そこでの自分の話は不十分でもあり、混乱してもゐた。だからそれをもう一度きちんと理解されるやうに論じなほしておきたい――そんな風な前置きから、この論考は始まつてゐる。

もちろん橋川氏も、単なる「回顧趣味」と評さざるをえないやうな質の低い「戦争体験論」が数多くあることは否定してゐない。さうした体験談は、結局のところ「歴史年表の一時点」についての「素朴リアリズムめいた固執」にすぎず、そんなものは「ナルシシズムとなるか、ルサンチマンの反覆となるほかはないであろう」と氏は認める。自分はそんな戦争体験論の話をしようとしてゐるのではない、と橋川氏は言ふのである。

ではいつたい、橋川氏はどんな戦争体験論を語りたいと思つてゐるのか――氏がそれを積極的なかたちで語らうとしはじめるとたんに、話はたちまちわかりにくくなる。たとへば、氏はそれを「メタ・ヒストリイク（歴史意識）の立場においてとらえられた『戦争』であり、流され、移動するにすぎない日本の現実の中での『歴史意識』としての戦争なのだ」といふやうな言ひ方で説明しようとするのであるが、その座談会の席上でも、こんな風に述べたところが、「『どうもよくわからんな』といふ声がそこここからおこった」といふ。

たしかにこれはわかりにくい。しかも、ただ単に表現が舌足らずでわかりにくいといふだけではない。橋川氏自身にも、自分が本当のところ何をつかみ取らうとしてゐるのかよく解つてゐないところがあつて、それがかうしたわかりにくい表現となつてあらはれ出てゐるのである。

橋川氏の考える「歴史意識」とは、単に時代のうつり変りをありのままに眺めて認識する意識、といつたものではない。或る「巨大かつ急激な社会変動」があつて、従来の価値観や規範がすつかり変つてしまふやうなとき、それ以前の価値観にしがみつくのでもなければ、それを捨てて新しい価値観にとびつくのでもなく、その両者に架橋するやうな意識を自らつくり出すこと——それをもつて橋川氏は「歴史意識の形成」と呼ぶのである。

これ自体は、それほどわかりにくい話ではないし、また、このやうな考へによつてわが国の「戦前」と「戦後」を見直してみることは、決して無意味なことではない。すなはち、日本の「戦後」は、或る「巨大かつ急激な社会変動」のあとで、それ以前の価値観や規範をすべて捨て去り、あたかも「戦後」だけが存在するかのやうに人々が暮してゐる、といふ時代である。しかも人々は、さうした「戦後」の目で「戦前」を断罪することをもつて「歴史認識」と呼んだりしてゐる。橋川氏の言ふ「歴史意識」は、それに対するきはめて鋭く適確な批判となりうるであらう。また、もし橋川氏がさういふ意味でこの言葉を語つたのであれば、石原氏をはじめ江藤淳氏ら、その座談会に居合はせた人々も、首をかしげるかはりに、共感をもつてうなづいたに違ひない。

　しかし、橋川氏はさうした戦後批判がしたかつたのではなかつた。橋川氏が求めてゐたのは、さうした「歴史意識」を形成するために不可欠の「超越的な価値」を見出すこと、それも、戦前と戦後とを分断してゐる、その戦争そのものの内に、それを見出すことだつたのである。

　たしかに、「巨大かつ急激な社会変動」をのりこえて、それ以前の生とそれ以後の生とを自らのうちで統合するためには、なんらかの「超越的価値」――社会の変動とはかかはりのない次元で保たれてゐる価値――が必要であらう。そのこと自体はむしろ当然のことと理解できる。たとへば唯一絶対の超越神のやうなものを信ずることで、現実の社会の激変の前と後との生をつなぎ合はせようとするのは、ごく自然なことである。しかし、ここでの橋川氏は、まさにその激変をもたらし、各人の生を戦前と戦後とに引き裂いた当の出来事――「戦争と敗北」――のうちに、それを統合すべき「超越的価値」を見出さうとしてゐるのである。これはもう、ほとんど論理矛盾とすら言へるわかりにくい話である。

　けれども、橋川氏はこのわかりにくい話を「イエスの死」と並べ置きつつ、断固つらぬかうとしてゐる。氏は、ヨーロッパにおける近代の歴史意識成立の背後には、「イエスの磔刑に対する深い共感の伝統」があつたと言ふ。そして「世界過程を、イエスの死の前と後に分かつというような啓示的発想は、まさにその死の超越化によって成立したのである」と言つて、次のやうに述べるのである。

「私は、日本の精神伝統において、そのようなイエスの死の意味に当たるものを、太平洋戦争とその敗北の事実に求められないか、と考える。イエスの死がたんに歴史的事実過程であるのではなく、同時に、超越的原理過程を意味したと同じ意味で、太平洋戦争は、たんに年表上の歴史過程ではなく、われわれにとっての啓示の過程として把握されるのではないか。」

ここで橋川氏が「イエスの死」を持ち出してきたのは、決して単なるこけおどかしの話ではない。たしかに、歴史を「イエス以前（B.C.）」と「イエス以後（A.D.）」とに分け、しかもそれを一つながりの時間軸としてとらへる、などといふことが可能となるのは、その分断点である「イエス」を、そのまま結合点と考へるからにほかならない。そしてそれは、「イエス」のうちに超越的な意味を認めるのでなければ、決してなしえないことのはずなのである。

実は、意外なことに、いはゆる「西暦」と呼ばれる、かうした歴史時間のはかり方がヨーロッパで広く使はれるやうになつたのは、近代になつてからのことである。それまでは、聖書の記述にしたがつて、天地創造の日から何年たつたか、といふかたちで年代が数へられてゐた。それが、科学知識の増大とともにあちこちで綻びが出てきたあげく、キリスト暦が歴史をはかる基準となつたのである。かならずしも、橋川氏の言ふやうな「イエスの磔刑に対する深い共感」がそのままキリスト暦を生み出したわけではないにしても、その「歴史意識」が近代の産物であるといふことについては、氏の言は正しいのである。

　しかし、それを語るにあたつて、橋川氏は一つ明らかな間違ひを犯してゐる。キリスト暦は「世界過程を、イエスの死の前と後に分かつ」のではなく、（一、二年の誤差はあるにしても）世界過程をイエスの誕生の前と後に分かつものである。つまり、キリスト教文化圏に属するヨーロッパ人たちは、神が人間のためにキリストをこの世に送り込んだのだととらへ、そこに「超越的意味」を見出したからこそ、それを歴史の基点として世界過程をはかることにしたのである。もちろん、「イエスの磔刑」といふことはキリスト教にとつてきはめて重要な意義をもつ出来事ととらへられてをり、だからこそキリスト教信者は十字架を信仰のシンボルとしてゐるのであるが、少なくとも、彼らが歴史をはかる基点に置いたのは、その出来事ではなかつたのである。

　おそらく橋川氏も、そのずれは十分に承知してゐたことであらう。にもかかはらず、敢へて「イエスの死」にこだはつたのは、氏自身が心に抱いてゐる問題が、「イエスの誕生」

では全くかみ合はず、どうしても「イエスの死」と較べなければならない、といふ性質のものだつたからであらう。そして、その背後には間違ひなく、氏自身の「戦争体験」――その底に、「イエスの死の意味に当たるもの」をかいま見た体験――の記憶があつたのに違ひない。

二、「戦争体験」を掘り下げること

それはいつたいどんな記憶だつたのだらうか？　昭和三十九年に書かれた「敗戦前後」と題するエッセイの内には、橋川氏が見た「超越的意味の戦争」の一瞬の相貌が、くつきりと描き出されてゐる。いま、しばらくそれを眺めてみることにしよう。

戦争末期、橋川氏は、郷里の広島で食糧事務所の役人として勤務してをり、たまたま八月四日に東京への出張命令が出た。そこで上京中に広島への原爆投下のニュースを聞いたのである。自分の家が無事であることはすぐに判断がつき、「そのためか、不思議に肉親の生死を思う感情はわかなかった」と氏は言ふ。あるいはそれは、栄養不足で体が弱つてゐたせいかも知れないと述べてから、橋川氏はそれからの一週間を、透明な筆致でから描き出してゐる。

「それからの一週間は、あたかも世界終末をまちうけるかのような、不思議な静かさが東京にはあった。高射砲も鳴らず、味方の戦闘機もとっくに姿を見せなかった。市中には、もはや爆撃目標もなかったのである。」

そして、そのやうな東京に久しぶりの空襲警報が出されたときのことを、氏はから語る。

「すでに、広島の『新型爆弾』の恐ろしさは、人々の心に浸透していた。空襲のサイレンの音、やがて遠くの空から忍びよってくるその一機の爆音——生き残っている幾百万の人々が、息を殺してその瞬間をまちうけている気配を、私は布団の中でもまざまざと感じとっていた。しかし、私は起き上ろうともしなかった。もうそれは絶対に手おくれであり、絶対的に話にならない行動だからである。私はあらゆる存在の壁を透視して、死の素顔を見るのを感じた——」

ほんの一瞬のことながら、ここには、「歴史過程」のその水平の時間の歩みにぽかりと穴があいて、その底に横たはるものが顔をのぞかせてゐるさまがうかがはれる。これはいかなる「回顧趣味」でもなく、またいかなるナルシシズムともルサンチマンとも無縁の「戦争体験」である。それはどこまでも一個人の、或る具体的な時空のうちの体験でありながら、しかもそれを超え出てゐる。

あるいは、これを単なる大袈裟なレトリックにすぎない、と見る人もゐるであらう。そもそも布団を引きかぶつて寝たまゝの人間に、いつたいどうやつて「生き残っている幾百万の人々」の様子がわかるといふのか。「息を殺してその瞬間をまちうけて」ゐたのは橋川氏自身にほかならず、氏はただそれを他の人々のうへに押しつけてこんな言ひ方をしてゐるのにすぎない。さう言つてそつぽを向く人もゐるに相違ない。

しかし、この瞬間、確かに、橋川氏は「息を殺してその瞬間をまちうけている」幾百万人の気配を聴き取つてゐたのである。つまり、本当の意味での「戦争体験」とは、さういふ体験なのである。本当に自分が幾百万の人々と共に一瞬にして消し去られる脅威の前に立たされてゐるとき、その幾百万人の息づかひは自らの息づかひとなる。そして、その目は、暗闇の中に「死の素顔」を見て、それが世界全体を照らし出すのを見ることができるのである。

　橋川氏が「イエスの死の意味に当たるもの」を戦争体験のうちに見出さうと言つたとき、かうした体験の記憶がその背後にあつたことは間違ひない。それは単なる「歴史的事実過程」としての戦争の回顧ではなく、言ふならば、水平に進む歴史過程のうちに、一瞬、闇がひらけて垂直に真下を見おろす明視の瞬間が訪れる、といつた体験である。もしも橋川氏が徹底してかうした体験のかたちにこだはりつづけてゐたならば、おそらく氏は、自らの言ふ「超越的意味をもつた戦争」をくつきりと明らかに描き出すことに成功してゐたに違ひない。

ところが、橋川氏の戦争体験論のうちには、そのやうにしてとことん体験を体験として掘り下げようとするのを妨げるものが入り込んでゐる。たとへば橋川氏は、丸山真男の「超国家主義の論理と心理」の用語を使つて、「太平洋戦争は『無限の縦軸』としての国体理念が、そのまま戦争体制として凝結したことを意味した」と述べ、したがつて「敗戦は、国体という擬歴史的理念に結晶したエネルギーそのもののトータルな挫折を意味した」と言ふ。まことに解りやすい理屈である。しかし、橋川氏が敢へて「戦争体験」にこだはらうとしたのは、さうした解りやすい理屈の枠組からこぼれ落ちてしまふものの方にこそ、本当に重要なことが含まれてゐる、といふ直感がはたらいたからだつたはずである。あらかじめこんな風に「太平洋戦争の意味」の枠組をこしらへ上げたうへで、そこに「体験」をはめ込んでゆくやうな「戦争体験論」よりは、単なる「回顧」の方が、むしろ真実により近いとさへ言へよう。

実は、いまも見たとほり、橋川氏はこの論考のなかで、終始一貫、わが国の第二次大戦における戦争を「太平洋戦争」と呼んでゐる。そして、このやうに呼んだ時点で、橋川氏はすでに「戦争体験」をその内側からとことん掘り下げるといふ道筋を放棄してゐるのである。

それは、橋川氏がいかなるイデオロギイ、いかなる歴史観にくみしてゐるか、といふことは直接にかかはらない。それは、ただ端的な事実——「太平洋戦争」を体験した日本人はゐないといふ事実——によるのである。自ら積極的に戦争に参加した人であれ、不満をかかへつつそれを横目でながめてゐた人であれ、すべての日本人は「大東亜戦争」を体験したのであつて、それ以外ではない。

周知のとほり、「太平洋戦争」といふ名は、敗戦後、占領者たちがもち込んだ名であり、米国でそれが Pacific War と呼ばれてゐたのをそのまま翻訳して「太平洋戦争」と呼ぶやうになつたのである。もしもこの戦争を、「歴史年表」を作らうといふ視点から見るのであれば、それを「太平洋戦争」と呼ぶことにも一理あると言へる。多くの場合「歴史年表」は勝者の歴史の記録として作られるものであり、勝者は、自分たちの戦つた戦争を自分たちの呼び方で名付ける権利を手にするのだからである。けれども、わが国の人々の「戦争体験」を問題にしようとするときに、これを「太平洋戦争」と呼んでしまつたら、それを一つの体験としてとことん掘り抜くといふことは不可能となつてしまふ。この論考のなかで氏自身が語つてゐるやうに、「太平洋戦争」は「異常な戦争で」あり、「おそらくいかなる戦争にもみられないであろうような、奇怪な心理状態がそれにともなっていた」と言つて、すべてが片付けられてしまふことになるのである。

単に「異常」で「奇怪な心理状態」にすぎないもののうちに、どうやつて「イエスの死の意味に当たるもの」を見出すことができるといふのか？　「そのようなイエスの死の意味に当たるものを、太平洋戦争とその敗北の事実に求められないか」といふ。あの橋川氏の言葉は、実はすでにこれ自体において矛盾してゐた、と言はざるをえないであらう。

この論考が書かれてからおよそ二十年後の昭和五十四年、橋川氏は、なにか身心ともに疲れ切つたといふ口調でかう述べてゐる——「結局あの戦争はあったことはあったが、なかったといっても少しもかわらないことになる」。

これは、橋川氏の「戦争体験論」そのものの敗北宣言である。戦争体験のうちに「超越的意味」をさぐらうと求めつづけて、つひにその試み自体がつひえ去つたことを自ら認めた宣言である。そしていま見たとほり、これは或る意味で、おこるべくしておこつたことであつた。

けれども、見方を変へれば、橋川氏は自らのあの企て自体を忘れ去つてはゐなかつたのだ、といふことにもなる。「あの戦争」に、なにか超越的な意味をさぐらうとしつづけた人間でなければ、このやうなことは決して言へない。それを単に「歴史的事実過程」としてのみ見る人にとつて、「あの戦争」はなかつたどころではない。あつたからこそ、いまも日本は安全保障を米国に頼らざるをえないでゐるのだし、「日本国憲法」などといふものが半世紀以上も存在しつづけてゐるのだし、北方四島もロシアにとられたまゝである。「なかったといっても少しもかわらない」などといふ橋川氏の呟きは、世迷ひ言としか聞こえないであらう。しかし、そこに「超越的意味」をさぐり出さうとつとめてきた人間にとつて、それが見出されないなら、そんなものは「なかったといっても少しもかわらない」ことになる。或る意味で、橋川氏は志をつらぬき通したとも言へるのである。

から語つた四年後、橋川氏は六十一歳でこの世を去る。昭和二十年八月、布団の中で「死の素顔」を透視してから三十八年後のことであつた。

第三章　桶谷秀昭『昭和精神史』

一、謎の瞬間

橋川文三氏の死から数年たつた昭和六十三年、『文學界』に桶谷秀昭氏の「昭和精神史」の連載がはじまり、これは平成三年の十二月号で完結して、翌年の六月に単行本として出版される。

一見したところ、この『昭和精神史』と橋川氏のあの論考との間には、ほとんど何の共通点も見あたらない。そもそもこれは、「昭和を生きた日本人の心の歴史を」描かうとして書かれたものであり、ことさらに日本人の「戦争体験」を描かうとした著作ではない。そのなかに「戦争体験」が含まれることは当然の事実としても、そこに何らかの「超越的意味」を見出さうなどといふのは、まつたく著者の意図ではない。むしろ、さうした力《りき》みや強《こは》ばりをできるかぎりしりぞけて、あるがまゝの日本人の心の姿を描いてゆかうといふのが、著者の基本姿勢だと言つてよい。

ところが、そのまことに尋常まつたうな「昭和を生きた日本人の心の歴史」をたどつてゆくと、或るところで突然、水平の歴史の時間がぷつんと途切れたやうな瞬間に出くはすことになる。そして、著者はその深淵のへりに立つてそのうちを覗き込むことを余儀なくされる。そこにおいて桶谷氏の『昭和精神史』は、期せずしてあの橋川氏のはたされなかつた願望――日本人の戦争体験のうちに超越的意味を見出すこと――をはたすことになるのである。いま、そこにいたる『昭和精神史』のあゆみを追つてみることにしよう。

桶谷氏は自らの著作の目指すところを『昭和精神史』の第一章にかう語つてゐる。

「私は、昭和改元の年から敗戦期までの日本人の心の歴史を描かうとしてゐる。それを文学史でもなく、思想史でもなく、あるいはまた思潮史でもなく、精神史と呼ぶのは、この時代に生きた日本人の心の姿を、できるだけ具体的に描きたいからである。」

「精神史」と言つたからとて、なにか格別の理論をもち出さうと言ふのではない。ただ、昭和といふ時代に生きた日本人の精神《こころ》の姿をありのまゝに描き出して、それを『昭和精神史』と呼ぶだけの話である――何の気負ひも衒《てら》ひもない、まことにわかりやすく平明な説明である。（たとへば氏は、ヘーゲル流の「精神史《ガイステスゲシヒテ》」の理論を解説してゐる哲学辞典の文章を引いて、「かういふ定義をみると、何といふか、やれやれと溜息の出る思ひがする」と述べ、自分はさうした「超越的な精神の運動なるものを考へたことも」ないと言ふ。さきほどの論考のなかで、橋川氏がマイネッケの歴史哲学をふり回しては、日本にそれがないことを歎き、あげくのはてに、『超越者としての戦争』――それが私たちの方法なのである」などと言ふのを聞いたらば、桶谷氏はやれやれと首をふつて溜息をついたことであらう。）

ところが一方で、桶谷氏は自らのこの平明な説明に納得してもゐなければ安心してもゐない様子なのである。そもそもいつたい、どうしてそれは文学史でも思想史でも思潮史でもなく、「精神史」でなければならないのか。その収まりにくさをさまざまに説明したあげく、桶谷氏はこんな風に述懐する。

「つまり、私の書かうとしてゐるのは、歴史であるが、それなら歴史とは何かといふ問ひの解決が先決であらうか。さうであるとしても、あらかじめその解決に腐心する余裕がない。さういふ一般論よりも、昭和といふ過去があたかも負債のやうに立ち塞がり、それを明らめたい欲求が先行してゐる。」

明らかに、桶谷氏は「昭和といふ過去」のなかに、なにか或る解明しなければならないい、ものを見てをり、しかもそれは、氏自身にとつても、生々しく解明をせまつてくるやうななにかである。そして、そのことは桶谷氏に不安をもたらさずにはおかない。氏はそれをから語つてゐる。

「私はかつて『文學界』に『二葉亭四迷と明治日本』といふ評伝を書いた。昭和の歴史にたいしても、それと同じ方法を使ふ方が賢明かもしれない。誰か特定の人物に視点を据ゑ、そこから時代の光景を視野に収めて、伝記が歴史に相渉る方法は、或る確実な成果をもたらすであらう。さういふ安心できる方法を、なぜ取らないのかは、自分にもよくわからない。なにか得体の知れない不安が、私を不安な書き方に駈り立てるのである。」

実際にも、この『二葉亭四迷と明治日本』といふ作品は、一人の人物を深く描き切ることこそが、その時代、その歴史をもつとも広く正確に描き出すことになるといふ逆説を、現にさういふ評伝を書くことによつて証明してみせたといふ、文字通りの傑作である。「或る確実な成果」といふのはむしろ控へ目な言ひ方とすら言へる。しかし、氏はその確実な道を選ばない。そして選ばない自分にとまどつてゐる。

ここに言ふ「不安」が、はたしてよい作品が書けるかどうかといつた不安でないことは明らかである。さうしたことは、ここではもはや問題になつてゐない。桶谷氏は、ただなにかにつき動かされるやうにして、「昭和といふ過去」のうちを覗き込み、それを明らめようとしてゐる。そして、そこに見えてくるものの予感が、「なにか得体の知れない不安」となつて氏をおびやかしてゐるのである。

いつたいこの「なにか得体の知れない不安」とは何だつたのだらう、と問ひかけつつ『昭和精神史』を読んでゆくと、一つ気がつく奇妙なことがある。それは、この本が『昭和精神史』と銘打つておきながら、昭和全体の三分の一にしかならない、昭和二十一年末までの記述で終つてゐる、といふことである。

そのことについては、「文庫版のためのあとがき」に、桶谷氏自身がこんな風に語つてゐる。

「米国の或る学者の書評に、この本は一九四五年の敗戦の翌年までしか描いてゐないから、昭和期の全体を蔽つてゐないので、この書名はやや誤用の気味があるといふ指摘があつた。たしかに時間の長さからいへばその通りである。日本人の評者でも戦後生まれの人から似たやうな指摘を受けた。

ただ、昭和の歴史は、敗戦までの二十年間とそれ以後のいはゆる戦後四十四年間を、等質の時間としてみることは不可能である。」

ではいつたい、どうしてその二つの時間を等質の時間とみることが不可能なのだらうか。単行本の「あとがき」に、氏はかう語つてゐる。

「精神過程の上で、昭和二十一年末までに、大きな変質が日本人に起つた。」

つまり問題は、この「大きな変質」である。昭和二十一年末までに、日本人の精神のうへに起つた或る「変質」が、それまでの時間とそれ以後の時間とを、同じひとつづきの「精神史」のうちにくることを不可能にしてしまつたのである。

ではいつたい、その「大きな変質」とはどのやうなものだつたのだらうか？

一見するとそれは、いはゆる「敗戦後遺症」といつた言葉で言ひかへられるもののやうにも思はれる。たとへば、この「あとがき」に桶谷氏は「昭和精神史における〝戦後〟とは、大枠において、過去の日本を否定し、忘却しようとする意識的な過程である」と述べてゐて、これはまさに「敗戦後遺症」そのものと言つてよいであらう。すなはち、戦争に負けたとたんにすつかり自信を失つて、自分たちのした戦争は悪い戦争であり、そこに至るまでの日本の過去の歴史はすべて悪い歴史だつたのだと考へて、過去の日本をすべて否定してしまふやうになること――これはたしかに日本の〝戦後〟に見られた（そしていまに至るまで尾を引いてゐる）精神状態である。このやうな「敗戦後遺症」が歴史の連続性といつたものを絶ち切つてしまふことは明らかであり、それによつて、敗戦の前と後とを同じ一つの「精神史」としてくることが不可能となつてしまつてゐる、といふ話はまことによく理解できるのである。

ところが、かうした精神史上の断絶をもたらした「大きな変質」のうちに、桶谷氏は、ただ「敗戦後遺症」と言つて片づけてしまふことのできない、或るわかりにくいものを見出してゐる。そして、桶谷氏の目は、おのづとそのわかりにくいものの方へと吸ひよせられてゆくのである。もしかすると、そのわかりにくいものの影こそが、『昭和精神史』を書き始めるにあたつて、あの「なにか得体の知れない不安」を氏の心のうちに呼び起してゐたのではないかとも思はれる。

それにしても、いつたいその「大きな変質」とはどんなものだつたのだらうか？　そして、そのうちにはどんなわかりにくいものがひそんでゐるのだらうか？　桶谷氏はこの「大きな変質」について、「くはしくは本文の最後の章にそれを叙述した」と述べてゐる。まづはその最終章のうちをじつくりとながめてみることにしよう。

『昭和精神史』第二十章、「春城草木深し」の冒頭、最初に取り上げられてゐるのは、河上徹太郎氏のエッセイ「ジャーナリズムと国民の心」である。文中の内容からして、おそらく昭和二十一年の春頃に書かれたものらしいこのエッセイのうちには、すでに、「〝戦後〟現象の芽」と言つてよいものが随処に描かれてゐる。しかし、桶谷氏が注目するのはそこではない。そのときすでに「ジャーナリズムの嬌声」にうもれて見えにくくなつてゐた「国民の心」のありかを指さして河上氏の語る次の一節に、氏は注目するのである。

「国民の心を、名も形もなく、たゞ在り場所をはつきり抑へねばならない。幸ひ我々はその瞬間を持つた。それは、八月十五日の御放送の直後の、あのシーンとした国民の心の一瞬である。理窟をいひ出したのは十六日以後である。あの一瞬の静寂に間違はなかつた。又、あの一瞬の如き瞬間を我々民族が曽て持つたか、否、全人類の歴史であれに類する時が幾度あつたか、私は尋ねたい。御望みなら私はあれを国民の天皇への帰属の例証として挙げようとすら決していはぬ。たゞ国民の心といふものが紛れもなくあの一点に凝集されたといふ厳然たる事実を、私は意味深く思ひ起したいのだ。今日既に我々はあの時の気持と何と隔りが出来たことだらう！」

この文章は、やがて八年後、『昭和精神史　戦後篇』の第一章に、「八月十五日正午、昭和天皇の終戦の詔勅を聴いて」多くの日本人が体験した「言葉にならぬ、ある絶対的な瞬間」を記憶にとどめた文章の一つとして再録されることになる。

「あのシーンとした国民の心の一瞬」といふ河上徹太郎氏のこの言ひ方は、舌足らずのやうでゐて、その「言葉にならぬ」絶対的な瞬間の相貌をよくとらへてゐる。桶谷氏も、そこにピンとひびくものを感じ取つたのに違ひない。

かうした言ひ方に対して、それは「メディアが創つた」記憶にすぎない、と指摘する人もゐる。たとへば、『八月十五日の神話』の著者、佐藤卓己氏は、八月十五日付の朝日新聞に掲載された「玉砂利握りしめつゝ宮城を拝したゞ涙」といふ大見出しの記事は、いかにも十五日正午にその場の情景を活写したごとくに書かれてゐるけれども、実は前日に書かれたものであり、当日の写真として伝はつてゐる写真のうちにも、事前に撮影されたものがかなりある、と指摘する。これにかぎらず、およそ八月十五日に関する報道には、いたるところで演出やウソがある、と氏は言ふのである。そもそも昭和二十年八月十五日といふ日は、法的に言へば何の日でもない。ポツダム宣言の受諾が連合国側に通告されたのは八月十四日のことであつたし、正式に降伏文書の調印がなされたのは九月二日である。その何でもない日のはずの八月十五日をことさらに「終戦記念日」にまつり上げたのは、いはばメディアの詐術であり、それによつて日本人の目は、「敗戦」といふ冷厳な事実からそらされてしまつた。これからの日本人は「お盆の『八月十五日の心理』を尊重しつつ、それと同時に夏休み明けの教室で『九月二日の論理』を学ぶべきだろう」――こんな風に佐藤氏は語つてゐる。

たしかに、歴史といふものをただもつぱら歴史年表式の歴史と考へるならば、八月十五日へのこだはりは、単にお盆と重なつてゐるといふ「八月十五日の心理」の問題にすぎず、事の本質は「九月二日の論理」の方にある、といふことになるであらう。しかし、河上徹太郎氏が「あのシーンとした国民の心の一瞬」と言つたとき、それは心理でも論理でもなかつた。それは「精神史」だけがとらへることのできる、或るわかりにくいものであり、ついでに言へば、河上氏はそれを、メディアの宣伝にのつてではなく、当時のメディアの「嬌声」にさからつて掘り起してゐるのである。

もちろん、河上氏がその時、日本中の国民の姿をつぶさに眺めえたはずはない。しかし、ちやうど橋川文三氏が終戦直前の夜、ふとんの中で遠くからのB29の爆音とともに「生き残っている幾百万の人々が、息を殺してその瞬間をまちうけている気配」を聞き取ったやうに、河上徹太郎氏は八月十五日の御放送の直後、「シーンとした国民の心の一瞬」の静寂を聞き取つてゐたのである。そして氏が「全人類の歴史であれに類する時が幾度あつたか」と言ふのも、単なる大袈裟なレトリックではなくて、その静寂のうちに、確かになにか尋常ならぬものを聞き取ったからだつたのだと言へよう。

だとすれば、〝戦後〟に起つた日本人の心の変質の第一歩は、人々があの大切な「シーンとした国民の心の一瞬」から遠ざかり、占領者に媚びるジャーナリズムの嬌声が世を覆ひつくすことのうちにあつた、と言つてよささうに思はれる。現に河上氏も「今日既に我々はあの時の気持と何と隔りが出来たことだらう！」と歎いてゐる。「あの一瞬の静寂」を忘れることが、すなはち「大きな変質」の始まりであることは間違ひないと思はれるのである。

ところがそこで、河上氏は意外なことを述べ始める。

まづ「絶望と憤懣とがさしあたりの表情である」と氏は述べてゐて、これ自体は意外なことではない。昭和二十一年春、戦争に敗れた翌年の春の日本がかういふ表情をあらはしてゐるのはむしろ当然のことであらう。勝つはずの戦争に負けてしまつた。神風はつひに吹かず、本土決戦は行はれなくなつて自分たちは生きのびたけれども、食糧は乏しく、家はない。かつぱらひが横行し、ラヂオや新聞は「我等を瞞《あざむ》いた者共」への憤懣を喚き立てる――「絶望と憤懣」は、どこを見渡しても目につく、もつともありふれた表情であつたに相違ない。そして、桶谷氏の言ふ「過去の日本を否定し、忘却しようとする意識的な過程」としての〝戦後〟が、まさにさうした「絶望と憤懣」の世相のうちに始まつたのだといふことは、間違ひない事実であらう。

ところが河上氏は、この敗戦後の日本社会の無秩序と喧騒が示してゐる「絶望と憤懣」の表情の底に、〈あの一瞬〉とつながり合ふものを見てしまふのである。氏はこんな風に言ふ――「その底にある沈潜した、無表情な虚無は、之を想ひ起すためには終戦直後のことを考へればよい」。

いつたいこれはどういふことなのだらうか。〝戦後〟の日本社会の無秩序と「ジャーナリズムの嬌声」。そして、それらを覆ふ「絶望と憤懣」の表情――これらはすべて、八月十五日の「あのシーンとした国民の心の一瞬」からへだたつてしまつたが故に起つてゐる現象であらうと思はれるのに、河上氏は、その表情の底にあるものは、「あのシーンとした国民の心の一瞬」における「無表情な虚無」そのものだと言ふのである。話の筋はまるで通つてゐない。

河上氏が単に奇をてらつてこのやうなことを言つてゐるのでないことは間違ひない。実際、このことに気付いた河上氏自身、自らの発見にすつかり当惑してしまつてゐるのである。その当惑を、河上氏は「国民の心に聴く時は、神託に接するが如くあるべきだ」といふ言ひ方で表現するのであるが、氏自身にも、その「神託」をどう扱つたらよいのかがわかつてゐるわけではない。結局のところ「日本人がよかれ悪しかれ自己を常に自然に適応合体させることの出来る柔軟な才能のある自然民族だといふこと」だけは確かだ、などといふ結論でお茶を濁してをはつてゐるのである。

桶谷氏は河上徹太郎氏のこの当惑を前にして立ちどまる。「われわれはここで、今日なほ納得のいく答へをみいだせない一つの謎に直面する」と氏は言ふ。そして、この謎をとくことが、この最終章を通じての課題となり、さらには『昭和精神史 戦後篇』の課題ともなつてゆくのである。

二、「無表情な虚無」

そもそもいつたい、河上徹太郎氏がここに言ふ「無表情な虚無」とはいつたい何だつたのだらうか？

実は、この「無表情な虚無」こそは、桶谷氏が『昭和精神史』にひきつづいて『昭和精神史　戦後篇』を書き始めようとしたとき、もつとも氏を苦しめたものであつた。『昭和精神史』の「あとがき」に桶谷氏は「戦後生まれの日本人が人口の過半数を占めてゐる今日、〃戦後〃日本を書くことは必要である。が、それは別の主題になるだらうと思ふ」と『戦後篇』の予告をしてゐて、それが単なる続篇となりえないことは当然としても、その「別の主題」がとりたてて大きな困難をはらんだものとなりさうな気配はうかがはれない。おそらく、わづかの期間を置いてすぐにも着手しようといふのがこの時の氏の予定であつたらうと思はれる。

ところが、実際に『昭和精神史　戦後篇』が刊行されたのは、この予告から八年後のことであり、『文學界』への連載が始まつたのも、五年たつてからのことであつた。その長い空白がどのやうなものであつたのか、桶谷氏は『戦後篇』の「あとがき」にかう語つてゐる。

「……『昭和精神史』の刊行から五年間、この仕事に着手することができなかつた。異国軍隊の進駐と占領といふ未曽有の事態をもつて始まる敗戦国日本の歴史、その精神過程を書くといふ仕事が、どう考へても愉快なものであるはずがないからである。私はこの五年間にその予感のために幾度かためらひ、書くのを放棄することも考へた。さうして時が過ぎていき、私はその間に母を失ひ、妻を失つた。妻は、国破れて十三度目の夏に出会ひ、平成七年の晩夏にこの世を去つた。私はもとの書生に還つたのであるが、気がつくと、ひとり身の自分に人生の地平が、すでに遠くない彼方にあらはれてゐた。もはや猶予すべきではない、書かねばならぬと思つた。」

なるほど、「異国軍隊の進駐と占領といふ未曽有の事態をもつて始まる敗戦国日本の歴史、その精神過程を書くといふ仕事が、どう考へても愉快なものであるはずがない」のは当然のことである。また実際、この予感はたしかに当たつてゐたので、「文庫版のためのあとがき」に、氏は「一回書きをはるたびに、身も心もへとへとに疲れた」と回想してゐる。しかしそれにしても、「書くのを放棄することも考へた」といふ逡巡ぶりは、ただごととは思はれない。そこにはなにか、単なる愉快、不愉快をこえた構造的な困難といつたもののあつたことがうかがはれる。それはいつたいどのやうな困難だつたのだらうか？

それについて、氏自身は直接にはなにも語つてゐない。しかし、第八章「占領後半期の精神状況」のうちに語られた次のやうな一節を見ると、桶谷氏が「書くのを放棄すること も考へた」といふ、その困難の構造をはつきりと読みとることができるのである。氏はそこで、こんな風に語つてゐる。

「……私は昭和二十二年から二十五年にいたる占領下のあわただしい社会現象をふりかへつて、その間の日本人の精神過程を書かうとするとき、この両者のあひだに対応関係が成り立たないことからくる、あるむなしさを感じる。

一般に、歴史過程と精神過程は重ならないといふことをいはうとしてゐるのではなく、現実過程にはたらく意思と精神過程との奇妙な乖離を感じる。ながい眼でみたときに、そのときの精神過程が、現実の進行に反抗し、何かを生む契機を蔵してゐることを、その乖離のなかにみいだすことが困難である。このことがむなしさを感じさせる。むなしさは表層であらうか。」

桶谷氏は、まさにここで、あの「無表情な虚無」と向き合つてゐるのである。ここに氏の言ふ「奇妙な乖離」とは、河上氏が〝戦後〟の無秩序の底に見た「無表情な虚無」がもたらしたものにほかならない。

ふつう、異国軍隊の占領を受けたとき、そこには両極端の反応がありえて、もつともわかり易いのは、激しい憎悪をむき出しにして、徹底的に反抗しつづけるといふ姿勢である。また同じ位にありふれてゐるのが、勝者に媚びへつらひ、かつての敵のごきげんをとりむすんで利益をえようとする姿勢である。そして日本の場合、前者はきはめて稀で、大方は後者であつたと思はれてゐる。しかし本当のところは、そのどちらでもなくて、媚びへつらひのごとく見えるものも、実はただ徹底した無反応であつた、と桶谷氏は見抜いてゐる。それはあたかも日本人の心が一種の麻痺状態に陥つて、その凍りついた表面を、「あわただしい社会現象」がただつるり、つるりと滑り去つてゆくといつた塩梅であり、それを指して氏は「奇妙な乖離」と表現したのである。

桶谷氏は、それを「むなしさ」と感じ、この「むなしさは表層であらうか」と問ふ。しかし、「表層」どころではない。ここに氏の見た「奇妙な乖離」は、氏自身の「精神史」といふ方法自体を不可能にしてしまふ、構造的困難とでも言ふべきものであつた。

ここであらためて、桶谷氏の考へる「精神史」といふものを一つの「方法」としてふり返つてみる必要があらう。氏はそれを、『昭和精神史』の第一章に、口ごもりながらも次のやうに語つてゐる。

「私は『精神』といふやや固い語感の言葉のいひあらはすものを、思念にむかふ心のはたらきといふ程度の意味に使つてゐる。それは超越的でも何でもなく、この世の塵芥にまみれた感情をひきずつてゐる。観念の組織としての思想以前の、茫漠とした、無定形の心のはたらきを含む。予感とか情操といつた心のはたらきを含めて、それが思念にむかふ動きを精神と呼んでゐる。さういふ個人の心の動きが、外界に衝突して演じる劇の総体を、時代精神といふなら、その時代精神を、幾人もの個人の側から描かうとしてゐる。」

桶谷氏の「精神史」のもつとも際立つた特色の一つは、それが、すでに「観念の組織としての思想」になつてしまふ前の、「茫漠とした、無定形の心のはたらき」が思念にむかふ動きとして、人々の心の動きをとらへようとしてゐるところにある。だからこそ氏は、河上徹太郎氏の言ふ「あのシーンとした国民の心の一瞬」に注目し、その底にある「無表情の虚無」の謎の前に立ちどまることができたのである。しかし、そこにはもう一つはつきりとした特色があつて、それは、さうした精神の動きが「外界に衝突して演じる劇」に目を向けてゐる、といふことである。現に、『昭和精神史』はまさにさうした「劇の総体」を「幾人もの個人の側」から描くことによつてなり立つてをり、そこにこの著作の魅力と迫力のもとがあると言つてよい。しかしそのためにはまづ、人々の心の動きが「外界に衝突」することが不可欠の条件となる。反抗であれ受容であれ、人々の心と外界とが何らかの応答をもつとき、はじめて氏の考へる「精神史」はなり立ちうる。

しかるに、〝戦後〟の日本に見られるこの「奇妙な乖離」は、「精神史」がなり立つために不可欠な、その応答それ自体を不可能にしてしまふのである（氏がここに言ふ「歴史過程と精神過程は重ならない」といふ一般法則も、その応答があればこそおきる現象であつて、応答にかかる時間が両者のあひだにずれを生むといふわけなのである。しかし、ここではそのずれさへも生じえないことになる）。

これは端的に「精神史」が不可能となる、といふ事態なのであり、これでは桶谷氏が「書くのを放棄することも考へた」といふのも当然のことである。むしろ、それにもかかはらず現に『昭和精神史　戦後篇』が書かれてゐる、といふことの方が驚くべきことと言はねばなるまい。

桶谷氏はどうやつて『昭和精神史　戦後篇』を書くことができたのか——それは単に、人生の残りの時間が少ないことに気付いたから、といふだけのことではあるまい。本当の意味での「別の主題」を見出したからこそ、それが可能となつたのに違ひない。すなはち、〝戦後〟の日本において「精神史」を不可能にしてしまつてゐるものそれ自体に目を向け、それをもう一度「一つの謎」として凝視するとき、それこそが『昭和精神史』とは違ふ「別の主題」となることに、氏は気付いたのに相違ない。

あらためてふり返つてみれば、氏を悩ませた占領期の「奇妙な乖離」——人々の無反応——の根底にあつたのは、あの「無表情な虚無」である。それはただ敗戦後の無秩序な社会の示す表情であるだけではなく、「あのシーンとした国民の心の一瞬」とも通底してゐる何かである。この謎をどう考へたらよいのかといふことは、いはば『昭和精神史』から『戦後篇』へと手渡された宿題と言ってもよいものなのである。

『昭和精神史　戦後篇』第一章の冒頭、桶谷氏は次のやうに語りはじめてゐる。

「平成四年に刊行した『昭和精神史』で、私は、昭和二十年八月十五日の敗戦の日から、八月三十日、聯合軍最高司令官マックアーサアが厚木飛行場に到着し、九月二日、ミズーリ艦上において重光、梅津全権代表が降伏文書に署名して以後、ほぼ一年間、占領下に置かれた日本人の精神的動向を素描して擱筆した。

八月十五日正午、昭和天皇の終戦の詔勅を聴いて、多くの日本人がおそはれた〝茫然自失〟といはれる瞬間、極東日本の自然民族が、非情な自然の壁に直面したかのやうな、言葉にならぬ、ある絶対的な瞬間について考へた。そのとき、人びとは何を聴いたのか。あのしいんとした静けさの中で何がきこえたのであらうか。」

これは単なる前著からの形式的な橋渡しの一節、といったものではない。これは明らかに、『昭和精神史』から一つの宿題を受け取り、それを新たな主題としてかかげ示した一節である。

「そのとき、人びとは何を聴いたのか。あのしいんとした静けさの中で何がきこえたのであらうか」――この問ひこそがまさに、『戦後篇』が見出した「別の主題」としての問ひである。

この問ひに対して、桶谷氏は自らかう答へてゐる。

「『天籟』を聴いたのである、と私は書いた。天籟とは、荘子の『斉物論』に出てくる言葉で、ある隠者が突然、それを聴いたといふ。そのとき、彼は天を仰いで静かに息を吐いた。そのときの彼の様子は、『形は槁木の如く、心は死灰の如く、』『吾、我を喪ふ』てゐるやうであつたといふ。

さういふ状態でなければ『天籟』は聞こえない、と荘子は隠者の口を通して語つてゐる。」

実は、この「天籟」といふ言葉こそが、『昭和精神史』二十章において、桶谷氏があの「今日なほ納得のいく答へをみいだせない一つの謎」に対して見出した答へ――あるいは答へへのヒント――なのであつた。

「天籟」とは、文字通りには「天のひびき」といふ意味の語であるが、荘子の「斉物論」において、これは、人のたてる音である「人籟《じんらい》」、大地の噫気《おくび》たる風のたてる寥々《りゅうりゅう》たる音である「地籟《ちらい》」と対比して、いはば或る種の超越的な観念として語られてゐる。すなはち、それ自体はいかなる音でもなく、ただもろもろの音を音たらしめてゐるもの――その〈沈黙としての音〉が天籟であるといふのである。

しかも、ここに桶谷氏が言ふとほり、注目すべきは、それを聴いた隠者の様子が、まさに「茫然自失」そのものであつた、といふことである。本当の真理といふものは、アルキメデスのやうに、それを見つけて大喜びで風呂からとび出して「我発見《エウレカ》せり！」と叫ぶ、といつたものではない。本当の究極の真理とは、（時としてソクラテスがさういふ状態に陥つてゐたと言はれるやうに）それを見た人を「形は槁木《かれき》の如く、心は死灰の如く」にしてしまふものなのである。修行をつんだ隠者ですらさうであるとすれば、何のそなへもない普通の人間が、いきなり「天籟」にさらされたとき、「茫然自失」の麻痺状態に陥るのは当然であらう。敗戦後の日本社会の示す奇妙な無反応ぶりは、まさにそれ故のことと説明ができるし、その底にある「無表情の虚無」が、あの「全人類の歴史であれに類する時が幾度あつたか」といふ瞬間に由来してゐるといふことも、少しも不思議ではなくなるのである。

この「天籟」といふ言葉は、たまたま昭和二十年九月五日付の朝日新聞の社説に、「八月十五日正午の天籟」といふ表現で使はれてゐたのを、桶谷氏が目ざとく拾ひ上げてきたものであり、この記事自体は、かならずしも荘子の思想に即してこの言葉を使つてゐるとは言ひがたいのであるが、[注3]桶谷氏にとつては、そのことはあまり問題ではなかつたであらう。重要なことは、この「天籟」といふ言葉によつて、あの「無表情な虚無」の謎——日本民族の歴史にとつての、もつとも貴重な瞬間と、〝戦後〟のもつとも異様な症状とを同じ一つの表情がつないでゐるといふ謎——が解決の糸口を与へられた、といふことだつたに違ひない。

この「天籟」といふ言葉をもう一度呼び出すことによつて、桶谷氏は『昭和精神史 戦後篇』の主題をつかみ得た、と言ふことができよう。その意気込みは、第一章の終り近くに語られる、次のやうな一節のうちにも見て取ることができる。

「政治過程における矢継ぎ早の息もつかせぬ占領軍による改革に対比するとき、この間の精神過程は、おほよそ対比といふものを無意味にする。前者が水平の運動とすれば、後者は垂直に天にむかひ地に潜行する運動である。敗戦後における日本人のすくなくとも表面からみれば無気味なくらゐの従順さは、この垂直の動きによつてみなければ、量ることができない。」

ここに語られてゐるのは、現象それ自体としては、先ほど見たあの「奇妙な乖離」そのものである。政治過程、歴史過程の方が、占領軍の指令によつてずんずん進んでゆくのに対して、日本人の「精神過程」の方は、なにか凍りついたごとくに無反応で、「対比」なるものを不可能にしてゐる——まさにさういふ状態である。

しかし、その〈応答のなさ〉は、決して日本人の心の動きがゼロであることを意味しない、と氏は見抜いてゐる。

言ふならばこれは、あの「奇妙な乖離」を三次元の視点によつて見るといふ発想の転換であつた。すなはち、一方が水平方向に動き、他方が垂直に動いてゐるとき、それを二次元の目でのみ眺めれば、垂直の動きはただ停止した一点としてしかあらはれてこない。しかしそれを三次元の視点から見るならば、それまでは単に麻痺して凍りついてゐたかのごとくに見えてゐた垂直の動きが、それとしてくつきりと見えてくるのである。

桶谷氏にかうした発想の転換を可能にしたのが「天籟」といふ言葉であつたことは間違ひあるまい。あの「斉物論」における描写を読むと、「天籟」を聴くといふことは、天にむかふ動きといふよりはむしろ、垂直に地の底へと深く潜行する動きとも感じられるのであるが、いづれにせよ、それは地上的なものの水平方向への（文字通りの）右往左往とは次元の異なる精神の運動である。もしも橋川文三氏がこれを見たらば、これこそがまさに日本人の戦争・敗戦体験の「超越的意味」をさぐる仕事にほかならない、と言つたであらう。「私はヘエゲルの徒ではないから、超越的な精神の運動なるものを考へたことも」ない、と言つてゐた桶谷氏であるが、『昭和精神史』から『戦後篇』へと歩みをすすめるなかで、ヘエゲルが言ふのとは違つたかたちの、しかし確かに「超越的な精神の運動」と呼ばざるをえないものへと、氏は目を向けることになつたのであつた。

ただし、「天籟」といふ言葉を手引として、〝戦後〟の日本人の「垂直に天にむかひ地に潜行する」心の動きをとらへるといふ企てには、その出発点から一抹のかげがさしてゐた。いま見たとほり、『戦後篇』の冒頭に、『昭和精神史』からもちこされた問ひをかかげ、それに答へるべき「天籟」といふ言葉をあらためて紹介しなほしたところで、桶谷氏は『昭和精神史』の最終章に登場したこの言葉に対する人々の反応を、こんな風に回顧してゐる。

「だから、どうしたといふのか。そんな怪訝をともなふ反感あるいは薄ら笑ひを、私はたびたび経験したが、賛意をつたへてくれた人はひとりもゐなかつた。」

なかでは「もつとも深切な反応」だつたといふ司馬遼太郎氏のはがきも、中身をせんじつめれば「だから、どうしたといふのか」といふ反応の枠を出てゐない。「荘子の〝天籟〟ひさしぶりでこのことばに接しました。〝天籟〟、大切なような、大切でないような、知らずとも生涯、知っても何程もなき生涯、これは一体何でしょう。」――明らかに、この人はあの「シーンとした国民の心の一瞬」を共有してゐない。あるいはそれを記憶してゐない。「私のいつてゐることは独断妄念にすぎないのであらうか」と語る桶谷氏の言葉には、おさへがたい悔しさがにじみ出てゐる。

『昭和精神史』それ自体の評判がわるかつたわけではまつたくない。平成四年の毎日出版文化賞を受賞し、多くの書評に恵まれ、「文庫版のためのあとがき」にも「版を重ねること五度、予想外の好評を得た」とあるとほり、むしろたいへん成功した著作と言つてよい。それだけに、この肝心の「天籟」といふ言葉についての人々の無反応は、氏にとつては不本意なことだつたであらう。

おそらくそれは、単に「天籟」といふ言葉への無反応といふだけの話ではなく、そもそもあの敗戦の瞬間のうちになにか地上的な次元をつき抜けたものを見ようとする発想自体が理解されにくかつた、といふことだと思はれる。それはちやうど、「回顧趣味」ではない戦争体験といふことを座談会のなかで力説した橋川文三氏が「どうもよくわからんな」といふ声をあびたのと同様のことだつたと言へよう。

しかも、そのことについての人々の無反応、無理解といふことは、現実にも、〝戦後〟の日本人の精神過程において「垂直に天にむかひ地に潜行する運動」が、乏しくかぼそいものでしかなかつた、といふことに直結してゐる。なんとかして〝戦後〟の日本人の心の歴史のうちにその動きを追つてゆかうとしても、それ自体があまりにもかぼそく頼りなく、砂漠にそそがれた一筋の水流のごとくに、たちまち乾いた砂に吸ひ込まれ、蒸発して消えていつてしまふ。それを追ひもとめる作業は、その動きをしつかりと掘り下げる作業となるより、むしろその精神の動きのうすれと消滅を追ふ作業とならざるをえなかつた。

或るとき樋谷氏がつくづくと苦い口調で「あんなもの、書かなければよかつた」と述懐されてゐるのを耳にした記憶がある。その苦々しい氏の思ひは、『戦後篇』のをはりの一文にもあらはれ出てゐる。実質的な最終章である、第十六章「三島由紀夫の死」のをはりに、三島由紀夫自決の五年後の春、村上一郎が日本刀で喉をついて死んだことを述べてから、樋谷氏はこんな文章で全体をしめくくつてゐるのである。

「さらにそれから数年後の夏、三島由紀夫のすぐれた理解者であり批判者でもあり、自身、生来のロマンティケルであつた橋川文三が、あの戦争はあつたといつても、なかつたといつても同じことではないかといふ異様な言葉を、口から洩れるやうな口調でいつた。戦争体験の普遍化と継承を、かつてその文業の主題の一つにした人である。
それは、三島由紀夫の死が象徴する、昭和は終つたといふ予感の、じわじわと人の心をむしばむやうな実現であつた。」

これはまさに、橋川文三氏の〈敗北宣言〉を、樋谷氏がもう一度、二十年あまりの時をへて繰り返してゐるかのごとくである。

ここに氏が「昭和は終つた」といふのは、もちろん「歴史過程」における昭和の終りではなくて、あくまでも精神過程のうへでの話である。すなはち、〝戦後〟の日本人の精神過程における「大きな変質」が、精神過程そのものを消滅させてしまひ、その結果として、もはやあの「シーンとした国民の心の一瞬」の「謎」すらも残らなくなつてしまつた、といふ状態である。これは、『昭和精神史』からその「謎」を受け取つて出発した『戦後篇』の敗北であるのみならず、その「謎」を差し出した『昭和精神史』の敗北でもある、といふことにならう。

けれども、実はこれは誰の敗北でもない。真理は隠れることを好む、と言つた古代ギリシャの哲学者がゐるが、真実の瞬間といふものも、二重三重に、目に見えない隠れみのをまとつてゐる。真剣にそこに目をこらさうとする人ほど、それが見えないことに気付かざるをえないのである。

その意味で、あの八月十五日正午の瞬間を「天籟」を聴いた瞬間、ととらへた桶谷氏の発想は、正しい方向をむいてゐたと言へる。そこに何か真理が語られてゐたとしても、それは決してあからさまな宣言などではなく、どこまでも音なき音の語りかけなのである。

ただし、やがて明らかになるとほり、桶谷氏の見出した「天籟」といふ言葉には、或る種の限界があつた。そこに、古代中国の戦国時代に生きた思想家の深い思想が含まれてゐることは事実としても、わが国の古来の思想には、それとはまた異なる位相がある。ぎりぎりのところまで押しつめていつたとき、そこにはどうしても越えがたいずれが生じてくるのである。

その意味では、かへつて、先ほどのあの『八月十五日の神話』の佐藤卓己氏の方が、八月十五日の玉音放送のもつ伝統的、宗教的な意義に敏感であつたとも言へる。佐藤氏は、竹山昭子氏の『玉音放送』を引用して、「この放送の祭儀的性格」を指摘する。すなはち、それは単なる「降伏の告知」ではなく、「各家庭、各職場に儀式空間をもたらした」出来事であり、この放送を通じて国民全体が「儀式への参加」をした。だからこそそれが「忘れられない集合的記憶の核として残った」のだ、と佐藤氏は述べるのである。さらに氏は「この場合、昭和天皇が行使したのは、国家元首としての統治権でも大元帥の統帥権でもなく、古来から続いた祭司王としての祭祀大権であった」と述べて、この八月十五日の玉音放送が徹頭徹尾〈神学的〉な出来事であつたことを指摘してゐるのである。

これはきはめて重要な正しい認識であり、あの「シーンとした国民の心の一瞬」の謎を考へる上でも、出発点とすべきところである。惜しいことに佐藤氏は、この正しい認識に自ら尻込みしてしまひ、むしろこれを単なる「八月十五日の心理」として葬り去らうとしてゐるのであるが、ここには確かに、「天籟」といふ言葉では手の届かない領域のあることが示されてゐるのである。

しかし、それならば、いったい何故、その「儀式空間」の底に「絶望と憤懣」がひそむことになるのか？

いましばらく、『昭和精神史』の最終章にたちもどり、「天籟」といふ言葉の導いてくれる限界までをたどつてみることにしよう。

第四章　太宰治「トカトントン」

一、精神史の病理としてのトカトントン

『昭和精神史』の第二十章に、荘子の語る「天籟」の説明をしたあとで、「太宰治は八月十五日正午に『天籟』を聞き、その記憶を持続しつづけ、それを表現した数すくない文学者のひとりだつた」といふ言葉とともに、桶谷氏は太宰治の短篇小説「トカトントン」から次の一節を引いてゐる。

「厳粛とは、あのやうな感じを言ふのでせうか。私はつつ立つたまま、あたりがもやもやと暗くなり、どこからともなく、つめたい風が吹いて来て、さうして私のからだが自然に地の底へ沈んで行くやうに感じました。
死なうと思ひました。死ぬのが本当だ、と思ひました。前方の森がいやにひつそりして、

漆黒に見えて、そのてつぺんから一むれの小鳥が一つまみの胡麻粒を空中に投げたやうに、音もなく飛び立ちました。

ああ、その時です。背後の兵舎のはうから、誰やら金槌で釘を打つ音が、幽かに、トカトントンと聞えました。それを聞いたとたんに、眼から鱗《うろこ》が落ちるとはあんな時の感じを言ふのでせうか。悲壮も厳粛も一瞬のうちに消え、私は憑《つ》きものから離れたやうに、きよろりとなり、なんともどうにも白々しい気持で、夏の真昼の砂原を眺め見渡し、私には如何なる感慨も、何も一つも有りませんでした。」


たしかにこの前半は、まさしく天籟を聞くといふ体験のなまなましい描写となってゐる。しかも、荘子の「斉物論」においては、その描写はもつぱら弟子が外側から見た姿として語られてゐるのであるが、これはいはば「形は槁木の如く、心は死灰の如く」の状態を内側から描き出した描写となつてゐる。その意味で、太宰治のこの文章は、「斉物論」以上に真にせまつた「天籟」体験の描写であるとすら言へるのである。

しかし、さらに重要なのがこの後半である。河上徹太郎は昭和二十一年春の時点で、「あのシーンとした国民の心の一瞬」をふり返って、「今日既に我々はあの時の気持と何と隔りが出来たことだらう！」と嘆じてゐたのであるが、ここには、その「隔り」の最初の動きがどのやうなものであつたかが、刻明に描かれてゐるのである。

「あのシーンとした国民の心の一瞬」の静寂は、ここでは、まづ物理的なもの音によつて破られる。と同時に、その「誰やら金槌で釘を打つ」トカトントンといふ音は、そのしいんとした瞬間の「悲壮も厳粛も」ぶちこはしてしまふ。

それによつて、「憑きものから離れたやうに、きよろりとなり、なんともどうにも白々しい気持で」その場に立ちつくす青年の姿は、一見すると、あの「天籟」を聞いたときの隠者の〝茫然自失〟のさまと似通つてゐるやうにも見える。しかし、このトカトントンなる音は、もちろん「天籟」ではない。これは明らかに「あのシーンとした国民の心の一瞬」の静寂を壊すものとして現はれてをり、その意味ではむしろ「天籟」と敵対するものと言つてよい。そしてこの小説「トカトントン」の主役は間違ひなくトカトントンの方なので、正確に言へば、太宰治は「天籟」の記憶を「持続しつづけ、それを表現した」といふよりも、「その記憶を持続しつづけ、それが壊されてゆくさまを表現した作家」と言ふべきであらう。

しかしさしあたつては、この主人公はトカトントンがあの瞬間の静寂をうちこはし、「悲壮も厳粛も」追ひはらつてしまつたことを残念がつてゐる様子ではない。この小説は、敗戦後に帰郷した一作家にあてて地元の青年が書いた手紙、といふ体裁をとつてゐるのであるが、青年はたとへばこんな風に書きつづつてゐるのである。

「あの、遠くから聞えて来た幽かな、金槌の音が、不思議なくらゐ綺麗に私からミリタリズムの幻影を剝ぎとつてくれて、もう再び、あの悲壮らしい厳粛らしい悪夢に酔はされるなんて事は絶対に無くなつたやうです」

こんな言ひ方を見ると、ひよつとして太宰治は、戦後しばしば（完全に肯定的なニュアンスで）語られた「復興の槌音」といつた言葉を念頭に置きながらこの「トカトントン」を書いたのか、といふ気もしてくるのであるが、しばらくすると、そんな解釈をあざ笑ふかのごとくに、この音はその異様さをあらはし始める。

青年はこんなことを訴へるのである。

「しかしその小さい音は、私の脳髄の金的《きんてき》を射貫いてしまつたものか、それ以後げんざいまで続いて、私は実に異様な、いまはしい癲癇持ちみたいな男になりました。」

どんな風に異様なのかと言へば、「何か物事に感激し、奮ひ立たうとすると、どこからとも無く、幽かに、トカトントンとあの金槌の音が聞えて来て、とたんに私はきよろりとなり、眼前の風景がまるでもう一変してしまつて、映写がふつと中絶してあとにはただ純白のスクリンだけが残り、それをまじまじと眺めてゐるやうな、何ともはかない、ばからしい気持になる」といふのである。

精神病理学者がこれを聞けば、それは癲癇ではなくて、鬱病の一症状、あるいは統合失調症にともなふ離人症的な症状の一つと考へられる、などと診断するであらうが、いづれにしても、こんな風では、まことに生きてゆきにくいのは間違ひあるまい。この青年の手紙は、まづいきなり、「拝啓。一つだけ教へて下さい。困つてゐるのです」と始まつてゐるのであるが、たしかに本当に、この青年はトカトントンに困らされてゐるのである。

おほよそ小説といふものは主人公が「困つてゐる」と面白くなるものであつて、この小説もまた、青年のさまざまの「困つた」話を描き出して読者を楽しませてくれる。郵便局の仕事のひまひまに、百枚ちかくの小説を書いて、いよいよ完成真近といふ秋の夜に、銭湯につかつてゐるうちにトカトントンと音が聞こえて、プウシキン流の終章もゴーゴリ式もすつかり色あせてしまつたこと。憧れつづけてゐた（「ヴァン・ダイクの画の、女の顔でなく、貴公子の顔に似た顔」の）時田花江さんに、或る日、浜辺にさそひ出されて話をしてゐる間に、近くで音高く釘を打つのが聞こえて、たちまち「空々漠々たる」気持になつてしまつたこと――この青年が次々に感激し、興奮しては、また次々に「きよろりと」なつてしまふさまは、ほとんど小気味よいとすら言へて、そこだけを取りあげてみれば、これは一種の痛快な幻想破壊小説とも読めるのである。

しかし、トカトントンの破壊力は、さらに加速度的に激しさをましてゆく。

「もう、この頃では、あのトカトントンが、いよいよ頻繁に聞え、新聞をひろげて、新憲法を一条一条熟読しようとすると、トカトントン、局の人事に就いて伯父から相談を掛けられ、名案がふつと胸に浮んでも、トカトントン、あなたの小説を読まうとしても、トカトントン、（中略）もう気が狂つてしまつてゐるのではなからうかと思つて、これもトカトントン、自殺を考へ、トカトントン。」

一口に言へば、このトカトントンの幻想破壊力によつて、青年は文字通り、生きることも死ぬこともまゝならない状態に陥つてゐるのである。

さらにそこでもう一つ重要なのは、この状態がただ単にこの青年ひとりの個人的な異常として描かれてゐるのではないといふことである。彼はその手紙のはじめに「これは、私ひとりの問題でなく、他にもこれと似たやうな思ひで悩んでゐるひとがあるやうな気がしますから、私たちのために教へて下さい」と言つてゐる。この状態を、精神病理学上の言葉でいかやうに説明することが可能であるにしても、作者はこれを、精神病理の話として描いてゐるのではない。精神史の病理として、この「トカトントン症状」は描かれてゐるのである。

この病理が、あの占領下の日本において見出される「奇妙な乖離」と深くかかはつてゐることは間違ひない。占領者たちが次々と押しつけてくる理不尽な「改革」に対して、憤然と抵抗を試みようとするたびに、どこからともなくトカトントンが聞こえてきて、まるでもうきよろりとなつてしまひ、すべてがばかばかしく思はれる――多くの日本人がそんな風であつたとしたら、その間の「社会現象」の動きと、人々の「精神過程」との間に、対応関係の成り立つはずもないのである。

もちろん占領者の側から見れば、それはただ屈伏と服従といふ現象であつて、それ以外のものではないといふことにならう。たとへば桶谷氏はさきほどの『昭和精神史』最終章に、当時の連合国総司令官マッカアサアが自らの回想記に記した文章を引いてゐる。

「一つの国、一つの国民が終戦時の日本人ほど徹底的に屈伏したことは、歴史上に前例をみない。日本人が経験したのは、単なる軍事的敗北や、武装兵力の壊滅や、産業基地の喪失以上のものであり、外国兵の銃剣に国土を占領されること以上のものですらあつた。幾世紀もの間、不滅のものとして守られてきた日本的生き方に対する日本人の信念が、完全敗北の苦しみのうちに根こそぎくずれ去つたのである。」

しかし、これは「一面の真実にすぎないと思ふ」と桶谷氏は反論する。マッカアサアが

「徹底的な屈伏」と見たのは、むしろ「無関心」のあらはれにすぎず、その無関心は「天籟」への屈服によつて生まれたのだ、と氏は言ふのである。

客観的に言ふならば、占領下の日本人の異様なまでの大人しさの根本にあつたのは、「承詔必謹」といふ合言葉であつた。すなはち、八月十五日の「終戦の詔書」のご放送において、天皇陛下は国民が停戦をしつかりと守るべきこと、テロに走つたり互ひに衝突したりするといふことが絶対にないやうに、といふいましめを説かれた。この詔を必らず謹しんで守るべし、といふことが敗戦直後の日本人を律する第一の道徳律となつてゐたのである。

占領軍の将兵を驚かせた日本人たちの大人しさは、何よりもまづ、この「承詔必謹」のかけ声によるものであり、それはまさしく、「幾世紀もの間、不滅のものとして守られてきた日本的生き方」そのものであつた。そもそも、占領開始から五年半の長きにわたつて日本の首都の中心部に居坐つて独裁権力をふるひつづけたマッカアサアが暗殺もされずに命ながらへてこのやうな傲慢な回想記を書くことができたこと自体、まさに日本人たちが「日本的な生き方に対する」信念をしつかりと保ちつづけたが故だつたのだと言へよう。

しかし、いくら「承詔必謹」と言つても、なかには腹に据ゑかねる思ひを抑へきれない人間も、当然出てくるはずである。さういふときに、かれらの手をおしとどめたのが、トカトントンの音だつたといふことは、充分にありうるのである。

たとへば、あの「トカトントン」の青年が、マッカアサアの暗殺を思ひたつたところを想像してみよう。毎朝新聞を見るたびに、占領軍が勝手な「ポッダム勅令」を出しては、日本をアメリカ流に作りかえてゆくさまが、大いに腹立たしい。あまつさえこのマッカアサアなる軍人は、畏れ多くも天皇陛下の御前で平身低頭するどころか、その傍に立つて腰に手をやり傲然と胸を張つてみせるといつた不敬ぶりである。たしかに陛下は事を起すなかれとおほせられたけれども、このやうな無礼者に天誅を下すのは、大御心にそむくことではあるまい、と憤りに燃えて、青年は或る朝、出刃包丁を新聞紙にくるんでリュックサックにつめ、意気高らかに家を出る。さうして、駅に行つて東京行きの切符を買はうとしたとたん、どこからともなくトカトントンと幽かな音が聞こえてきて、青年はたちまちきよろりとなり、何もかもがばかばかしくなつて、そのまゝ家に帰つてふとんをかぶつて寝てしまつた……。そんなことになるであらう。

そして、もし「トカトントン」の青年が言ふとほり、これが彼ひとりの問題でなく、他にも似たやうな症状に悩んでゐる人々がゐたとすれば、かうしたことが日本のあちこちで起つてゐたとしても不思議はないのである。

実際、もし仮りに、マッカアサアが俺の股の下をくぐれと言つたならば、人々はきよろりとした無表情のまゝ、彼の股の下をくぐつたに違ひない。そしてマッカアサアはそれを、日本人が「徹底的に屈伏した」証拠と考へたであらう。けれどもそれは、屈伏でも服従でもなくて、或る異常な〈精神史上の病理〉のなせるわざ——トカトントンのなせるわざなのである。

さうなつてみると、ここであらためて、このトカトントンとはいつたい何なのだらうか、と問ひなほさないわけにはいかなくなる。この小説の青年も、手紙のなかで繰り返しそれを問ふのである——「教へて下さい。この音は、なんでせう。さうして、この音からのがれるには、どうしたらいいのでせう」。

ふつうならば、小説のなかでのかうした問ひは、答へを得ることなく宙にういたまゝにしておくべき性質のものである。それによつて読者には、この青年の生きることも死ぬこともできなくなつた状態が、強く印象づけられたまゝ残ることになる。「トカトントン」と題する小説としては、このトカトントンの氾濫状態をもつて幕を閉ぢるのが、もつとも効果的なはずである。

ところが作者は、それを自らぶち壊しにするやうな終結のかたちを選ぶのである。「教へて下さい。この音はなんでせう」といふ青年の問ひかけに答へて、太宰治は、いはば舞台裏から作者自身が舞台に顔をあらはすごとくにして、解答を差し出す。「この奇異なる手紙を受け取つた某作家は、むざんにも無学無思想の男であつたが、次の如き返答を与へた」と前置きして、太宰治は次のやうに返答するのである。

「拝復。気取つた苦悩ですね。僕は、あまり同情してはゐないんですよ。十指の指差すところ、十目の見るところの、いかなる弁明も成立しない醜態を、君はまだ避けてゐるやうですね。真の思想は、叡智よりも勇気を必要とするものです。マタイ十章、二八、『身を殺して霊魂《たましひ》をころし得ぬ者どもを懼《おそ》るな、身と霊魂《たましひ》とをゲヘナにて滅《ほろぼ》し得る者をおそれよ。』この場合の『懼る』は『畏敬』の意にちかいやうです。このイエスの言に、霹靂を感ずる事が出来たら、君の幻聴は止む筈です。不尽。」

ずいぶんと無愛想でブッキラボーな返答である。しかも、青年の「この音からのがれるには、どうしたらいいのでせう」といふ問ひに対する処方箋としては、この返答はまるで噛み合つてゐない。加藤典洋氏は『敗戦後論』のなかで、その喰ひ違ひぶりをかう評してゐる。

「ありていにいえば、ここで太宰はこの若者の問いに答えていない。若者は、いわばすぐにストンと電源のブレーカーが下りるようになった自分の身体をどう考えればよいのか、この苦しみは何なのか、と尋ねているのだが、太宰はこれに、へなちょこの若者の悩みに苦労を積んだ大人が、しゃんとせい、と一喝で答えるように、この身体の倫理の問いに、より強い倫理で答えているのである。それは、発熱と咽喉の痛みを訴える患者に、とにかくこれを飲めば治ると強力な抗生物質を与える医者の処方と似ている。」

　たとへば、もしこの青年が「某作家」の忠告にしたがつて、「いかなる弁明も成立しない醜態」を果敢に実現しようと考へ、（独身の時田花江さんではなく）誰か既婚の女性を誘惑しよう、などと企てたらどんなことになるであらうか。おそらく、いざといふ瞬間には間違ひなくトカトントンといふ幽かな音が聞こえて、青年はたちまち「きよろり」となつてしまひ、「はい、さやうなら」とズボンをはいて、すたすた帰つてきてしまふのがオチであらう。「強力な抗生物質」どころか、そもそもこの処方は、咽喉がふさがつてものが呑み込めないと訴へてゐる患者に呑み薬を与へようとしてゐるにひとしいのである。

　けれども、実はこの返答は、処方箋を与へようとして書かれたものではない。加藤氏も述べてゐるとほり、太宰治は誰よりも早く「戦後以後の声、ノン・モラルの声」を聞きわけてゐた。そして、その正体を見抜いてもゐた。それをきちんと明らかに示さなければならない、といふ使命観のごときものが、敢へてふつうの小説作法にそむいてまで、この「返答」を彼につけ加へさせたのである。

　この返答をいささか解りにくくしてゐるキリスト教の意匠をとり去つて、さきほどの荘子「斉物論」の話へと翻訳しなほしてみるならば、「某作家」の返答はかういふことにならう。

〃君の幻聴がどこから生じてゐるのかは明らかで、それは君が自分の耳にふたをした、その耳栓のたてる音にほかならないのだ。君は、ひとたび天籟を聞きながら、その沈黙の深さに耐へられなくて、大いそぎで耳栓をしてしまつた。しかし、その耳栓のたてる音によつて生じてくる虚無《ニヒル》などといふものは、いはば無の抜けがらにすぎない。それは、人をただ索漠たる無為にさそひ込みはするものの、「真の思想」へと導くよしもない。勇気を出して耳栓をはづし、あの一瞬の静寂に耳をかたむけてみたまへ。そこにひろがる本物の「無」の淵をのぞき込んで戦慄したまへ。そのとき、君のちやちな幻聴などたちまち止んでしまふことだらう。〃

おそらく、こんな大上段の正論を、作者が舞台裏から素顔をあらはしつつ語るやうなことは、ふつうの小説作法にそむくばかりでなく、太宰治自身のふだんの流儀にもそむくことであつたらう。ここで「某作家」を「むざんにも無学無思想の男であつたが」と述べてゐるのは、明らかに作者の含羞の身振りと見ることができる。

しかしそれでもなほ、彼はこれを語らずにはゐられなかつた。このトカトントンは、たまたま敗戦期の一青年が体験した奇妙な現象といつたものではなく、まさに加藤氏の言ふとほり、太宰治がいち早く聞きとつた「戦後以後の声」であつた。そしてこのトカトントンの怖ろしさを、彼ほどよく見極めてゐた者はゐなかつたのである。

実は、その意味では、この「トカトントン」は、まことに怖ろしい未来小説でもある。ここではいささか戯画的に描かれてゐる、この青年の「トカトントン」症状の亢進は、そのまゝ日本の戦後精神史のたどるべき道の予言、と見ることができるからである。実際、この精神の奇妙な麻痺症状は、敗戦期のみのことであるどころか、占領が終つたのち、現在に至るまで益〻つよまつてゐるのである。

よく引かれる三島由紀夫の文章がある——「私はこれからの日本に大して希望をつなぐことができない。このまま行つたら『日本』はなくなつてしまふのではないかといふ感を日ましに深くする。日本はなくなつて、その代はりに、無機的な、からつぽな、ニュートラルな、中間色の、富裕な、抜目がない、或る経済的大国が極東の一角に残るのであらう。それでもいいと思つてゐる人たちと、私は口をきく気にもなれなくなつてゐるのである」。

彼がこの文章を書いたのは、昭和四十五年、自決する数ヶ月前のことであつたが、ここには、いはばすつかりきよろりとなつてしまつて悲壮も厳粛も消えうせた〈トカトントンの日本の姿〉がある。

さらにこの言葉から四十年以上たつた今日、自嘲気味に語られるのは、もはや「或る経済的大国」すら残りさうにない、といふことである。つまり「経済的人国」でありつづけるためにも、やはり何らかの精神の活力といふものは不可欠なのであつて、「経済的大国」になつたとたんに「きよろり」となつてしまつては、単なる「経済的大国」でゐつづけることすらできないのである。

まるでさうした未来を予見してゐるかのごとくに、「トカトントン」の青年の手紙には、最後にこんな話がつづられてゐる。伯父の晩酌の相手をしながら「人生といふのは、一口に言つたら、なんですか」と尋ねたら、「世の中は、色と慾さ」といふ答へをもらひ、「案外の名答だと」思ふ。さうして「闇屋にならうかしらと」思ひつき、「闇屋になつて一万円まうけた時の事を考へたら、すぐトカトントンが聞えて来ました」といふのである。現在の日本の精神的麻痺状態は、まさにこの、「トカトントン」症状の最終段階にまで達してゐると言ふべきであらう。

「どうしたらいいのでせう。私はいま、実際、この音のために身動きが出来なくなつてゐます。どうか、ご返事を下さい」とこの青年は訴へてゐるのであるが、これはそのまゝ、六十六年後の現在のわれわれ自身の問ひかけでもある。或る意味ではこの青年以上に切実に、われわれは答へを必要としてゐるのである。

二、「死ぬのが本当だ、と思ひました」

いま見たとほり、太宰治はなにか手つとり早く服用できる特効薬のやうなものを示してゐるわけではない。また、ただ単に「しゃんとせい」と一喝してゐるのでもない。耳をふさぐな、目をそむけるな、もう一度あの瞬間にたちかへつて、正しく戦慄せよ——これがあの「某作家」の渾身のメッセージである。

ではいつたい、あの瞬間にたちかへつて、われわれはなにを聞き、なにに戦慄すべきなのであらうか？

あらためて、「トカトントン」のあの重要な一節にたちかへつてみよう。あの「悲壮」と「厳粛」の瞬間、「トカトントン」の青年はかう呟いてゐたのだつた——「死なうと思ひました。死ぬのが本当だ、と思ひました」。

「死ぬのが本当だ」といふこの一言は、「トカトントン」のなかでは、あまり目立たない格好で、ひつそりと埋め込まれてゐる。さしあたつて青年のこの呟きは、すぐ前に語られる、こんな一節に応じての言葉である。

「昭和二十年八月十五日正午に、私たちは兵舎の前の広場に整列させられて、さうして陛下みづからの御放送だといふ、ほとんど雑音に消されて何一つ聞きとれなかつたラヂオを聞かされ、さうして、それから、若い中尉がつかつかと壇上に駈けあがつて、『聞いたか。わかつたか。日本はポツダム宣言を受諾し、降参をしたのだ。しかし、それは政治上の事だ。われわれ軍人は、あく迄も抗戦をつづけ、最後には皆ひとり残らず自決して、以て大君におわびを申し上げる。自分はもとよりそのつもりでゐるのだから、皆もその覚悟をして居れ。いいか。よし。解散。』

さう言つて、その若い中尉は壇から降りて眼鏡をはづし、歩きながらぽたぽた涙を落しました。」

この一節の全体が、(おそらく、かならずしも検閲を意識してといふことだけではなしに)どことなく戯画めいた調子で語られてゐて、たぶんこの若い中尉も、この演説の十分後には自分の演説のことなどきよろりとなつて忘れてしまつたであらう、と思はせるものがある。「死ぬのが本当だ、と思ひました」といふ青年の呟きも、それにともなつて、なにかその場かぎりの言葉、といふ色彩を帯びてゐる。

けれども、かうした装ひにもかかはらず、この一言は、消すことができない重さをもつて、「トカトントン」のうちにひびいてゐる。

「死ぬのが本当だ、と思ひました」といふ一言こそは、作者自身が自らのつぶやきとして心のうちに繰り返してゐた言葉だつたに違ひないのである。

この言葉が作者自身にとつてどのやうな意味をもつてゐたかといふことは、昭和十九年に発表された短篇小説「散華」が、もつともよく示してゐる。これは、世に言ふ戦意昂揚小説だの翼賛小説だのといふたぐひのものでは全くない。これはただ、本当の詩とはどういふものかといふことについての作者の考へを、まつすぐ素直に語つた小説と見るべきものである。

この「散華」といふ短篇には三人の若者が登場するのであるが、そのうちで話の中心となるのは三田君といふ青年である。鉄縁の眼鏡をかけ、「俗にいふ『哲学者のやうな』風貌」の三田君は、しづかに黙つて作者の話を聞きながら、その話の「たいへん大事な箇所だけを敏感にとらへて」うなづく、といつた若者であつたといふ。

やがて三田君は、作者の友人の山岸氏のもとで詩を学ぶやうになり、山岸氏に彼のことをたづねてみると、「いいはうだ。いちばんいいかも知れない」と言ふ。しかし作者自身は、三田君の書く詩が、どれもそれほどよいとは思へず、首をかしげてゐた――そんな風に太宰治は書いてゐる。

その後一時体をこはしてゐた三田君は、元気になるとすぐ兵役につき、何度か葉書をよこすのだけれども、やはり作者はどうも感心しない。「山岸さんから『いちばんいい』といふ折紙をつけられてゐる人ではないか」と不満を感じてゐる。と、そこに最後の一通が届く。

御元気ですか。
遠い空から御伺ひします。
無事、任地に着きました。
大いなる文学のために、
死んで下さい。
自分も死にます、
この戦争のために。

この葉書に、作者は「最高の詩」を見る。
「うれしかつた。よく言つてくれたと思つた。大出来の言葉だと思つた」と作者は言ひ、三田君が本当に『いちばんいい詩人』のひとりである」ことを、からりと何の疑ひもなく信じるに至つたと語る。
やがてその年の五月の末、アッツ島の守備隊が玉砕し、八月末の新聞で、その名簿のなかに作者は三田君の名前を発見する。「任地」とはアッツ島のことだつたのである。「任地に第一歩を印した時から、すでに死ぬる覚悟をしてをられたらしい」と作者は言ふ。そして、「そのやうな厳粛な決意を持つてゐる人は、ややこしい理窟などは言はぬものだ。激した言ひ方などはしないものだ。つねに、このやうに明るく、単純な言ひ方をするものだ。さうして底に、ただならぬ厳正の決意を感じさせる文章を書くものだ」と述べたあと、最後にもう一度、あの三田君の便りを引いて「散華」は終つてゐる。

この「散華」の三田君と、「トカトントン」の青年とを並べくらべてみれば、その対比は明らかである。三田君の「明るく、単純な言ひ方」に対して、「トカトントン」の手紙の文章は、面白いことはこの上ないが、まことにくだくだしい。この青年は、手紙を書きながらも、もうトカトントンがさかんに聞こえてしまつてゐて、つまらなさを我慢してとにかくこれだけ書いたのだといふ。「さうして、あんまりつまらないから、やけになつて、ウソばつかり書いたやうな気がします」と彼は言ふのである。語る内容だけでなく、すでにその「言ひ方」において、二人の相違ぶりは際立つてゐる。

さうした対比を眺めつつ、さきほどの加藤典洋氏はかう語つてゐる。

「おそらく、あの『トカトントン』の返信を書く太宰の中で、『トカトントン』の若者の声は、このアッツ島の死者の『大いなる文学のために、／死んで下さい。』という声とこそ向かい合っている。この死んで帰らない『未帰還の友』と、生きて戦後自分の前に現れる『トカトントン』の若者は、どこか対立するものとして、戦後の彼の中に位置をしめるのである。」

加藤氏の言ふとほり、両者ははっきり「対立するものとして」太宰治の心のうちに位置づけられてゐたに違ひない。また、加藤氏の言ふやうに、そのなかで太宰治が「戦争の死者への連帯」といふ立場に立つてゐたことも間違ひない。だからこそ、「拝復。気取った苦悩ですね。僕は、あまり同情してはゐないんですよ」といふ、あの冷淡な返信の言葉がありえたのだと思はれる。

しかし、それは決して単純に、「トカトントン」の若者を「三田君を見よ、お前もしっかりしやんとせい」と叱責してすむやうな話ではない。彼は、どうあがいても三田君にはなれない。三田君になる道は完全に断ち切られてしまつてゐるのである。

あの八月十五日の御放送を聞いた直後の「死ぬのが本当だ、と思ひました」といふ呟きは、すでにそのとき、虚しい呟きになつてしまつてゐた。なぜならば、それはわが国が降伏したことを告げる御放送であり、天皇陛下は、その敗北を生きて耐へ抜け、とおほせられたのだからである。「死ぬのが本当だ」といふ思ひは、ただむなしく宙にうくほかはない。そして、そのことをよくよく知つてゐたからこそ太宰治は「トカトントン」を書いたに違ひないのである。

　さうしてみると、さきほど「トカトントン」の結びの「某作家」の手紙を、「天籟」にむすびつけて解釈したのは、まつたく見当をはづしてゐたと言はなければなるまい。トカトントンの音は、真理から耳をふさいでゐるが故に聞こえてくる音なのではない。むしろそれは、もつとも戦慄すべき事実――「死ぬのが本当」なのに、その道が閉ざされてしまつてゐるといふ事実――を、くりかへし目の前に呼び出し、つきつけてくる音なのである。

　青年がこの音の聞こえるたびに「きよろりと」なつてしまひ、何をすることもできなくなつてしまふのは、当然至極のことである。自分はいま、「死ぬのが本当」なのに、小説を書かうとしたり、野球に熱中したり、時田さんに誘はれてドキドキしたりしてゐる。なんとはかない、ばからしいことかと、「なんともどうにも白々しい気持」になるほかはない。このやうな症状に対しては、処方箋などあるはずもないのである。そもそも、自分が〈生きることも死ぬこともできない〉状態にあるのだとはつきり認識してゐる人間に対して、いつたいどんな忠告がありうるのか？「イエスの言に、霹靂を感ずる事が」できる位なら世話はない。ゲヘナもクソもないやうなところに宙吊りにされてゐるからこそトカトントンが聞こえるのであつて、さきほど見た加藤典洋氏の批判とはまつたく別の意味で、この某作家の返答はかみ合つてゐない。むしろそれを考へると、太宰治はわざと（いかにもインテリの書きさうな）かみ合つてゐない返答をしめくくりに置いたのではないか、とすら思へてくる。某作家を「むざんにも無学無思想の男であつたが」と紹介してゐるのは、含羞の身振りどころか、ただ端的な真実を語つた言葉であつて、太宰治は、このトカトントンがいかに絶望的な〈死に至れない病ひ〉であるかを示すために、このトンチンカンな返答をつけ加へたのだ、とも考へられるのである。

かうして見てくると、河上徹太郎氏の言ふ「あのシーンとした国民の心の一瞬」の謎は、解けるどころかますます深まると言はなければなるまい。

その一瞬の静寂のうちに国民が聴き取つたのが「天籟」であつたのだとすれば、話の筋はむしろわかりやすい。あの一瞬は、たしかに河上氏の言ふとほり、古今の世界の歴史にもためしのない稀有な瞬間だつたのであり、我々はその沈黙の内に示された深い真理を受けとめ、その「垂直に天にむかひ地に潜行する」精神の動きを軸にして我々の精神史を再構築してゆけばよいのだ、といふことになる。〝戦後〟の精神史がそのやうなかたちで築かれてこなかつたのは残念至極だけれども、今からでも遅くはない、それをもう一度構築し直せばよいだけの話である。

ところが、あの一瞬の静寂のうちには、もつとはるかに怖ろしいもの、残酷なものが含まれてゐたらしい――それが、「トカトントン」の示すところであつた。ふだんはそのことを忘れてゐても、トカトントンの音とともにその残酷な事実――「死ぬのが本当」なのに自分たちには死ぬ道がふさがれてしまつてゐる、といふ事実――が心に甦つてくる。そしてそのたびに、きよろりとなり、何ともはかない、ばからしい気持になつてしまふ。

まさに、河上氏が〝戦後〟の日本社会の底に見た「無表情な虚無」は、氏の言ふとほり「終戦直後」の瞬間に直結してゐるのである。そして、その虚無のうちに「絶望と憤懣」が渦巻いてゐたとしても、少しも不思議ではない。それはむしろ当然だと言へる。

しかし、河上氏が「あの一瞬の静寂に間違ひはなかつた」と言ふときに、そこに氏が感じ取つてゐたのは、ただそうした怖ろしい残酷な告知だけだつたのだらうか？　そこにはなにかもつとはるかに明るく透明なものが感じ取られてゐたからこそ、氏は「全人類の歴史であれに類する時が幾度あつたか」と尋ねたのではなからうか？　そして、桶谷氏もまたさういふものを感じてゐたからこそ、その一瞬の静寂を「天籟」の一語で表はさうとしたのに違ひない。さらに言へば、太宰治も、同様の感覚をもつてゐたからこそ、「あのシーンとした国民の心の一瞬」と、それを壊すものとしてのトカトントンの音とを対立させ、へだて置いて描いたのだと思はれるのである。

ならばいつたい、その一瞬の静寂のうちに確かに存在した「厳粛」とは何だつたのか？

われわれはもう一度、桶谷氏の言ふ「今日なほ納得のいく答へをみいだせない」謎へと投げかへされる。これがいかに複雑なわかりにくい謎となつてゐるのかを、あらためて痛感させられるのである。

かつて三島由紀夫は、この敗戦の瞬間をふり返つて、「神の死の怖ろしい残酷な実感」といふ一言を語つた。彼のこの一言については、のちの章でゆつくり詳しく述べるつもりであるが、その実感を「わたしにもまたおぼえがあり、よく了解できるのである」と言つた人がゐる。ほかならぬ桶谷秀昭氏である。

第五章　伊東静雄の日記

一、桶谷氏の「原体験」

桶谷氏が敗戦に際して体験した「神の死の怖ろしい残酷な実感」は、『昭和精神史』のうちには、少なくとも直接的な生《なま》のかたちではあらはれ出てゐない。さしあたつてこれは、〝自己史〟とか〝個人史〟といった発想法を「潜在的にも排除する方法をつらぬかうとした」と氏自身の言ふ、「精神史」の方法論にもとづくことと理解される。わづかに、八月十五日にひきつづく日々について語つたひと言――「深い淵の上に宙吊りになつた感覚があつた」――のうちに、氏の実感がちらりとうかがはれるのみである。

桶谷氏が自らの「神の死の怖ろしい残酷な実感」を生々しく直接に語つてゐるのは、昭和四十二年に初版が刊行された『土着と情況』においてである。そこに収められた論考「原体験の方法化について」（昭和三十七年）のなかで、桶谷氏は、氏には珍しく、自らの敗戦体験をそのまゝストレートな体験談として語つてゐる。

「これは、わたしの自己確認のためのノートである」と断つてから、氏はまづ、自らにとつての戦争がいかなるものであつたかを、こんな風に語る。


「敗戦の年、わたしは、北陸の山村にいて、芋がゆをすすりながら幼ない弟妹を抱えていた母と、家族の生命を支えるために山の斜面のわずかな畠を耕す生活を送っていた。わたしは中学の二年になっていたが、数ヶ月前、中学を退学していた。乏しい食糧と農民の卑小な頑くななエゴイズムにとりかこまれた日常はやり切れなかった。召集された父はもはや帰らないと覚悟していた。じぶんについてはこの先どのようにして何年生きるなどという算段は問題外であった。

中学を退いたことをべつに残念ともおもわなかった。日本が永遠に亡びないと断定することは、わたしに生きることが無意味でないと信じさせるに充分だった。

わたしは、この山村にいて、近く、竹槍をもって米ソの侵入軍と一戦をまじえ死ぬだけなのである。わたしの死地はこのやり切れない日常の世界であるはずだった。しかし、その日には、この日常世界は一変し、わたしたち日本人のいのちを、永遠に燃えあがらせる焦土と化すであろう。わたしはそれを待っていた。」

このやうな少年らしい浪漫的な夢想の背後にあつてそれを支へる「思想」のかたちを、氏は次のやうに回想する。

「戦争の末期、わたしは日本の不滅を信じて死ぬことができるとおもっていた。悠久の大義に殉ずるという想いは、わたしの生死に絶対の価値観だった。わたしは、生来、規律や訓練の外的強制への嫌悪から、軍人を志願する気になったことはなかった。しかし、敗北を認めぬ徹底的なたたかいの思想には魅せられていた。本土決戦こその思想の究極の意義と感じた。最後の一人まで日本民族のたたかいを遂行するところに敗北はなかった。」

さらにまた氏は「天皇とはわたしにとって民族の終末と栄光をおもう心情とわかちがたいある純粋な観念であった。一億の日本人がぜんぶたたかいの果てに死ぬということは、天皇が永遠に生きている証以外でなかった」と述べてゐる。ところが、その天皇御自身が、生きよ、敗北せよ、とおほせられたのである。桶谷氏はその時の憤激をいまだ生々しくひびかせる口調でから語る。

「八月十五日正午の天皇の降伏宣言は、わたしにとって、日本の歴史と神話の信仰の崩壊であった。天皇はわたしにとって死んだ。不滅という観念がみずからを死滅と宣言する異様な出来事だった。」

まさにこれこそは「神の死」の体験にほかならない。しかもそれは、桶谷少年にとつて、自己自身の〈死よりも悪い死〉――自らの「生死に絶対の価値観」を奪ひ去られるといふ体験――なのであつた。まさしく「神の死の怖ろしい残酷な実感」といふ言葉で言ひあらはすほかはない体験だつたと言ふべきであらう。

「時がたつにつれて民族のために死ぬ可能性などもはやないと知ったとき、今後、何をもって生きるかというおもいすらなかった」と氏は語る。このやうな、生きるための意義そのものを奪ひ去られてしまつたといふ感覚は、年齢こそ違つてゐても、あの「トカトントン」の青年の抱いてゐた感覚と同一のものであらう。根本のところでの「何をもって生きるか」のおもひが抜き去られてしまつては、いくら郵便局の仕事に励まうとしても、草野球に熱中しようとしても、その根本の虚無が見えてしまふたびに、きよろりとなつて白けてしまふほかはないのである。『昭和精神史』に桶谷氏の語つてゐた「深い淵の上に宙吊りになつた感覚」といふ言葉も、かうした感覚を指してゐると考へてよいであらう。

これはまた、あの河上徹太郎氏が戦後日本のうちに見た「無表情な虚無」そのものでもあつた。河上氏は、それが「あのシーンとした国民の心の一瞬」につながつてをり、しかもその内に「絶望と憤懣」をたたへてゐることに気付いてとまどつてゐたのであつた。しかし、まさしくその一瞬は「神の死の怖ろしい残酷な実感」の一瞬でもあつたのであり、したがつてそれが「絶望と憤懣」をたたへた「無表情な虚無」といふ表情をみせてゐたのは、少しも不思議なことではなかつたのである。「謎」の答へはここにあつたと言へよう。

ただし、このやうにきめつけて話を終へようとするなら、たちまち多くの異論がわきのぼつてくるであらう。なんと言つても、桶谷少年のこの「神の死の怖ろしい残酷な実感」の体験は、たかが十三歳の少年の体験にすぎず、言ふならば「皇国少年」の一途な思ひ込みの結果にすぎない。そんな話でもつて、日本人一般の戦争、敗戦体験を代表させるわけにはいかない――そんな風に考へるのが常識といふものであらう。

また実際、桶谷氏自身も、自らの少年時代のおもひが「皇国少年」といつた言葉でくくられるものであることを否定してはゐない。この「原体験の方法化について」の最初に、桶谷氏は、もしも世代論でくくるならば、自分は、「戦争中の指導者の言うことを真にうけた唯一のグループ」と鶴見俊輔氏の言ふ、「一九四五年に十二歳――十六歳までのもの」のうちに含まれることになり、このやうな世代規定自体は、かならずしも誤りではない、と述べてゐるのである。

けれども、もしこれを、単に「だまされていた」といふ風に評するなら、それは間違ひであり、「思想の次元」としては、さうした言ひ方は意味をなさない、と桶谷氏は言ふ。

「現在、わたしのモチーフの究極のところにあるのは、いかに強力な史観、いかに優勢な時代精神のもとにあろうと、ひとりの人間の原体験は、それらと同等の独立した価値をもつという確信である。」

すなはち、もし或る人間の或る体験が本当に「原体験」となり得たなら、たとへそれが「皇国少年」の体験であらうとも、そこには、それとしての奪ひ去ることのできない独立の価値がある、といふことである。

期せずしてこれは、橋川氏があの「『戦争体験』論の意味」で提出してゐた問ひに対する、一つの明確な答へとなつてゐる。つまり、橋川氏はそこで、「回顧趣味」におちいることなく、本当に意味のある戦争体験を語ることは可能か？　と問ひかけてゐたのであるが、それに対して桶谷氏はここではつきりと、然《しか》り、もしそれが「原体験」になり得てゐれば、と答へてゐるのである。

ならば、人間の体験はいかにして「原体験」となりうるのだらうか？

おそらく「散華」の太宰治なら、それが本当の「詩」になつたときだ、と言ふであらう。

実際、桶谷氏はあの「神の死の怖ろしい残酷な実感」を、三田君のやうに自ら詩につづりはしなかつたものの、その瞬間をそれとして凝縮し、刻みつけるやうな、一つの〈詩〉に出会つてゐる。そして、その〈詩〉こそが、桶谷氏にあのやうな「原体験」の確信を与へたのではないかと思はれるのである。それは、次の一節である。

「十五日陛下の御放送を拝した直後。
太陽の光は少しもかはらず、透明に強く田と畑の面と木々とを照し、白い雲は静かに浮び、家々からは炊煙がのぼつてゐる。それなのに、戦は敗れたのだ。何の異変も自然におこらないのが信ぜられない。」

これは日本浪曼派の詩人、伊東静雄の文章であるが、実は、彼はこれを「詩」として書いたのではない。これは彼の日記のなかの一節であり、八月十五日から半月ほどたつた、八月三十一日に書かれたものである。伊東静雄の日記は、文学者の日記にありがちな構へたところの少しもない、日常生活を素直につづつたふつうの日記であるが、そのふつうの日記のただなかに、抑へがたく〈詩〉があらはれ出てくる、といふ風にして書かれてゐるのがこの一節なのである。

『土着と情況』に収められた別の論考のなかで、桶谷氏はこの一節を引いて、「このイメージは、歴史のカタストロフィをしった瞬間の原イメージとして、今日も多数の日本人の記憶にこびりついているのではないかとおもう」と述べてゐる。そして「茫然自失、虚脱、安堵、底しれぬ倦怠……どんな意味も拒絶してその原イメージは存在している」と言ふのである。

おそらく〈詩〉といふものの意義はさういふところにあるのだと言へよう。なんとしても言葉にしがたい或る体験を、安易な「意味」へと結びつけてしまふことなく、言葉にならぬものとしてそのまゝ保持する、といふ力が〈詩〉にはある。さういふ「原イメージ」をくつきりとうかび上らせる〈詩〉と出会つたとき、桶谷氏は自らの少年期の体験を「原体験」としてつかみ直すことができたのではあるまいか。

あらためて見てみれば、伊東静雄のこの一節は、まさに「あのシーンとした国民の心の一瞬」の光景をくつきりととらへたものであると同時に、その静寂のうちにひそむ、或る激しいものを映し出してゐる一節でもある。いまにも天は裂け、地は波打つて、すべてが崩れ去るはずなのに、眼前の田畑はかくも明るく静まりかへつてゐる――「何の異変も自然におこらないのが信ぜられない」といふ詩人の言葉は、さういふ絶望的な違和感をものがたつてゐる。

この絶望的な違和感は、単に敗戦を知らされた衝撃といふより、むしろ、死を奪はれ、「生の宣告」を受けてしまつた者の目にうつる、世界の異様な姿と言ふべきものであらう。生のただなかにあつて、いつまでもその生がつづくものと思ひこんで生きてきた者が、突然に死の宣告を受けたとき、世界は突如として異様な姿に変貌してしまふ。目の前には、いつもとかはらぬ田畑と木々が明るく静かに陽にてらされてゐるだけなのに、そのすべてが、そのまゝのかたちで、まつたく見知らぬものの相貌を帯びてしまふ――ちやうどそれと同じく、自己の全存在を「死」の方へとふり向けてゐた者が、突然に「生の宣告」を受けるとき、世界はその明るい静けさのまゝ、怖ろしく残酷な相貌を見せる。それこそはまさに「神の死の怖ろしい残酷な実感」の「原イメージ」そのものであると言へよう。

二、日本国民の原体験

桶谷氏がこの一節を「一つの国家が崩壊するときに、その国家とともに生きた人間が生存の衝撃を受け、その衝撃とわかちがたく抱くある予感」を描き出したものとして、『昭和精神史』に引いたとき、氏は間違ひなく自らの「原体験」にたちかへつてゐる。自らの「死」を奪はれ、「生死に絶対の価値観」をたたき壊された衝撃の記憶が、氏のうちに生々しくよみがへつてゐる。そして、その「原イメージ」から昭和二十年八月十五日をふりかへるとき、次のやうなユニークな発想が出てくるのである。

「この内部感覚は、八月十五日からこの半月のあひだに、詔書を奉じ、国体護持を信じて生の方へ歩きだした多くの日本人と、すべてがをはつたと思ひ生命を絶つた日本人との結節点を象徴してゐるやうに思はれる。」

敗戦後の日本人をこのやうな二分法でとらへた人を、私はほかに知らない。あとで見るとほり、多くの人々が戦後の日本人のあり方をさまざまに分類し、評論してきたのであるが、言ふならば、それはすべて「生の方へ歩きだした」日本人のなかでの分類にすぎない。「生の方へ歩きだした」日本人を丸ごとひとまとめにして、敗戦後に生命を絶つた日本人と並べ置くといふ対比の仕方は、他に例を見ないものと言つてよい。

たしかに言ふまでもなく、日本の〝戦後〟を作りあげてゐるのは前者の人々であり、人数にすればおよそ七百人ほどにすぎない後者の人々は、〝戦後〟を見ることなく去つていつた人々である。〝戦後〟の日本人たちの視界からかれらの姿が消え去つてゐるのも不思議はないと言へる。

毎年、八月十五日に「戦没者」たちの慰霊、追悼がなされるときにも、それらの儀式はかれらの死のかたはらを素通りしてゆく。そもそも〝戦後〟の日本人たちは、かれらの霊前でなにを語つたらよいのか、その言葉をもたないのである。かれらは断じて「戦争の犠牲者」などではなく、しかしまた、単にその勇武をたたへるのも、かれらの霊前では、なにかそぐはない。唯一、そこにふさはしいのは、あの「トカトントン」の青年の〝トカトントンが聞こえる直前の）呟き――「死ぬのが本当だ、と思ひました」――であらう。けれどもその呟きすら、〝戦後〟の日本においてはトカトントンの音にかき消されて聞こえなくなつてゐる。

桶谷氏が伊東静雄の日記の一節に、「生の方へ歩きだした多くの日本人」と「生命を絶つた日本人」との結節点を見たとき、それはすなはち、〝戦後〟の日本人たちが失つてしまつてゐる言葉――敗戦後に生命を絶つた人たちの霊前に語るべき言葉――をとりもどすといふことであり、さらに言へば、それは〝戦後〟の精神史――あるいはむしろ精神史の不在――をまるごと覆してしまはうといふことでもあつたのである。

桶谷氏のこの「生の方へ歩きだした」日本人と「生命を絶つた日木人」との結節点、といふ言ひ方は、単なる象徴的なレトリックにすぎないもののやうにも思はれるであらう。しかし、それは現に具体的な出来事として、敗戦直後の日本に見られたものだつたのであり、たとへばその一つが、大東塾の人々の自刃に際しての町内会の人々のはたらきである。大東塾の人々の自刃については、『昭和精神史』第十九章に、深い共感と尊敬をうかがはせる筆致で次のやうに語られてゐる。

「二十五日未明、代々木原で大東塾長影山庄平以下十三名の塾生が割腹自殺を遂げた。中央にひもろぎを立て、円陣をつくつて端座し、塾長が祝詞を奏したあと、全員が『弥栄』を唱へて、整然と割腹して果てた。それじたいが一つの荘重な儀式として行はれたこの集団自決は、その様式があらかじめ慎重に考へられ、激情や時務論風の動機を含まない、古典的な殉死として、記憶されてゐる。」（ここに「大東塾長影山庄平」とあるのは誤りで、当時、塾長の影山正治氏は出征中であり、塾顧問であつた父君庄平氏が塾長代行をつとめてゐた。当初は庄平翁ひとりが自刃の予定であつたのが、塾生たちの願ひを聞き入れて十四名の自刃となつたのであつた）

たしかにこの大東塾十四烈士の自刃は、桶谷氏の言ふとほり「激情や時務論風の動機を含まない」ものであり、また氏自身が言ひ足してゐるとほり「殉死」といふ言葉――「一つの時代や国家の終焉に殉じるといふ限定」――にも収まり切らないものであつた。大東塾の人々自身の言葉に即して言ふならば、それはむしろ「皇室皇土の再興」のための「絶対の祭り」としての死であり、その意味では、この大東塾の人々を「すべてがをはつたと思ひ生命を絶つた日本人」といふ言ひ方でくくるのは正確でない。それよりも、橋川文三氏の言ふ「自己の思想と行動に対する明確な責任意識からの自殺、ないしはその従来抱懐した思想や信念の帰結として自覚的に行なわれた自殺」といふ言ひ方の方がぴたりとあてはまるであらう。

橋川氏は昭和三十四年に発表した短文「敗戦と自刃」のなかで、さうした自覚的な死が、〝戦後〟の人々には理解されにくいことを述べて、「かれらの自決の意味は、追体験の彼方に暗くよこたわっている」と言ふ。たしかに、「大きな変質」をとげてしまった〝戦後〟の日本人にとってはその通りであらう。しかし、その「変質」以前の、当時の日本人たちにとってはさうではなかつた。詔書を拝して「生の方へ歩きだした」日本人たちにとって、かれらの自決は、「追体験の彼方に暗くよこたわって」ゐるどころか、自分たちの割り切れずにゐる気持を、自分たちになりかはつて清めてくれる、尊い義挙なのであつた。

『大東塾十四烈士自刃記録』第十版のあとがきには、次のやうな挿話が記されてゐる。

十四烈士が自刃した代々木練兵場は、占領が始まるとすぐに、日本人立ち入り禁止の進駐軍占拠地となつたのであるが、当時そのことをいち早く聞きつけた近くの町内会の人々は、その予定日とされる八月二十八日の早朝、ひそかに自刃現場に到り、拝礼して鮮血の土を採取。これを代々木八幡の隣の福泉寺に収め、その後毎年八月二十五日に集つて法要を営んでゐた。そのことは大東塾の人々も知らず、占領が終つて、大東塾の健存を知つて塾を訪れた町内会の会長の話によつてはじめてこれを知つたといふ。

これは一見するとごく小さなエピソードにすぎないやうにも見える。けれども、米軍の進駐をまへにして、当時の日本国民が抱いてゐた不安のことを考へてみると、彼らが進駐してくるといふその日の朝に、その占拠予定地に入り込んで、十四烈士の鮮血の土を拾ふといふのは、よほどの決意がなければなしえないことである。それはほとんど、ソフォクレス作の悲劇『アンティゴネー』における、禁じられた葬ひの敢行を彷彿とさせる出来事であつたと言つてもよい。この出来事は、敗戦後、「生の方へ歩きだした」ごくふつうの日本人たちと、そこで自らの生命を絶つた人たちの間に、或る深い共感の絆がむすばれてゐたことをうかがはせるのである。

そしてあらためて言へば、その深い共感の根底には、あの「原イメージ」の共有といふことがあつたのに違ひない。

伊東静雄のあの一節は、八月三十一日の日記に書かれてゐたものであるが、その前日、三十日の日記には、八月十五日のことがこんな風につづられてゐて、あの「原イメージ」の背景をなす、一般国民の体験の具体相を描き出してゐる。

「高岡の西のおばあさんが来て、今日正午天皇陛下御自らの放送があるといふニュースがあつたと云つた。門屋の廂のラヂオで拝聴する。ポツダム条約受諾のお言葉のやうに拝された。やうにといふのはラヂオ雑音多く、又お言葉が難解であつた。しかし『降伏』であることを知つた瞬間茫然自失、やがて後頭部から胸部にかけてしびれるやうな硬直、そして涙があふれた。近所の人々は充分意味汲取れぬながら、恐ろしい事実をきいたことを感知して黙つてつき立つてゐた。国民誰もが先日の露国参戦に対する御激励の御言葉をいただくものと信じてゐたのであつた。先日の露国の国境侵入の報知をきいた時、国民は絶望を、歯くひしばつた心持でふみこらへてゐたのであつた。」

政府の公式発表のほかは何の格別な情報ももたない、ごくふつうの一般国民たちにも、戦局の益〻不利になつてゐることは充分に感じとられてゐた。そして、それでも、ひとたび戦はなければならぬと覚悟を決めて戦ひ始めたからには、最後まで戦ひ抜かうと、人々は「絶望を、歯くひしばつた心持でふみこらへてゐた」のである。そこに突如「降伏せよ」といふ詔が下つた。何かがそこで断ち切られた——その断弦のひびきが、この記述のうちにはたしかに聞き取れる。そしておそらく、それが一つの「内部光景」として結晶したとき、あの〈詩〉が生み出されたと思はれるのである。

『昭和精神史』においても、桶谷氏は明らかに、それより四半世紀前に自らの語つた「原体験」といふ考へを引きついでゐる。ただし、あの「原体験の方法化について」を書いたときよりも、さらに大きく広げたかたちで、その確信は引きつがれてゐる。たとへばそれは、次のやうな歴史観として表現されるのである。

「時勢が変り、世を支配する通念が変つても、いかにしても訂正の効かない思念や感情といふものがある。訂正もいひわけも効かないゆゑに、それは間違つてゐないのである。
　どんな思想も時代の輪廓を、それ自身の限界のやうに刻みつけてゐる。その限界を限界としかみないのは、歴史評価の相対主義である。しかし、そこのところに訂正の効かないゆゑに間違つてゐないものを直観するとき、相対主義の向うへ出るのではないか。」

　この「訂正の効かないゆゑに間違つてゐないもの」を見据ゑるといふ基本姿勢は、『昭和精神史』における戦争観の全体を貫いてゐると言へる。それは、大東亜戦争を断罪し、非難、批判するといふ姿勢でないことはもちろんであるが、かと言つてそれを積極的にたたへようといふのでもない。言ふならば、人間の力の及ばぬ「歴史の非情」としての戦争と、それに直面する人々、といふかたちで昭和十二年以来の一連の歴史的出来事は語られてゆくのである。たとへば、開戦の日の日本国民の姿は、開戦に至るまでの日米のきはめて非対称的な「交渉」を詳しく追つたあとで、次の簡潔な一行で描き出される。

「人びとは無口になり、街は異様に静かである。」

　そして、このやうな〈受動性〉を基調にしてゐるとも言へる日本国民の姿が、その受動性のまゝに過激な色彩を帯びてくるのは、本土決戦が語られるときである。

本土決戦とは、大東亜戦争の末期になつて浮上してきた考へである。すでに、パイロットが自らの命を捨てて敵艦に突入する特攻作戦といふものは行はれ始めてゐたのであるが、「本土決戦といふのは、一億総特攻の思想であり、日本国民の生命のすべてを挙げるだけでなく、日本列島そのものを特攻とする思想である」と桶谷氏は説明する。もし実際に本土決戦が行はれてゐたらば、日本の全人口の三分の一が失はれてゐただらう、と氏は述べる。これがとんでもない作戦であることは、言ふまでもない。注4

桶谷氏も、この「本土決戦」といふ「一億総特攻の思想」が、「作戦」などと言へたものでないことははつきりと認識してゐる。「これは戦術とか作戦構想の名にあたひするであらうか」と問ふ桶谷氏は、自ら答へて「それは戦法といふよりは心法である」と言ふ。すなはち、剣術において、尋常の立合ひでは勝ち目のないときにとる「捨身必殺の法」に近いのだといふ。そして「もちろん、かういふ心法を作戦の発想法の基底に組み込むのは、近代戦争の通念を逸脱してゐる」と氏は言ふのである。

このやうに言ふときの桶谷氏は、かつての桶谷少年の「本土決戦こそその思想の究極の意義と感じた」といふ想ひを、客観的な立場から相対化してゐるやうにも見える。しかし、桶谷氏はここで、その「逸脱」をとがめようとしてゐるのではない。氏はむしろ、第二次世界大戦そのもののうちに「近代戦争の通念を逸脱」したものを見てゐるのである。

実際、あとで詳しく見るとほり、第二次大戦におけるアメリカの異様なまでの「無条件降伏」に対するこだはりは、明らかに「近代戦争の通念」を逸脱してゐた。そしてそれは、たまたまの特殊な事例ではなくて、第一次大戦をへて第二次大戦へといたる道筋において、「近代戦争」が「国民戦争」へと転じていつたとき、そこに、「近代戦争」の特色としての合理性が、「国民戦争」を特色づける「非合理的心情」にとつてかはられてゆく——さうした歴史的現実を、桶谷氏は指摘するのである。そのうへで氏は、自らの「本土決戦」についての考へを、次のやうな平明簡潔な言葉で言いあらはす。

「人生にさういふ局面があるやうに、民族と国家にも勝算がなくてたたかはねばならないことがある。」

一見すると、ここにはなに一つ過激なものは含まれてゐないやうにも思はれる。けれども、よく見れば、これは、あの桶谷少年の熱烈な「本土決戦の思想」から、すべての少年らしい気負ひを洗ひおとして、ただ単純な〈国家と国民が運命をともにする決意〉としての「本土決戦の思想」を語つたものにほかならない。そして、さうした本土決戦を前にした日本国民の内部光景を、桶谷氏は次のやうに語るのである。

「この最後の日々は、日本の歴史においてかつてなかつた異様な日々であつた。梅雨が明けると夏空はいやましに澄みわたり、匂ひ立つ草木のみどりが、人びとにけふのいのちの想ひをさらに透明にした。

マリアナ、硫黄島、沖縄の基地から連日やつてくるB29爆撃機の空襲は、大都市から中都市に範囲をひろげ、焦土廃墟の地域が急激に増えていつた。

家を焼かれ、肉親を失ひ、着のみ着のままで、食べるものも満足にない多くの日本人が、何を考へて生きてゐたかを、総体としていふことはむづかしい。

ただひとついへることは、平常時であれば人のくらしの意識を占める、さまざまの思ひわづらひ、利害の尺度によつてけふとあすのくらしの方針を立てる考へ方が捨てられたことである。何らかの人生観によつて捨てられたのではなく、さういふ考へ方を抱いてゐても無駄だつたからである。

もちろん、人の生き方はさまざまであり、口に一億一心をとなへながら、疎開者から取つて置きの衣類を巻きあげて闇米と交換する農民や、都市の焼跡の二束三文の土地をせつせと買ひ占める投機者はいくらでもゐた。

しかしそんな欲望も、本土決戦が不可避であるといふ思ひのまへには、実につまらない、あさはかなものにみえた。

あすのくらしの思ひにおいて多くの日本人が抱いてゐたのは、わづかばかりの白米、あづき、砂糖を大事にとつて置いて、いよいよとなつたらそれらを炊いて食べて、死なうといふことであつた。」

ここに桶谷氏の描き出す、最後の日々をすごす日本人の姿は、ちやうどあの第二章で見た橋川文三氏の随筆「敗戦前後」の、広島の原爆後の東京で夜中の空襲警報とB29の機音に耳をすませてゐる人々の姿——「生き残っている幾百万の人々が、息を殺してその瞬間をまちうけている気配」——を思ひおこさせる。それは、なに一つ激情的なものを含まない、言葉の本来の意味において「覚悟」といふ語とまつたく同義・同根の語としての「あきらめ」である。そして、このやうにして「その瞬間をまちうけて」ゐた人々のうへに〈死〉ではなしに、生きて敗北せよ、といふ詔が下つたとき、その衝撃はまちがひなく「生存の衝撃」と呼ぶべきものであつたらう。

桶谷氏が、三島由紀夫の「神の死の怖ろしい残酷な実感」といふ言葉に、「わたしにもまたおぼえが」あると言つた、その実感は、程度の差こそあれ、多くの日本人のうちにさまざまのかたちでひそんでゐたに違ひない。「あのシーンとした国民の心の一瞬」は、「国民の心」の断弦の瞬間でもあつた。そのことを抜きにして、昭和二十年八月十五日のあの瞬間を理解することはできないであらう。

しかし、これとはまたまつたく別種の見方もありうる。すなはち、人間もまた生物の一種であるかぎりにおいて、自らの生命への執着といふものは、ありとあらゆる精神活動のもつとも根本に根をはつてゐる基本的な本性である。戦争末期に、本土決戦が避けがたいものとなり、国民それぞれが、あるいは熱意をもち、あるいは無限のあきらめをもつてそれを待ちかまへてゐたとしても、人間が生物であるといふ事実が消えるものではない。その基本的事実こそが、日本人の戦争体験、敗戦体験を理解するうへでの柱となるべきものである——さういふ考へを示してゐるのが、磯田光一氏の『戦後史の空間』である。

第六章　磯田光一『戦後史の空間』

一、「生活者」の立場

『昭和精神史』が書き始められる五年ほど前、昭和五十八年に刊行された、磯田光一氏の『戦後史の空間』は、かたちのうへでは、ほとんどぴつたりと『昭和精神史　戦後篇』に重なり合つてゐる。どちらも日本の敗戦といふ出来事から始まつて、〝戦後〟といふ時代を生きた日本人の心の在り方を、主として文学作品を通してうかび上らせようとしてゐる。しかも、単にさうした形のうへでの類似ばかりでなく、『戦後史の空間』の「あとがき」の次のやうな文章を読むと、磯田氏もまた、桶谷氏が見たのと同じ、あの「奇妙な乖離」を目撃してゐたに違ひないと思はれるのである。

「戦後の日本は、国家としては国際社会のうちで厳格な法体系の拘束を受けながらも、歴史を生きた個々の人間は、占領下の制約のうちで、それぞれの実感に頼って生きはじめるしかなかった。時代の空間の客観的な構造と、個々の人間の実感との間にはギャップがある。その両者を総合的にとらへるのは至難のわざであった。」

すなはち、敗戦後の日本は、完全に国家主権を奪はれ、国際社会においては、新たに成立した国際連合（旧連合国を中心とした国際組織）の「旧敵国」と位置付けられて、ほとんど一切の自由、自立を封じられてゐた。しかし、日本国内の日本人たちは、それを屈辱と感じるどころか、日本の新しい希望のかたちであるかのやうに思ひ――あるいはむしろ、端的にそのやうな「拘束」の存在を無視して――それぞれの生活を再建していつた。磯田氏も明らかにそのギャップを「ギャップ」と見て、そこに或る困難を感じてゐたのである。ちなみに、磯田氏は昭和六年の生まれであつて、桶谷氏とは一つ違ひの、ほとんど同年輩である。おそらくは、同じやうな体験を背景に、〝戦後〟の同じ現象を目にして、両氏は、いいいいい、同じものを見たのだらうと思はれる。

けれども、二人の著作――『戦後史の空間』と『昭和精神史』『昭和精神史　戦後篇』――のあひだには、一つの決定的な相違がある。それは、『昭和精神史』が〝戦後〟といふものを「生の方へ歩きだした多くの日本人」と「すべてがをはつたと思ひ生命を絶つた日本人」との交点から考へようとしてゐるのに対して、『戦後史の空間』は、ただもつぱら「生の方へ歩きだした日本人」だけに目を向けてゐる、といふことである。

『戦後史の空間』の第一章「敗戦のイメージ」において、磯田氏は自らの体験と実感をうかがはせる、次のやうな一文を語つてゐる。

「八月十五日に関するさまざまな記述を読んでみて、いまさらのように思いだされるのは、かつてない敗戦に直面した者の、これからどうなるのか判らないという不安の感触である。というより、不安と表裏一体をなして、一種の安堵感と挫折感とが、これまた表裏一体をなして人びとの心を領有していたのである。」

ここにちらりと語られた磯田氏自身の八月十五日の記憶は、桶谷氏のあの「神の死の怖ろしい残酷な実感」の記憶とは大きく違つてゐる。強ひて言へば、ここに言はれる「挫折感」の奥底にさうした実感がひそんでゐると言へなくはなからう。しかし、「生きよ」と命じられてしまつた絶望と、死なずにすんだといふ「安堵感」とは、「表裏一体」になれるやうなものではない。その二つは、重なり合つたとたんに互ひを喰ひつくして、結局ボロボロになつた絶望だけが残るといふことになるはずである。そして、そこから考へるなら、ここに言ふ「不安」も、もつぱら自分たちの身の安全についての不安、すなはち、占領軍が日本国民を（ポツダム宣言での約束にもかかはらず）奴隷化し虐待するのではないかといふ類の不安を指してゐるものと理解される。現に磯田氏は、いまの一節につづけてこんな風に語つてゐるのである――「戦争末期の厭戦気分と、肉体的な疲労とに人びとが圧迫されていた以上、敗戦は疑いもなく苦痛からの解放であり、死への恐怖からの解放であった」。

　磯田氏は一応「それにまつわる感情は、各人各様としかいいようのないものであった」とつけ加へてはゐる。けれども、あの「神の死の怖ろしい残酷な実感」は、どう考へても、「死への恐怖からの解放」にまつはる感情、などといつたものではありえない。あとで見るとほり、「死への恐怖からの解放」が、「神の死の怖ろしい残酷な実感」にまつはる感情としてあらはれることはありえても、その逆は不可能である。少なくとも、それを体験した人間にとつて、「神の死の怖ろしい残酷な実感」は、単なる感情ではなく、自己の存在に対する根本的な打撃なのだからである。

　しかし、磯田氏の視界には、さうした「憂憤」はまつたくとらへられてゐない。磯田氏は、ただひたすら「生の方へ」の歩みとして、敗戦のイメージを描かうとするのである。

　この「生の方へ」の歩みは、もちろん、さしあたつて「終戦の詔書」の命ずるところとして国民に示されたものである。そしてその意味で、敗戦後の「和平」「皇国再建」といつたスローガンも、戦時中の「必勝の信念」と同じく、「承詔必謹」といふ軸でむすばれてゐたと言へる。しかし磯田氏は、それ以上に、それを支へてゐたのは、生物としての人間の「生の方へ」といふ衝動力であつたと見るのである。

「建前としての『聖戦』思想のうしろには、人間に普遍的なエゴイズムが建前と離反しながら存在していたのであって、『ポツダム宣言』の受諾によって『聖戦』の観念が瓦解したときにも、『聖断』による和平の選択が戦中戦後に架橋していただけではない。それと同等あるいはそれ以上の質量をもって、生活者に固有のエゴイズムが歴史をつらぬく人間のあり方として、戦中戦後を一本の太い糸でつないでいたのである。」

このやうに述べてから、磯田氏は、さういふ人間のすがたを「もっとも正確にえがいた文章の一つ」として、吉本隆明氏の『丸山真男論』の一節を引く。

「戦争で疲労し、うちのめされた日本の大衆は、支配層の敗残を眼のあたりにし、食うに食物がなく、家もなくなった状態で、何をするだろうか？　暴動によって支配層をうちのめして、みずからの力で立つだろうか？
あるいは天皇、支配層の『終戦』声明を尻目に、徹底的な抗戦を散発的に、ゲリラ的にすすめることによって、『終戦』を『敗戦』にまで転化するだろうか？
しかし、日本の大衆はこのいずれのみちもえらばず、まったく意外な（ほんとうは意外でもなんでもないかもしれぬが）道をたどったのである。大衆は天皇の『終戦』宣言をうなだれて、あるいは嬉しそうにきき、兵士たちは、米軍から無抵抗に武装を解除されて、三三五五、あるいは集団で、あれはてた郷土へかえっていった。よほどふて腐れたものでないかぎりは、背中にありったけの軍食糧や衣料をつめこんだ荷作りをかついで！」

ちやうど桶谷氏が、あの伊東静雄の日記の一節に「敗戦のイメージ」の鮮やかな造型を見たやうに、磯田氏は、吉本隆明氏のこの一節のうちに「敗戦のイメージ」の精髄を見るのである。

磯田氏はここに、「戦後の文学・思想にあらわれてくる人間像の三つのコース」が巧まずしてあらはれ出てゐるとして、まづ第一の「暴動によって支配層をうちのめ」すことを夢見たのが戦後の「左翼文学」、第二の「徹底的な抗戦」を目指したのが敗戦直後の一部の若手士官たちであり、その思想を戦後に表現したのが「林房雄や保田與重郎、それに晩年の三島由紀夫であった」と言ふ。そして、もつとも重要なのはこの第三のコース、「日本の大衆」のえらんだ道であつて、「昭和二十年八月の時点の日本人」は、第一と第二のコースの「潜在的な心情を胸の奥ふかく包んだまま」、背中に「ありったけの軍食糧や衣料を」かついで郷土へかへつていつた。この第三のコースこそは、「人間に普遍的なエゴイズム」のあらはれであり、「われわれの実体」そのものだつたのだ——磯田氏はさう結論づけるのである。

磯田氏が吉本隆明氏の一節から取り出してきた、この「敗戦のイメージ」は、われわれ敗戦直後の生まれの人間たちが上の世代から聞かされた体験談ともほぼ合致する。とにかく空襲がなくなつてホッとしたのはいいけれど、食糧難は相変らずつづいてゐて、はこべのおひたしや蛙のシチューで飢ゑをしのいだものだつた……親たちから聞かされるのはそんな話ばかりで、だから少し食糧がゆたかになつたからといつて食べ物の好き嫌ひを言つたりしたらばバチがあたります、といふお説教がかならずしめくくりにつけ加はるのであつた。日本の大衆、とりわけて小さな子供を抱へた母親たちが、まづ何よりも生きのびること、わが子を生きのびさせることを第一に考へてゐたのは、どう考へても否定しがたい事実だと思はれる。

しかし、これは本当に吉本隆明氏が伝へようとしたことだつたのだらうか？

実は、磯田氏がここに引用した吉本隆明氏の『丸山真男論』の一節には、次のやうな数行がつづいてゐる。

「丸山的にいわせれば、解放された『御殿女中』はこういうものであろうか？

日本の大衆は、ここにどんな本質をしめしたのだろうか？

わたしたちは、このとき絶望的な大衆のイメージをみたのであり、そのイメージをどう理解するかは、戦後のすべてにかかわりをもったはずである。」

すなはち、吉本隆明氏の見た「敗戦のイメージ」は、実は「絶望」の姿なのであつた。革命でもなければ徹底抗戦でもない。そんな「コース」がそもそも無意味であり、不可能であることが骨の髄からわかつてしまつてゐる——その絶望が「生活者に固有のエゴイズム」といふかたちをとつてあらはれてゐるのであつて、それはちやうどあの「トカトントン」の青年が、トカトントンの音を聞いて「きよろりとなり」「リュックサックにたくさんのものをつめ込んで、ぼんやり故郷に帰還」する姿であり、キルケゴール流に言へば、絶望して絶望してゐると気付かないでゐる人間の姿なのである。

丸山真男にはその絶望が見えてゐない、といふのが、この『丸山真男論』における吉本氏の批判のポイントである。自ら一兵卒として戦争を体験したにもかかはらず、そして、そこでいくつか大切なものをつかんだにもかかはらず、彼はつひに「生活によって大衆であつたもの」とはなりえなかつた。「どうも悲しそうな顔をしなけりゃならないのは辛いね」といふのが丸山真男「一等兵」の敗戦時の感想であつた。そんな人間には「絶望的な大衆」のすがたも「解放された『御殿女中』」のすがたとしかうつらないであらう。敗戦時の日本の大衆の絶望をとらへることができなかつた丸山真男が、「戦後」といふ時代をとらへることができなかつたのは当然のことである。彼を「学者以外の何ものか」たらしめたのは、戦争体験だつたのに、その戦争体験を彼はつひに骨肉とすることができなかつた。吉本氏はさう批判してゐるのである。

だとすれば、そのもつとも重要な「絶望」といふ要素にひと言もふれずに、単なる「人間に普遍的なエゴイズム」のすがたを描き出したものとして、吉本氏のあの一節を引いた磯田氏は、とんでもない見当違ひをしてゐると言はざるをえない。そんなことでは「戦後」といふものを正しくとらへることなどできない、といふ吉本氏の丸山批判は、まさに磯田氏自身にもあてはまるのではあるまいか？

さらに言へば、磯田氏の言ふ「第二のコース」も、「晩年の三島由紀夫」をつき動かしてゐたものとは、似て非なるものである。彼のあの「浪漫的憂憤」は、「徹底抗戦」の道筋ではないし、ましてそれを「散発的に、ゲリラ的にすすめる」道などとはまったく異質なものである。ゲリラ戦とは、一口で言へばゴキブリのごとくにしぶとく生きのびることによつて支へられる戦闘形式なのだからである。

二、見えてゐたものが見えなくなる……

『丸山真男論』を引いたいまの一段だけを読んでゐると、この磯田光一といふ人は、吉本隆明も三島由紀夫も、およそまともに読みもせずに、ただつまみ喰ひのやうにして引用したり名を引いてきたりしてゐるだけの人間のやうに思はれてくる。

ところが実際には、決してそれどころではない。磯田氏には『殉教の美学』（昭和三十九年）、『吉本隆明論』（昭和四十六年）といふすぐれた著作があり、そのそれぞれにおいて、三島由紀夫と吉本隆明の作品と思想の内側に入り込み、他の追随をゆるさぬ鋭い洞察でもつて、彼らの思想の核心部にせまらうとしてゐるのである。

たとへば『吉本隆明論』のなかで、磯田氏はこの『戦後史の空間』で引いたのと同じ、『丸山真男論』中の一節を引いてゐるのであるが、そこでは、それにひきつづくあの肝心の数行がちやんと引用されてゐる。そして、その「絶望的な大衆のイメージ」が、敗戦時に「やるかたない痛憤をいだきながら」すごしてゐた吉本隆明氏自身の姿に重なり合つてゐることを、正しく指摘してゐる。磯田氏は、決して無知なるが故にあのやうな引用の仕方をしたのではない。「絶望的な大衆」といふ言葉は、わざとはづされたのである。ではいつたい、それはどうしてわざわざはづされたのだらうか？

似たやうな疑問は『殉教の美学』を読むときにもうかび上つてくる。

この『殉教の美学』は、すでに昭和三十九年の初版で、あたかも三島由紀夫の自刃事件を解説してゐるかのごとくに、何故三島由紀夫は死ななければならなかつたかを、鋭くえぐり出してゐる評論である。[注5] そこでの磯田氏は、三島由紀夫が吉本隆明氏と同様に「戦争というものを否応なしに所与の現実として受容しなければならない世代に属して」をり、『死』を不可避の宿命として合理化せざるをえない運命を、はじめから背負わされていた」ことを重視しながらも、三島由紀夫の「殉教の美学」を、ただの世代論のうちに還元してしまはうとはしてゐない。磯田氏は、三島由紀夫の『仮面の告白』のいくつかの文章――たとへば「私は何ものかが私を殺してくれるのを待つてゐた。ところがそれは、何ものかが私を生かしてくれるのを待つてゐるのと同じことなのである」といつた文章――を引いてから、かう述べる。

「そこには、いかに『死ぬ』かという問題を除外しては、いかに『生きるか』という問題はありえなかった。それは戦時という特殊な時代が強いた人間の生存様式の一つではあった。しかしまた、このことは人間存在の根源的な背理に深く通じる一つの真実をも意味しているのではあるまいか。」

そして、三島由紀夫や吉本隆明氏の世代のやうに、戦争を一つの「恩寵」と見たり、(内的な自由をうることを可能とする)絶対的な「宿命」と見たりする見方に、「多くの人はかなりの反撥を感じるであろう」と述べたうへで、磯田氏はかう語るのである。

「しかし、私が敢えて三島や吉本の世代の戦争体験像にこだわるのは、それが私自身の精神の問題であると同時に、さらに、戦争を『加害者』としか見ない思考、すなわち『生の拡大』にのみ人間の本質を見て、その論理によって歴史の進歩を意味づける近代主義的思考形態によって捉え得ない領域を問題にしたいからにほかならない。人間に内在する『美しい死』へのひそかな希求、自己否定・自己超越の貫徹によって救われようとする『精神』の逆説は、近代ヒューマニズムの人間観からは常に網の目からこぼれ落ちるのである。」

　これはまるで、十数年後に書かれることになる自らの著作『戦後史の空間』を、あらかじめ自分で批判してゐるかのごとき文章である。たしかに「生の拡大」への歩みは、人間の本質としてある。しかし、もしもそれのみを見て、それとは正反対の方向をめざす『精神』の逆説」を見なかったなら、それは「人間存在の根源的な背理」から目をそむけた、うすつぺらな人間理解にしかならぬ――いや、そもそもそれは人間理解の名にあたひしないものでしかあるまい。そしてそのことを、磯田氏はよく知つてゐたのである。

　これを見ると、あらためて、磯田氏はいつたいどうしてしまつたのだらうか、といふ疑問がつよくわきのぼつてくる。はじめから氏が、「浪漫的憂憤」のたぐひをナンセンスなものと考へたり、反撥したりしてゐたのなら、吉本隆明氏の文章をあのやうに曲解してみせるのも理窟にかなつてゐる。しかし、三島由紀夫や吉本隆明氏の語る戦争体験のうちにひそむ「『精神』の逆説」のうちにこそ重要な何かがある、と見さだめて、そのことを「私自身の精神の問題である」と自覚してゐた人が、どうしてあつさりとそれに背を向けることができたのだらうか？

実際、磯田氏もまた、桶谷氏が伊東静雄の日記のあの一節に見出した「原イメージ」を共有してゐたことは間違ひないのである。たとへば『吉本隆明論』のなかで、氏は、比較的長い文章の次の部分にだけ傍点をふつて引用してゐる――「わたしは、すべては終ったと思われた敗戦の日に、空が昨日のように晴れわたり、太陽が光をそそいでいたときの異様な感じを、よくおぼえている」。

この傍点は明らかに、吉本隆明氏が共有してゐた敗戦の日の「原イメージ」を、磯田氏も共有してゐた、といふことを示してゐる。そしておそらく、磯田氏もその「原イメージ」の底に「神の死の怖ろしい残酷な実感」がひそんでゐることを感じとつてゐたに違ひないのである。

それなのに、なぜ磯田氏は、それをケロリと忘れ去つて、「生活者に固有のエゴイズム」こそが「歴史をつらぬく人間のあり方」である、などといふところに腰をおちつけることになつたのだらうか？

おそらくそれは、本当に微妙な、紙一重の差によるものだつたに違ひない。すなはち、その「原イメージ」を自らの「原体験」をうつし出したものとして、自己の存在の基底に刻み込むか、それとも、きはめて感動的かつ印象的ではあるけれども所詮ひとつの「イメージ」にすぎないものとして眺めるのか――その差はほんのわづかの差であつたに相違ないのである。

たとへばそれは、磯田氏の三島由紀夫論が『殉教の美学』と題されてゐることにもあらはれてゐると言へる。昭和四十五年十一月二十五日の自刃によつて明らかになつたのは、三島由紀夫の抱いてゐた「殉教の美学」が、「殉教の存在論」でもあり、「殉教の神学」でもあつた、といふことであつた。しかし、この著書のなかで、磯田氏は、セルヴァンテスとドン・キホーテの複雑な関係を精密に分析し、それをきはめて適確に三島由紀夫へとあてはめてみせながら、その全体を、ストイックなまでに「美学」の内に収めきつてゐる。そして、おそらくそれは、あの「神の死の怖ろしい残酷な実感」を視界からしめ出すことによつて可能となつてゐたのに違ひない。

昭和四十六年に刊行された、第二増補版の『殉教の美学』には、巻末に、三島由紀夫への追悼文「太陽神と鉄の悪意」が収められてゐて、その最後は次のやうな一節でしめくくられてゐる。

「『戦後思想』といふ古風な幻想とは異質な、苛烈な戦後精神よ、安らかに眠れ！　あなたの霊の在《い》ますところには、造花の菊が、造花の薔薇が、美しく咲き乱れているであろう。そして生き残った私は、ある〝渇き〟をいだきつつ、現世の汚濁のなかで、私自身の道を行くであろう。」

これは、磯田氏個人の、三島由紀夫への訣別の言葉である。と同時にこれは、敗戦から四半世紀後の、あらためて繰り返された「生の方へ歩きだした多くの日本人」と「生命を絶つた日本人」との分岐点であつたと言へる。この、ほんのわづかの一瞬、氏の言ふ〝渇き〟のなかで、磯田氏はおそらく「死ぬのが本当だ、と思ひました」といふ呟きを聞いてゐる。しかし、次の瞬間、氏はすでに「生の方へ歩き」だしてゐて、やがて歩くうちに、このときは「現世の汚濁」と見えてゐたものも、「歴史をつらぬく人間のあり方」として見えてくることになる。『戦後史の空間』は、まさにさうした歩みの延長上に書かれたものと見てよいであらう。

『戦後史の空間』のいはゆる「帯」にあたる部分には、(ふつうはこれは編集部で文案をつくるのであるが)著者自身の言葉として、こんな文章が記されてゐる――「われわれが〝戦後〟の一時期を、ノスタルジアをもって想起するようになったのは、いつごろからであろうか」。

「絶望と憤懣」をたたへた虚無が、そのまゝの姿で見えてゐるあひだは、それは決して

「ノスタルジア」の対象とはなりえない。汚濁が「汚濁」として見えてゐるかぎり、「ノスタルジア」は生じえない。磯田氏のこの問ひに氏自身が答へるとすれば、それは明らかに氏が三島由紀夫の「殉教の美学」と訣別してからのことである、といふことにならう。

この帯はさらに、「それはまた、かつて見えにくかったものが、次第に見えるようになった時代の到来をも意味する」と言ふ。これを正確に言ひなほせば、かつて見えてゐたものが、次第に見えなくなつてゆき、それが見えなくなつてゐること自体もまた見えなくなつて、それがなにか「見えるようになった」といふ錯覚を生んでゐる時代の到来、といふことにならう。

この『戦後史の空間』は、言ふならば著者自身が〝戦後〟における日本人の精神の変質を体現することによつて書かれた戦後精神史である。その意味で、これは貴重な記録であるとも言へる。おそらく磯田氏自身は、これを書きながら、桶谷氏が『昭和精神史　戦後篇』を書いてゐるときに感じた「身も心もへとへとに疲れた」といふ疲労感は感じないですんだことであらう。ただし、それだけに、これはいつそう痛ましい精神の喪失の記録なのである。

ここでわれわれはもう一度、磯田氏がつかみかけて、取りのがしてしまつたものの方へ視線を向けてみなければならない。磯田氏は、吉本隆明氏のあの一節か、本当は「絶望的な大衆」のイメージを描き出したものであることを知つてゐたのであつた。ではそれは、いかなる「絶望」だつたのか？　吉本氏自身の「やるかたない痛憤」とはいかなるものだつたのか？　それを問ひかけてみなければなるまい。

第七章　吉本隆明『高村光太郎』

一、名状できない悲しみ

吉本隆明氏がみづからの敗戦体験——そのときの「やるかたない痛憤」——を、もつとも直截に語つてゐるのは、昭和三十二年に出版された『高村光太郎』においてである。この『高村光太郎』といふ著作は、高村光太郎の詩の評論であると同時に、高村光太郎といふ詩人の評伝でもあるといつた作品なのであるが、そのやうな著作を書くにいたつた事情は、氏自身の敗戦体験と密接につながつてゐる、と吉本氏は言ふ。

そもそも氏の高村光太郎への共感は、「かれの生涯が一貫して思想と芸術とを生死の問題においてとらえた近代古典主義の最後の詩人である」といふところに根ざしてゐるのだ、と吉本氏は言ふ。「凡百の詩の技術家たちをこえて、高村にこだわるのは、かれが詩人だからではなく、こういう確乎たる実行者としての風貌を生涯うしなわなかった最後の一人だからだ」と氏は断言するのである。

ところが、その高村光太郎に、敗戦期の吉本氏は「微かな異和感をみとめた」といふ。そして「もしも、高村光太郎にたいする最初の異和感が、敗戦期にやってきたのでなかったら、その思想や生活や詩業を検討してみようなどとかんがえもしなかったろう」と氏は述べるのであるが、ではいったい、その「微かな異和感」とはどのやうなものだつたのだらうか？

吉本氏はまづ、戦争体験といふものについての自らの考へ方を、こんな風に語つてゐる。

「戦争のような情況では、たれもその内的体験に、かならず生命の危険をかけている。だから、この体験を論理づけ、それにイデオロギー的よりどころをあたえれば、もはや他の世代にたいして和解するわけにはいかない重大な問題を提出することを意味する。わたし自身にしても、戦争期の体験にたちかえるとき、生き死にを楯にした熱い思いが蘇ってきて、もはやどんな思想的な共感のなかへも、この問題を解決させようとはおもわなくなってくる。」

これは、いはゆる「世代論」のうちに戦争体験を片付け入れてしまはうといふことではない。各々の世代に和解不可能な体験の相違を与へたものは何なのか、それを「徹底してえぐりだすよりほかに」、日本の敗戦の意味を明らかにするすべはない、といふのが吉本氏の考へであつて、これはむしろ桶谷氏の「原体験」の考へ方に近い。そしてまた、両氏のその原体験を支へる思想も、驚くほど似通つてゐるのである。吉本氏はそれをかう語る。

「わたしは徹底的に戦争を継続すべきだという激しい考えを抱いていた。死は、すでに勘定に入れてある。年少のまま、自分の生涯が戦火のなかに消えてしまうという考えは、当時、未熟なりに思考、判断、感情のすべてをあげて内省し分析しつくしたと信じていた。」

まさしくこれは、桶谷氏の語つてゐた、あの「本土決戦」の思想そのものである。鶴見俊輔氏流の世代論で言へば、敗戦時に十三歳であつた桶谷氏と、二十歳であつた吉本氏とは、別の世代に属することになるわけであるが、その年齢差にもかかはらず、両氏は本質的なところで一致してゐる。それは、自らの死――日本人すべての死と共にある自らの死――を究極の目標において戦争を考へてゐる、といふことである。

もちろん、このやうな「激しい考え」は、両氏とも、前線に立つて戦ふ人間たちでなかつたからこそ持ちえたのだ、と言ふことはできよう。現にいま敵弾が頭の上を飛びかつてゐる時には、戦争とはただ死にものぐるひの作業であつて、「激しい考え」の入り込む余地はない。開戦当時、府立化学工業学校の生徒であり、翌年米沢高等工業学校に進学し、昭和二十年には東京工業大学に入学してゐた吉本氏は、（戦時中も理工系の学生や教官には徴兵が行はれなかつたので）前線で戦ふべき立場になかつたといふ点では、十三歳の少年とまつたく同様だつたのである。

　桶谷氏にとつても吉本氏にとつても、戦争における死は、いまここに在るリアルな死ではなく、「本土決戦」や「徹底抗戦」といふかたちで、近い将来に待ちかまへてゐる死――「覚悟」といふかたちでわがものとなつてゐる死であつた。そしてその分だけ、それは「激しい考え」となりえたのである。

　しかし、そのことは決して、その思想の思想としての価値を下げるものではない、と吉本氏は考へる。たとへば、平成十六年に行はれたインタヴューのなかで、吉本氏は、加藤典洋氏をはじめとする戦後生まれの文学者たちに、当時の自らの思想について、「皇国青年なりにつめて考えましたね」「その頃は兵隊さんより自分の方がそこは徹底的に考えましたね」と自信にみちた口調で語つてゐる。そして確かに、そこに語られる吉本氏の戦争についての思想は「徹底的」と言ふのにふさはしいものをもつてゐるのである。氏はそれをこんな風に語つてゐる。

「『きけわだつみのこえ』などを読めばすぐわかりますが、多少ともリベラルな人たちは戦場へ行く理由を、だいたい『家族のため』と考えていたんです。ところが、僕は家族のためにも祖国のためにも死ねないなと徹底して考えて、出した結論が天皇のため、生き神さんのためなんです。家族や祖国のために死ぬという理由だけではどうしても不満がまといつくのですが、天ちゃんのためになら死ねるというのが精一杯つめて考えた実感なんです。生き神さまは政治に直接には関与しないけど、国家を一人で背負う巫女的な存在で、その眷族が政治をおさめる天皇になる。立憲君主制なんてやつでなく、昔からそういう信仰で日本は統治されてきたわけで、こいつのためならば死んでもいいと当時はリアルに感じられたんです。」

これは、吉本氏が自らの戦争体験――その「生き死にを楯にした熱い思い」――のもつ神学的な側面をはっきりと認めた、貴重な発言と言ってよい。あとで見るとほり、吉本氏の高村光太郎に感じた「微かな異和感」も、まさに氏の戦争体験のもつ、この神学的な側面から発したものだったのであり、この側面を抜きにして吉本氏の戦争体験、敗戦体験を理解することは不可能なのである。

もちろん、吉本氏がその後もなほ、その思想をそつくりそのまま持ちつづけたといふことではない。氏はこのあとにすぐ「そして後からそのことを大いに考え直したわけです」と言ひ、また「戦後は、自分が天皇を生き神さまと考えたことには問題があったなと思いましたが」とつけ加へてゐる。けれども、現在その思想を抱きつづけてゐないといふことは、少しも氏の記憶をさまたげてゐない――と言ふより、むしろその思想が過去のものとなつてはじめて、吉本氏は何のさまたげもなく自らの「激しい考え」の実像をふり返ることができた、といつた塩梅なのである。

たとへばそこで吉本氏は、その「激しい考え」の行きつく先の「原イメージ」とも言ふべきものを、こんなかたちで語つてゐる。

「戦後すぐに、児玉誉士夫と宮本顕治と鈴木茂三郎が大学に来て、勝手なことを講演して帰っていったことがあるんです。なかで、もっとも感心したのは児玉誉士夫の話で、米軍が日本に侵攻してきた時に日本人はみんな死んでいて焦土にひゅうひゅうと風が吹き渡っているのを見たら連中はどう思っただろう（笑）、と発言して、ああいいことを言うなと僕は感心して聞きました。」

この光景は、いはゆる近代国民戦争といつた枠組のなかでは、たうてい思ひ描きえないものである。ここには敗者もなく、勝者もない。「勝者」になるつもりで上陸してきた米軍は、そこに自分たちの理解の及ばぬ神学的深淵がぽつかりと口をあけてゐるのを見て、慄然、茫然とするにちがひない。

この焦土をひゆうひゆうと吹き渡る風は、言ふならばまさに「神風」である。日本民族を勝利に導くために吹いてくれる、有難くも好都合な神の風ではない。日本民族がすべて命を投げ出して、それを受けとめた証として吹く「神風」である――おそらくはそのやうに理解したからこそ吉本氏は「ああいいことを言うな」と感心して聞いたのに違ひない。

ただし、このインタヴューの記録にのこされた「(笑)」の一語は、この神学的な原イメージが、若い世代の聞き手たちにまつたく理解されなかつたことをものがたつてゐる。そしてそれはおそらく、聞き手の理解力と想像力の欠如を示してゐるだけでなく、この原イメージがいかに孤独な、理解されにくいものであるかを示してもゐると言へよう。[注6]

これから見るとほり、『高村光太郎』においては、吉本氏はかうした神学的側面をまつたく表面にあらはしてゐない。むしろそれをひたすらおしかくし、素通りし、排除しながら、自らの敗戦体験を語らうとしてゐる。したがつて、その体験の記述には独特のわかりにくさがつきまとふのであつて、われわれはしばしば、そこにおしかくされたものを補つて読んでゆかなければならない。そして、それを補つて読んでゆくうちに、いつたいなぜその神学的側面がおしかくされなければならなかつたか、といふこともまた、明らかになつてくるのである。

まづ、吉本氏は自らの敗戦体験をかう語つてゐる。

「敗戦は、突然であった。都市は爆撃で灰燼《かいじん》にちかくなり、戦況は敗北につぐ敗北で、勝利におわるという幻影はとうに消えていたが、わたしは、一度も敗北感をもたなかったから、降伏宣言は、何の精神的準備もなしに突然やってきたのである。」

一見するとこれは、よく言われる、戦時中の日本人は必勝の信念にしばられてゐて、戦況がいかに悪化しても、敗戦が近いことを認識してゐなかつた、といふ典型例のやうにも見える。しかし、氏の言葉によれば、「勝利におわるという幻影はとうに消えていた」のであつて、氏は少しも必勝の信念にとらはれてなどゐなかつた。ならばどうして、氏は「一度も敗北感をもたなかった」のか？

それは、いまも見たとほり、吉本氏はひたすら、勝利も敗北もない、「焦土にひゅうひゅうと風が吹き渡っている」原イメージを見つめてゐたからである。戦争についての氏の「激しい考え」は、自分も含めた日本人の多くが生き残つて、正式にポツダム宣言を受諾して降伏する可能性などといふものを、ほとんど論理的に認めてゐなかつた。

ところがそこに、日本国民は生きて敗北を受け入れよ、といふ詔書が下される――「降伏宣言は、何の精神的準備もなしに突然やってきた」と吉本氏は言ふのであるが、それどころではあるまい。一切の精神的なものをなぎ倒すやうな仕方で、それは襲ひかかつてきたに相違ないのである。

そのときのことを吉本氏はかう語つてゐる。

「わたしは、ひどく悲しかった。その名状できない悲しみを、忘れることができない。それは、それ以前のどんな悲しみともそれ以後のどんな悲しみともちがっていた。……生涯のたいせつな瞬間だぞ、自分のこころをごまかさずにみつめろ、としきりにじぶんに云いきかせたが、均衡をなくしている感情のため思考は像を結ばなかった。」

おそらく三島由紀夫ならば、これを「神の死の怖ろしい残酷な実感」と呼んだであらう。この「名状できない悲しみ」は、たしかに異常な悲しみ――「それ以前のどんな悲しみともそれ以後のどんな悲しみともちがって」ゐる悲しみ――であつた。

ただしさしあたつて、それが「悲しみ」だつたのは間違ひない事実であつて、ある別のエッセイでは、その日寮の部屋にもどつてとめどもなく泣いてゐると、寮の小母さんがふとんを敷いてくれて、そのまゝ子どもの頃のやうに泣き寝入りしてしまつた、と氏は回想してゐる。まづなによりも、吉本氏は「ひどく悲しかった」のである。

そんな吉本氏の姿は、ちやうど、敗戦直後に発表された高村光太郎の詩「一億の号泣」とぴつたり重なり合ふやうにも思はれる。それはこんな詩なのである。

「綸言一たび出でて一億号泣す
昭和二十年八月十五日正午
われ岩手花巻町の鎮守
鳥谷崎神社社務所の畳に両手をつきて
天上はるかに流れ来る
玉音の低きとゞどろきに五体をうたる
五体わなゝきてとどめあへず
玉音ひゞき終りて又音なし
この時無声の号泣国土に起り
普天の一億ひとしく
宸極に向つてひれ伏せるを知る
微臣恐惶ほとんど失語す
たゞ眼を凝らしてこの事実に直接し
苟も寸毫の曖昧模糊をゆるさざらん
鋼鉄の武器を失へる時
精神の武器おのづから強からんとす
真と美と到らざるなき我等が未来の文化こそ

必ずこの号泣を母胎としてその形相を孕まん」

その日、ひどく悲しんで、とめどもなく泣きじやくつてゐた吉本氏の姿は、間違ひなくこの「一億の号泣」の一つであつたと思はれる。ところが、当の吉本氏自身は、この詩を読んで、「わずかではあるが」「はじめて高村光太郎に異和感をおぼえた」と言ふのである。たしかに公平に言つて、これを「最高の詩」とは言ひがたい。太宰治の「散華」のなかの言ひ方を借りれば、本当の詩人は「激した言ひ方などはしないもの」で、「単純な言ひ方」の底に「ただならぬ厳正の決意を感じさせる」もののはずである。そこからすると、この「一億の号泣」はむやみに激した大袈裟な言葉づかひが目立つ。自らも詩作を始めてゐた吉本氏が、そこに「微かな異和感をみとめた」のだとしたら、それはむしろ当然のことであらう。しかし、氏の異和感はそこにあつたのではなかつた。またもちろん、当時の吉本氏にとつて、この詩の基調をなす「天皇崇拝」が異和感をひきおこすといふことはありえない。自分のもつてゐた天皇観も高村光太郎と「似たりよったりであった」と氏は語る。

ならばいったいその異和感はどこからやってきたのか？「わたしには、終りの四行が問題だった」と氏は言ふのである。

「わたしが徹底的に衝撃をうけ、生きることも死ぬこともできない精神状態に堕ちこんだとき、『鋼鉄の武器を失へる時 精神の武器おのづから強からんとす 真と美と到らざるなき我等が未来の文化こそ 必ずこの号泣を母胎として其の形相を孕まん』という希望的なコトバを見出せる精神構造が、合点がゆかなかったのである。」

おそらく、この時はじめて、吉本氏のあの「名状できない悲しみ」は、絶望としての相貌をあらはしたのに違ひない。高村光太郎に対する異和感があぶり出したのは、吉本氏自身の「生きることも死ぬこともできない」といふ状態であり、このやうな状態こそは、ただ「ひどく悲しかった」と言ふだけでは追ひつくことのできない「絶望」のすがたなのである。

この「生きることも死ぬこともできない」といふのは、単なるレトリックではない。これは、このとき吉本氏がつきおとされた状態の端的で正確な記述である。

さきほど見たとほり、氏の「激しい考え」のなかで、自らが本土決戦のなかで死ぬといふことは、すでに予定されてゐたことであつた。「死は、すでに勘定に入れてある」と言ふとき、それは単に、「死は怖ろしくはなかった」といふだけのことではなかつたであらう。「生き神さんのため」になら死ねる、と考へたとき、それはまさしく神学的な観念——神の前に自らの死をさしだすといふ観念——に近いものだつたに違ひない。

ところが「降伏宣言」はそれを根本からくつがへしてしまつた。「終戦の詔書」が国民に与へたメッセージは、一言で言へばまさに「生きよ」といふことであつて、それ以外ではなかつたのだからである。〈死〉への道はふさがれてしまつた。しかし、かと言つて〈生〉への道がひらかれたわけではない。すでにいつたん投げ出してしまつた命を、もう一度拾ひなほして、いはば廃棄物となつた生を生きること——それはもはや本当の意味での「生きること」とは言へまい。

ほんたうに文字通り、吉本氏は「生きることも死ぬこともできない」状態につきおとされたのである。

たしかに、〈死〉への道がふさがれてしまつたといふことは、命がたすかつたといふことであり、一個の生物として、そこに本能的な安堵感のなかつたはずはない。吉本氏はそれをふり返つて、「その日のうちに、ああ、すべては終った、という安堵か虚脱みたいな思いがなかったわけではない」と言ふ。けれどもそれは、『戦後史の空間』に磯田氏が述べてゐたやうな、「歴史をつらぬく人間のあり方として」高々とかかげられるべきものではなかつた。吉本氏はすぐにつづけてから語る。

「だが、戦争にたいするモラルがすぐにそれを咎《とが》めた。このとき、じぶんの戦争や死についての自覚に、うそっぱちな裂け目があるらしいのを、ちらっと垣間見ていやな自己嫌悪をかんじたのをおぼえている。」

ごくふつうに考えれば、生物であるかぎりの人間にとつて、もつとも自然、当然であるはずの、命が助かつた安堵感を、吉本氏は「うそっぱちな裂け目」と見る。これを氏は「戦争にたいするモラル」と呼んでゐるのであるが、ここに言ふ「モラル」は、本来の意味での現世的な道徳規範としてのモラルではありえない。現世のモラルは、各人には生きのびる権利がある、といふことを土台として築かれてゐるのだからである。これはモラルといふよりはむしろ「神学」であつて、これに一番近いものをさがすとすれば、戦後まもない時期に書かれた『マチウ書試論』のなかの、「神と己れとの直結性の意識」といふ表現がそれにあたるであらう。『マチウ書試論』は、当時の吉本氏が自らのうちにわだかまつた神学的葛藤をほとばしらせるやうにして書いた作品なのであるが、そのなかで、イエスが悪魔の試問にあつたとき、彼を支へてゐた「モラル」として吉本氏が取り出したのが、この「神と己れとの直結性の意識」なのであつた。

「マタイによる福音書」の第四章には、イエスが荒野で四十日四十夜、断食をして空腹になつてゐるとき悪魔がやつてきて、もしお前が神の子であるなら、これらの石をパンになるやうに命じてみよ、と言つた、といふ話が語られてゐる。もちろんイエスはそれを拒絶するのであるが、そのときのイエスの拒絶を、吉本氏は「人間が生きるために必要な条件を断ちき」つて、「神と己れとの直結性の意識を選択」したのだ、と解釈するのである。

これだけならばとりたてて特色のある解釈ではなからうが、ここで吉本氏は、あまり他の人々が注目しないところに目を向ける。すなはち、そもそもイエスが四十日四十夜の断食をして飢ゑたといふことである。悪魔の試問はそこを衝いてゐて、それはすなはち「人間の現実的な条理が捨てきれなかったと同然である」といふ指摘がイエスにつきつけられたのだ、と吉本氏は見るのである。これは明らかに氏自身の敗戦体験と重ね合はされてゐる。ちやうど、氏自身が自らの安堵感を「うそっぱちな裂け目」と見たやうに、悪魔はイエスの飢ゑのうちに「うそっぱちな裂け目」を見た、といふわけなのである。

しかしもちろん、イエスはそこで「いやな自己嫌悪」を覚えて引きさがつたりはせずに、あの有名な「人はパンのみにて生きるものにあらず。神の口から出るすべての言葉によつて生きるもの也」といふ答へをもつて反撃する。すなはち、「人間の現実的な条理」がいかなる裂け目をつくらうとも、「神と己れとの直結性」への確信に支へられたモラルは、それをやすやすとのり越えることができる、といふことである。これはちやうど、特攻を志願した若い兵士が、死への恐怖を覚えつつも、それを自らのり越えていつたのと較べることができよう。

これに対して、吉本氏には、その「うそっぱちな裂け目」をのり越えるための支へが、なに一つ残されてゐない。「神と己れとの直結性の意識」は、ほかならぬ神自身によつて否定されてしまつてゐる——少なくとも、この時の吉本氏にはさうとしか考へられなかつたに違ひないのである[注7]。

或る意味では、神が悪魔になりかはつて、吉本氏の「戦争にたいするモラル」をつき崩したとも言へる。すなはち、荒野で断食の修行をしてゐるイエスの前に出てきて、神がさつさと石ころをパンにかへてしまつたやうなものである。しかも、単にそれだけの話ではない。八月十五日の天皇の「降伏宣言」は「生きよ」と命ずることによつて、〈死〉のささげものを拒み、「神と己れとの直結性」への希求をうち砕いてしまつた。そこがもつとも耐へがたい最悪の部分だつたのである。

吉本氏はそれをかう回顧する。

「わたしは、絶望や汚辱や悔恨や憤怒がいりまじった気持で、孤独感はやりきれないほどであった。」

人間が自らの渾身のささげものを神に拒まれたとき、そこにいかなる深い絶望と憤怒が生じることになるか——それを描いてゐるのが「創世記」第四章のカインの物語であるが、ここでの吉本氏の「痛憤」のさまは、まさに神に拒まれた人間の苦痛として、はじめて理解しうるものである。

それは単に、「生きることも死ぬこともできない」絶望のうちにつき落される、といふだけではない。そこにつきまとふ汚辱は、他のなにによつてもぬぐひ去ることができない性質の汚辱である。敗戦国の国民として敵国の軍事占領下に置かれるといふ屈辱も、これとくらべたら何ほどのこともない。神に拒まれたといふこの汚辱は、自らの全存在をその根底から汚すたぐひの汚辱なのである。

当然のことながら、そこには、自分はなんでこのやうな神に自己を直結させようとしたりしたのか、といふ悔恨の念がわきのぼつてくることであらう。神に裏切られたと思ふとき、そのやうな悔恨が芽生えないはずはない。

けれども、そこで悔恨の念にかられても、すぐに自分の神学的思考を切り換へて、もつと別の神をさがしたり、無神論を選択したりすることができるといふものではない。さきほど見たあのインタヴューのなかでは、吉本氏はごくあつさりと「そして後からそのことを大いに考え直したわけです」と語つてゐたのであるが、その道筋は決してたやすいものではなかつたに相違ない。

神に拒まれ、裏切られた人間をもつとも苦しめるのは、自らの心のうちにわき上る〈神への憤怒〉である。この〈神への憤怒〉こそは、神学におけるもつとも切実でもつとも逆説的な問題であると言つてもよい。

八月十五日の「降伏宣言」によつて吉本氏が体験したやうな、神の拒絶、神の裏切りに出会へば、神への憤怒がわいてくるのは当然である。しかし、氏の言ふ「戦争にたいするモラル」（言ひかへれば「神と己れとの直結性の意識」）からすれば、それは「うそっぱちな裂け目」どころではない、端的な神への背反であり、「罪」そのものである。神に憤ることとは、神の与へた戒律を破ることより、もつと根本的な神への対立だからである。

ならば、そんな神などこちらから拒絶してやる、と絶縁状をたたきつけようとして、ふと気がつけば、自らのその憤怒は、神との直結性をもとめ、自らのささげものを神に受けとつてもらひたいと思つてゐるからこそ生じてゐる憤怒なのである。不信心者は決して本気で神を憤つたりはしない。神に憤る人間は、その憤怒によつて神にそむくと同時に、その憤怒によつて神へとしばりつけられてゐる……。

このとき「降伏を肯《がえ》んじない一群の軍人と青年たちが、反乱をたくらんでいる風評は、わたしのこころに救いだった」と吉本氏は言ふのであるが、しかしそれも、氏の孤独感を消し去ることはできなかつたであらう。氏の味はつてゐた孤独感は、いはば絶対的なものであつて、こんな風に「神と己れとの直結性の意識」を引きちぎられて、絶望と憤怒にさいなまれてゐる人間には、人と人とがつながる基盤そのものがうばはれてゐるのである。

吉本氏は、当時の自分をふり返つて、外見《そとみ》には「惰性的な日常生活にかえっていた」けれども、「こころは異常なことを異常におもいつめ」てゐたのだと言ふ。まさしくそれは「異常なことを異常におも」ふ日々だつたのに相違ない。

二、絶望からの逃走

このやうな思ひを抱いて「生きることも死ぬこともできない」でゐた吉本氏が、高村光太郎の詩の「希望的なコトバ」に異和感を覚えたのは、当然すぎるほど当然のことであつた。

思ひがけぬ異和感を覚えた吉本氏は、「高村もまた、戦争に全霊をかけぬくせに便乗した口舌の徒にすぎなかったのではないか」と疑つてみたり、あるいは逆に、「この詩人にはじぶんなどの全く知らない世界があって、そこから戦争をかんがえていたのではないか」と反省してみたりする。さらにそこから色々と考へをめぐらせて、高村光太郎は戦争末期に「独自の一元的な精神主義」に到達してをり、彼の詩の「希望的なコトバ」も、そこから出てきたものなのだ、と解説したりするのであるが、実際には、老詩人はただ、きはめて素直に、「終戦詔書」の語るとほりを受け取つてゐたにすぎないのである。

八月十五日正午、高村光太郎が畳に両手をついて拝した「終戦の詔書」は、その最後をかうしめくくつてゐる――「総力ヲ将来ノ建設ニ傾ケ道義ヲ篤《あつ》クシ志操ヲ鞏《かた》クシ誓テ国体ノ精華ヲ発揚シ世界ノ進運ニ後《おく》レサラムコトヲ期スヘシ爾《なんぢ》臣民其《そ》レ克《よ》ク朕カ意ヲ体セヨ」。「一億の号泣」の終りの四行は、言ふならば、この「総力ヲ将来ノ建設ニ傾ケ」るべしといふ詔書のメッセージを受けとめて、その変奏曲をかなでてみせたにすぎないのである。

おそらく高村光太郎は、単なる「口舌の徒」ではなくて、たしかに「思想と芸術とを生死の問題においてとらえ」ようとしてゐたに違ひない。ただし、若き日の吉本氏が誤解したやうに、それを〈死〉の問題としてとらへようとしたのではなしに、〈生〉の問題としてとらへようとしてゐたのであつた。

たとへば、吉本氏は、昭和二十年四月二日に朝日新聞紙上に発表された「琉球決戦」といふ詩を引いて、「年少のわたしは、高村が敗戦と運命をともにするつもりだな、とかんがえた当時この詩にかなり感動したのを記憶している」と述べてゐるのであるが、この詩をよく見ると、これはどこまでも、あきらめずに頑張らう、といふ詩であつて、「死の決断」の詩ではない。「琉球を守れ、琉球に於て勝て。全日本の全日本人よ、琉球のために全力をあげよ」とうたふとき、高村光太郎はあくまでも〈生〉の領域に身を置いてゐる。それは、同じ時期の論文中の「私も老骨に鞭うつて大いにやらうと思ふ」といふ言葉にもあらはれてゐるとほりである。

だからこそ、この老詩人は、「生きよ」といふ「終戦の詔書」を拝して、敗戦といふ結果に号泣しつつも、決して絶望はしなかつたのである。高村光太郎は、戦時中「琉球に於て勝て」「全力をあげよ」と叫んだのと同じ姿勢のまゝ「鋼鉄の武器を失へる時　精神の武器おのづから強からんとす」とうたふことができたのであり、また彼の中で「真と美と到らざるなき我等が未来の文化」への確信がゆらぐことはなかつたのである。あの『昭和精神史』の言ひ方を借りれば、高村光太郎は間違ひなく「詔書を奉じ、国体護持を信じて生の方へ歩きだした多くの日本人」の一人だつたのである。

さうとすれば、吉本氏の異和感は、むしろ「終戦の詔書」そのものに向けられるべきだつたであらう。そして、自分を「生きることも死ぬこともできない」ところに突きおとしておきながら、「総力ヲ将来ノ建設ニ傾ケ」「国体ノ精華ヲ発揚」せよなどといふ「希望的なコトバ」を語る「詔書」の精神構造に合点がゆかない、と不満を言ひたてるべきだつたであらう。

現に、終戦時の桶谷氏は、まさにそのやうにして、真正面から、詔書を発せられた天皇に憤懣をたたきつけたのであつた。さきほど見たとほり、桶谷氏は、八月十五日の「降伏宣言」は「不滅という観念がみずからを死滅と宣言する異様な出来事だった」と言ふ。そして、「天皇はわたしにとって死んだ」と断言してゐたのである。

ところが、吉本氏の回想のうちには、さうしたあからさまの天皇批判といふものは見受けられない。

たとへば吉本氏は、「わたしは、降伏を決定した戦争権力」を憎悪した、と言ふのであるが、そこに天皇が含まれてゐないことは間違ひない。さきほどのインタヴューでも述べてゐたとほり、当時の吉本氏は「生き神さまは政治に直接には関与しないけど、国家を一人で背負う巫女的な存在で」ある、と認識してゐたのだから、その「生き神さま」が「戦争権力」であるはずはないのである。

あるいはまた、「社会には支配者と被支配者があり、戦争でも、敗戦でも、平和になっても、支配者はけっして傷つかず、被害をうけるのは下層大衆だけなのではないか、とはじめてかんがえはじめた」と言ふときにも、「生き神さん」が「支配者と被支配者」のどちらにも属してゐないことは明らかである。「生き神さん」は「社会」の内側にはゐないからである。

そもそも、自分の敗戦体験を、高村光太郎に対する異和感として掘り起さうとしたときから、吉本氏のかうした姿勢はさだまつてゐたとも言へる。だから、あの「名状できない悲しみ」や「汚辱」も、すべてもっぱら自らの主観的、観念的なひとり相撲として説明される。吉本氏はそれをこんな言ひ方で語つてみせるのである。

「翌日から、じぶんが生き残ってしまったという負い目にさいなまれた。何にたいして負い目なのか、よくわからなかったが、どうも、自分のこころを観念的に死のほうへ先走って追いつめ、日本の敗北のときは、死のときと思いつめた考えが、無惨な醜骸をさらしているという火照りが、いちばん大きかったらしい。」

おそらく、これ自体は決してウソではないであらう。氏はたしかに「自分のこころを観念的に死のほうへ先走って追いつめ」たのであらうし、それがいま「無惨な醜骸をさらしている」のも事実であらう。ただ、ここに一つすつぽりと欠け落ちてゐるのは、その〈死〉が「生き神さん」にささげられたものであり、それが拒まれたところに無惨の無惨たる所以《ゆゑん》があるのだ、といふことである。

こればかりではない。他のいたるところで、吉本氏は、神に向けられるはずの恨みや憤りを、なにかしら別の方向へと向けてしまふ。あの、自らの戦争体験のもつ神学的な側面についてはつきりと語つたインタヴューにおいてすら、「生き神さん」や天皇についての恨みがましい言葉は一つも語られてゐない。ただ、「戦後は、自分が天皇を生き神さまと考えたことには問題があったなと思いましたが」と言ふのみで、天皇自身、「生き神さま」自身に問題があつた、とはひと言も語らないのである。

このやうな吉本氏の姿勢は、「天皇はわたしにとって死んだ」と断言する桶谷氏と、際立つた対照をなしてゐる。桶谷氏は、敗戦後、村に天皇自決の噂が流れたときのことを回想し「一度死んだものがもう一度死ぬなどとはゆるしがたい愚劣であった」といふ激しい言葉でその憤りをあらはしてゐる。さうした憤怒の表明は、吉本氏の場合、まつたく見られないのである。

ともに同じやうな決死の思想を抱き、ともに神学的領域に踏み込んでそれを考へてゐながら、どうしてこのやうな差が出てきたのか。おそらくそれは、桶谷氏がいはば紙ひとへのところで、天皇を神とは考へてゐなかつた、といふことによるのであらう。たしかに、桶谷氏は三島由紀夫の語つた「神の死の怖ろしい残酷な実感」といふ言葉に共感し、その実感は自分にも「おぼえがある」と言つてゐる。しかし、桶谷氏の場合には、それは微妙なところで比喩的な表現にとどまつてゐたのだと思はれる。さきほども見たとほり、自らの思ひの正確なかたちを、氏は次のやうに表現してゐた。

「天皇とはわたしにとって民族の終末と栄光をおもう心情とわかちがたいある純粋な観念であった。一億の日本人がぜんぶたたかいの果てに死ぬということは、天皇が永遠に生きている証以外でなかった。」

これは、かぎりなく「神」の観念に近く、しかし、「神」ではない何ものかの観念である。

おそらく氏もまた、あの「日本人はみんな死んでいて焦土にひゅうひゅうと風が吹き渡っている」といふ原イメージを共有する人間であつたに違ひない。けれどもただ一つ、両氏が異なつてゐたのは、「神と己れとの直結性の意識」をもとめるか否か、といふ点であつたと思はれる。桶谷氏には、そのやうなものを求める必要はなかつた。氏はなによりも「民族の歴史と神話を信じていた」のであり、天皇はただ、その信仰に「密着した何か」

であつたにすぎない。

これに対して、吉本氏にとつての「生き神さん」は間違ひなく「神」であつた。そこに「神と己れとの直結性」をもとめうるほど、確固とした神であつた。また、その直結性を拒まれたとき、その憤怒が、ほとんどユダヤ教における〈神への憤怒〉の逆説に近づくほど、それはリアルな実感に裏打ちされた「神」なのであつた。

だからこそ吉本氏は、ちやうどユダヤ教徒やキリスト教徒が神への憤怒を口にしようとしないやうに、天皇や「生き神さん」への憤懣を口にすることがないのである。

たとへば旧約聖書の「ヨブ記」は、ふつうならば当然、神への憤懣、神への呪詛をあらはすであらうところで、それを憤懣や呪詛としてではなく、ただ切実な神への問ひかけ——「なぜあなたは、このやうなことをなさるのですか？」——をひたすら語りつづける「義人」の姿を描いてゐる。多くの聖書学者は、それすらも神の前には不遜なふるまひであると解釈するのであるが、公平に言つて、この「ヨブ記」のなかの神自身は、その問ひかけを罪とは見てゐない。神は、人間が〈神への憤怒〉のうちに落ち込まず、正面切つて神への反問を投げかけるには、どれだけの勇気が必要であるかを知つてゐるからである。

もし仮りに、吉本氏が勇気をふるひ起して、ヨブのごとくに「生き神さん」に問ひかけてゐたらばどうなつたか。高村光太郎などにむかつてではなく、直接「生き神さん」にむかつて、なぜあなたはこのやうな「希望的なコトバ」を口にすることができたのか、と問ひかけてゐたら。また、なぜあなたは私の〈死〉を受け取らうともせずに「生きよ」といふ詔書を発したのか、と正面切つて尋ねてゐたら――もしかすると、そこで吉本氏は、折口信夫が敗戦後八年間、悪戦苦闘のすゑつひにつかむことができなかつた「日本の神学」への糸口を見出すことになつてゐたかも知れない……。

しかしおそらく、吉本氏の受けた衝撃は、あまりにも大きすぎたのであらう。「生涯のたいせつな瞬間だぞ、自分のこころをごまかさずにみつめろ、としきりにじぶんに云いきかせたが、均衡をなくしている感情のため思考は像を結ばなかった」と氏は語つてゐた。もし思考が像を結んでゐたなら、氏は自らの〈神への憤怒〉をそれとしてみつめ、それを克服し、神への審問を通して、突破口をひらくことができてゐたかも知れない。

しかし結局のところ、吉本氏は神学的問題を神学的問題として解決するのではなく、いはばバイパスを通つて、自らの「やるかたない痛憤」から脱出することになる。すなはち、「戦争のモラル」をもつぱら現世のモラルに置きかへて、それをたたき壊すことにしたのである。

「戦後、人間の生命は、わたしがそのころ考えていたよりも遥かにたいせつなものらしいと実感したときと、日本軍や戦争権力が、アジアで『乱殺と麻薬攻勢』をやったことが、東京裁判で暴露されたときは、ほとんど青春前期をささえた戦争のモラルには、ひとつも取柄がないという衝撃をうけた。」

もちろん、吉本氏の受けたこの「衝撃」を、あまりにもナイーヴでお人よしにすぎる、と笑ふのは簡単なことである（人間の生命のたいせつさを知つたといふのは、氏自身も別のところで語つてゐるとほり、家庭をもち、自分の子供をもつてのことであつたと思はれるので、ここに言ふ「衝撃」はもつぱら後者の話と考へるべきであらう）。そもそも、敵国が占領中の日本において、日本の軍人や政治家たちのみを被告とし、連合国の人間を裁判長として行ふやうな裁判が、真実にもとづいて公正に行はれうる可能性はきはめて低いのであつて、ほんの一寸でも常識をはたらかせれば、「東京裁判」の結果をう呑みにしたりしてはならないことがわかるはずである。

おそらく、吉本氏がここに言ふ「乱殺」は、いはゆる「南京大虐殺」を指してゐるものと思はれるのであるが、実はこれはすでに東京裁判においてすらも、あまりにも客観的証拠に乏しくて、検察側の弁論に迫力のないことが目立つてゐる始末であつた。今では、さまざまの一次資料の発掘の結果、この告発がまつたく実態に即していなかつたことが明らかにされてゐる。また、「麻薬攻勢」については、当時田中隆吉の証言によつて大いに話題となつたのであるが、その証言をよく見ると、すでにもともと中国大陸では麻薬の売買がさかんに行はれてをり、日本軍はただそれの一翼をになつて資金調達をしたことがある、といふ以上の話ではない。たしかに、道徳的に潔癖な人間は顰蹙《ひんしゆく》するであらうエピソードであるが、これは英国が国策としてアヘンを清に密輸し、それを没収されたからとアヘン戦争をおこして清をたたきのめしたやうな話とは、まるで次元が異なつてゐる。それによつて、「ほとんど青春前期をささえた戦争のモラルには、ひとつも取柄がないという衝撃」を受けるやうな性質の話では、まつたくないのである。

しかし、このときの吉本氏にとつては、さうした東京裁判における告発がどれほど信用のおけないものであるか、そんなことはどうでもよかつたのに違ひない。氏にとつて重要だつたのは、「生きることも死ぬこともできない」、この神に拒まれた絶望と憤怒の地獄から抜け出すことであり、その〈神学〉を「戦争のモラル」へとずらせたうへで、その「戦争のモラル」に戦争犯罪のレッテルを貼ることができれば、それを惜し気もなく捨て去ることができる。おそらく氏は、内心とびつくやうな思ひで、この「衝撃」を受けとめ、自らの「戦争のモラル」を「大いに考え直した」ことだつたであらう。

このやうにして、吉本隆明氏の敗戦時に体験した「やるかたない痛憤」は、その核心部をみづから「ごまかさずにみつめ」ることのないまゝ、素通りされ、ずらされ、捨て去られてしまつた。ひよつとすると、われわれの敗戦体験を明らかにするための大きな手がかりを含んでゐたのかも知れない〈神への憤怒〉は、つひに白日のもとにさらけ出されることのないまゝ埋もれたのである。

その〈神への憤怒〉を、まさにマグマを噴き上げる火山の爆発のやうに、表にあらはしたのが、三島由紀夫の『英霊の聲』である。

『英霊の聲』が出版された直後に行はれた三島由紀夫と林房雄の対談『対話・日本人論』のなかで、林房雄は開口一番、かう語つてゐる——「君の最近作『英霊の聲』を読みましたが、これはたいへんな怒りだ」。そして事実、林氏の言ふとほり、この作品を読んでわれわれの受ける第一印象は——そして最終的な印象も——「たいへんな怒り」の一言につきると言つてよい。しかも、その怒りは世俗の誰かれに向けられたものではなく、明らかに〈神〉に向けられた怒りである。

しかし、はたして三島由紀夫は本当に彼自身の心中奥底にひそむ〈神への怒り〉をそのまゝ真直にこの作品のうちに表はすことができたのか？　次章にそれを詳しく眺めてみることにしよう。

第八章　三島由紀夫『英霊の聲』

一、敗戦体験を語らない「敗戦体験談」

吉本隆明氏が、少なくとも表向きのかたちとしては、きはめて率直に、素朴と言ってもよいやうなスタイルで自らの敗戦体験を語つてゐたのとくらべると、三島由紀夫の戦争体験・敗戦体験の回想は、まるで対照的である。それは、どれもあまりに冷淡で無関心な身振りをもつて書かれてゐるので、かへつてそれとは正反対のなにかがその後ろにかくされてゐるのではないか、といふ疑問を生じさせるほどなのである。たとへば彼が、昭和三十年、「終末感からの出発」といふエッセイに次のやうに述べるとき、その否定の身振りはあまりにも性急な印象を与へる。

「日本の敗戦は、私にとつて、あんまり痛恨事ではなかつた。それよりも数ヶ月後、妹が急死した事件のはうが、よほど痛恨事である。」

たしかに、妹の死が痛恨事であつたといふことにうそいつはりはなからう。「私は妹を愛してゐた。ふしぎなくらゐ愛してゐた」と言ふ三島由紀夫は、腸チフスで高熱を発し人事不省となつた妹を母と交代で看護した話をしてから、から述べてゐる――「死の数時間前、意識が全くないのに、『お兄ちやま、どうもありがたう』とはつきり言つたのを聞いて、私は号泣した」。

三島由紀夫が自分自身について「号泣した」といつて語るのは、他ではあまり見かけないことであるし、（絵画や小説や観念ではなく）生身の人間を「愛してゐた」と手ばなしで語るのも、まつたく異例のことである。彼はここで、いつになく自らをさらけ出してゐるやうに思はれる。また、「戦争中交際してゐた一女性と、許婚の間柄になるべきところを、私の逡巡から、彼女は間もなく他家の妻になつた」といふ「個人的事件」をストレートに語るのも、彼にしては珍しいと言ふべきであらう。

けれども、さうした異例の〈うちあけ話〉と、そのあとに語られる「種々の事情からして、私は私の人生に見切りをつけた。その後の数年の、私の生活の荒涼たる空白感は、今思ひ出しても、ゾッとせずにはゐられない」といふ告白との間には、なにか滑らかにつながらないものが感じられる。いくら肉親の死や失恋といつた出来事が、心をふかく傷つける「痛恨事」であつたとしても、はたしてそれが、二十歳の青年に、あとから思ひ出してもゾッとせずにはゐられないやうな「荒涼たる空白感」をもたらしうるものだらうか？ さうした「荒涼たる空白感」をもたらしうるのは、あの「生きることも死ぬこともできない」といふ絶望以外にはありえないやうにも思はれる。告白するやうな顔をして、何かをかくし、かくしながらひそかに告白する、といふのは三島由紀夫のつねの流儀であるが、これもまたその一つなのではあるまいか？

いづれにせよ、これが敗戦体験を語るためのエッセイといふより、それを語らないためのエッセイであることは間違ひない。

面白いことに、この同じ年、三島由紀夫は敗戦時を題材としたもう一つのエッセイ「八月十五日前後」を書いてゐるのであるが、これもまた、まつたく違つたかたちながら、同じく〈敗戦体験を語らないエッセイ〉となつてゐるのである。そのエッセイのなかには、こんな一節が見られる。

「……私は何だか、急激に地下へ落つこちたやうな、ふしぎな感覚を経験した。目の前には夏野がある。遠くに兵舎が見える。森の上方には、しんとした夏雲がわいてゐる。」

これはまさに、桶谷氏が〈「天籟」を聞いた瞬間〉と呼ぶ、あの八月十五日の「原イメージ」そのものである。「トカトントン」に描かれてゐたのも、ほとんどこれと同じ感覚、同じ光景であつた。

　ところがこれは、それよりも半月ほど前、海軍高座工廠の動員学徒の仲間が「アメリカが無条件降伏をしたんだつて」とお喋りしてゐるのを耳にしたときの回想なのである。彼は、すぐにつづけてこんな風に語る。

「……もし本当にいま戦争がをはつてゐたら、こんな風景も突然意味を変へ、どこがどう変るといふのではないが、我々のかつて経験したことのない世界の夏野になり森になり雲になる。私は、何かもうちよつとで手に触れさうに思へる別の感覚世界を、その瞬間、かいま見たやうな気がしたのである。」

　ならば、本当に戦争がをはつたとき、彼は「かつて経験したことのない世界の」夏野と森と雲を見たのだらうか？　それについては、彼はこのエッセイで一言も語つてゐない。ただ、「終戦のとき、妹は友だちと宮城前へ泣きにいつたさうだが、涙は当時の私の心境と遠かつた」といふ素気ない文章がつづられてゐるきりである。

　このエッセイの標題「八月十五日前後」は、見事にこのエッセイの本質をあらはしてゐる。これはたしかに八月十五日の「前」と「後」とを語つてゐるのであるが、八月十五日そのものについては、なにも語つてゐないのである。

あきらかに、『昭和精神史　戦後篇』に桶谷秀昭氏の言ふとほり、「この昭和三十年といふ時点で、三島由紀夫は昭和二十年八月にいたる過去を直叙形で思ひ出したくなかつた」のに違ひない。

二、神の死の怖ろしい残酷な実感

その三島由紀夫が、珍しく直叙形で自らの敗戦体験の核心を語つたのが、あの「神の死の怖ろしい残酷な実感」といふ一言だつた、といふことになる。この言葉は、『英霊の聲』のあとがきに付されたエッセイ「二・二六事件と私」のなかで、こんな風にして語られてゐるのである。

「……たしかに、二・二六事件の挫折によつて、何か偉大な神が死んだのだつた。当時十一歳の少年であつた私には、それはおぼろげに感じられただけだつたが、二十歳の多感な年齢に敗戦に際会したとき、私はその折の神の死の怖ろしい残酷な実感が、十一歳の少年時代に直感したものと、どこかで密接につながつてゐるらしいのを感じた。」

ここに言ふ「神の死の怖ろしい残酷な実感」とは、八月十五日、敗戦を知つたときの実感そのものであらうと思はれる。あの桶谷少年の憤激をふり返つてみても、また吉本氏の「名状できない悲しみ」をふり返つてみても、その核をなしてゐたのは、まさにこの「神の死の怖ろしい残酷な実感」である。これまでいつもはぐらかすやうな仕方でしか語らなかつた自らの敗戦体験を、三島由紀夫はここではじめて、小説の形をかりて語り出さうとしてゐるらしい——この言葉は、そんな期待をよびおこすのである。

ところが、いざ実際にこの小説を読んでみると、八月十五日のことなどどこにも出てこない。八月十五日前後すらとびこえて、二・二六事件に際して感知されたといふ「神の死」は、敗戦の翌年の「人間宣言」へとむすびつけられてゐるのである。

ひよつとして三島由起夫は、本当に自らの言ふとほり日本の敗戦など少しも「痛恨事」でなかつたのかも知れない、あとがきの一節に言ふ「敗戦に際会したとき」の一言は、ただ筆のすべりにすぎなかつたのかも知れない、とすら思はれてくる。

しかしここでも、告白するやうな顔をしてかくし、かくしながらひそかに告白する、といふ彼の習性はかはつてゐない。よく読めば、たしかにこの小説のうちに、彼が八月十五日、「敗戦に際会したとき」に得た「神の死の怖ろしい残酷な実感」の形は、くつきりと描き出されてゐる。ただ、彼はそれを用心深く、さまざまの意匠の下にもぐり込ませてゐるのである。

まづはこの小説の大筋を眺めわたし、そこを一つ一つたどつてゆくことにしよう。

「英霊の聲」は、或る早春の「帰神《かむがかり》の会」に、二・二六事件の青年将校たちの神霊と神風特別攻撃隊の英霊があひついで現はれるといふ設定のうへに展開されてをり、あとがきの著者自身による解説によれば、これは「能の修羅物の様式を借り、おほむね二場六段の構成を持つてゐる」といふ。すなはち、前半の第一場は、二・二六事件の青年将校が前ジテとなり、第二場は特攻隊員の英霊が後《のち》ジテとなる。審神者《さには》の木村先生がワキ、神主（霊媒）の川崎君がワキヅレで、前半、後半ともに「序」「破」「急」の形式をなしてゐるといふ。

いまも述べたとほり、この小説の主題は「神の死」である。作者がそれを実感した「敗戦」時といふのが八月十五日のことであつたか否かはさて置くとして、何にせよ、大東亜戦争の敗戦時の「神の死」の実感を、遠い少年時代、二・二六事件の挫折のうちに直感した「神の死」へとむすび合はせて出来上つたのがこの小説であることは間違ひない。

それをかうした伝統芸能の形式によつて語り出すことで、「神の死」といふ、この浮世ばなれした主題が、抵抗なく自然に受け取れるやうになつてゐるのと同時に、そこには或る種の様式美といつたものが生じてゐる。しかも、さらにそこに、「帰神の会」に呼び出されてきた神霊の声、といふ非現実の枠がかぶせられることによつて、この抽象的な主題が、なほいつそう抽象度をまして描き出されることになつてゐるのである。
そしてその一方では、たしかに林房雄氏が評したとほり、この小説のもたらす印象は、「たいへんな怒りだ」の一言につきる。この「怒り」が、まさしく神学的な怒りであることは間違ひないと言へよう。

ではいつたい、それはどのやうな神学的怒りなのだらうか？

この小説において、時代をへだてた二つの「神の死」は、前ジテと後ジテによつて、それぞれ神からの「裏切り」として告発される。その裏切りに対する絶望と憤怒が、この作品を貫く基調ともなり、またこの作品の原動力そのものともなつてゐるのであるが、その「裏切り」は、まづこんな風にして描かれる。

第一場、審神者《さには》の木村先生の吹きならす石笛《いはぶへ》にのつて登場する神霊たちは、まづこの昭和四十年当時の〝現代〟の日本の精神的弛緩と堕落のさまをなげきうたつてから、自らを「われらは裏切られた者たちの霊だ」と名のり出て、その〈裏切り〉の物語を、こんな風に語り出す。

「思ひみよ。
そのとき玉穂なす瑞穂の国は荒蕪《くわうぶ》の地と化し、民は餓ゑに泣き、女児は売られ、大君のしろしめす王土は死に充ちてゐた。神々は神謀《かむはか》りに謀りたまひ、わが歴史の井戸のもつとも清らかな水を汲み上げ、それをわれらが頭に注いで、荒地に身を伏して泣く蒼氓《さうばう》に代らしめ、現人神との対話をひそかに用意された。そのときこそ神国は顕現し、狭蠅《さばへ》なすまがつびどもは吹き払はれ、わが国体は水晶のごとく澄み渡り、国には至福が漲る筈だつた。」

表現こそ異なるが、この内容は、現実の二・二六事件蹶起《けつき》趣意書の語るところとおほむね一致してゐる。蹶起趣意書はまづ冒頭に「謹んで惟《おもんみ》るに我神洲たる所以は万世一神たる天皇陛下御統帥の下に挙国一体生々化育を遂げ終に八紘一宇を完うするの国体に存す」とうたひ上げ、しかるに、現状では「万民の生々化育」は阻碍され、国民は「塗炭の痛苦に呻吟」してゐる。このやうな「国体破壊の元兇」である「所謂《いはゆる》元老重臣軍閥官僚政党等」の「奸賊」をうち殺すことによつて、わが国の国体はふたたび明るく澄みわたるはずである、と主張するのである。

すなはち、二・二六事件はあきらかに、「国体明徴」といふ一つの思想的課題をになつた出来事であつた。そこに、いはゆる皇道派対統制派といつた陸軍内部の対立があつたことは事実としても、それは単なるクーデターではなかつた。彼らは、自分たちこそが「国体」の中心に直結した人間たちであるといふ自信と自負にもとづき、三島由紀夫の言ひ方で言へば、その国体の「純潔」をとり戻すために立ち上つたのであつた。したがつて、

「国体」の中心——それどころか「国体」そのものと言ってもよい天皇陛下が、自分たちの蹶起を喜ばれないはずがない、と彼らは思つてゐたはずである。

ところが実際には、彼らが思ひ描いたやうには事態は展開しなかつた。

まづ、二月二十六日朝、事件の第一報に対して陛下の下されたご指示は「速ニ事件ヲ鎮圧」せよ、といふものであり、蹶起趣意書には目をくれようともなさらなかつた。翌日、蹶起した将校の精神だけでも認めてやつて欲しいと願ひ出た侍従武官長には「朕ガ股肱《ここう》ノ老臣ヲ殺戮ス、此ノ如キ凶暴ノ将校等、其精神ニ於テモ何ノ恕《じょ》スベキモノアリヤ」と、陛下はお怒りもあらはに一蹴なされたのであつた。

二十八日には蹶起部隊は正式に「叛乱部隊」と指定され、二十九日早朝より鎮圧の攻撃命令が発せられたが、結局、大きな戦闘はないまゝ、その日の午後五時までにすべての蹶起将校は逮捕され、事件は終末を迎へる。そして、その後の裁判では、蹶起将校のうち十七名までが「叛乱罪」によつて死刑を宣告され、処刑されたのであつた。

「英霊の聲」に登場する青年将校たちは、かうした二・二六事件の経緯を語り、次のやうに歎くのである。

「われらは陛下が、われらをかくも憎みたまふたことを、お咎めする術とてない。

しかし叛逆の徒とは！　叛乱とは！　国体を明らかにせんための義軍をば、叛乱軍と呼ばせて死なしむる、その大御心に御仁慈はつゆほどもなかりしか。」

そして、そのことを恨む合唱の絶えたあと、神主の川崎君の口からは「鬼哭としか云ひやうのない、はげしい悲しみの叫び」が発せられる。そして、この「地をゆるがすやうな慟哭」は、外の嵐と一体となつて、しばらくつづいたといふ……。

このやうなはげしい歎きと憤りは、決して作者の勝手な創作とばかりは言へない。たとへば、三島由紀夫が一読して大いなる感銘を受けたといふ磯部浅一一等主計の獄中遺書は（橋川文三氏の表現によれば）「あたかも大魔王ルチフエルのごとき呪詛と反逆のパトスにあふれ」てをり、そこには「神々は何をしてゐるのだ」「日本国の神々ともあらふものが、此の如き余の切烈なる祈りをききもしないで、何処へ避暑に行つたか」といつた激烈な言葉がつづられてゐるといふ。あとがき「二・二六事件と私」のなかで「文学的意慾とは別に、かくも永く私を支配してきた真のヒーローたちの霊を慰め、その汚辱を雪ぎ、その復権を試みようといふ思ひは、たしかに私の裡に底流してゐた」と語る三島由紀夫にとつて、かうした現実の二・二六事件蹶起将校たちの悲憤をそれとして描くことは、間違ひなく執筆動機の一つであつたはずである。

したがつて、作中で神霊の語る「裏切り」も、さしあたつてはかうした現実の事件のなかで、現実の蹶起将校たちが体験したことを、そのまゝ指してゐるものと考へることができる。

ただし問題は、現実の彼らの行動が、はたして本当に「国体」の回復、「国体」の明徴といふ目的にかなつてゐたのか、といふことである。

そもそも「国体」とはどのやうなものなのかといふことは、たしかに、さまざまの議論があつて見さだめにくい。三島由紀夫もこの本のあとがきに「私は当時の国体論のいくつかに目をとほしたが、曖昧模糊としてつかみがたく」「一億国民の心の一つ一つに国体があり、国体は一億種あるのである」と、そのとらへ難さを強調してゐる。しかし、後の章でも述べるとほり、一つの政治道徳思想としてとらへるならば、「国体」とはさほど難解なものではない。その柱は、天皇が民をおほみたからとして慈み、大切になさる、といふところにあり、いかなる国体論においてもこの一点はゆらぐことがない。現に、蹶起趣意書も「万世一神たる天皇陛下御統帥の下に挙国一体生々化育を遂げ」ることをもつてわが国の「国体」とし、自分たちは国民を「塗炭の痛苦」から救ひ出すことを目指して蹶起するのだとうたつてゐる。そのかぎりで、「国体」といふものについての彼らのとらへ方自体は、決して間違つてはゐなかつた。

ところが、まさにその観点からすると、彼らの現実の行動——永田町一帯の占拠と、高橋是清蔵相、斎藤實内大臣をはじめとする重臣たちの殺傷——は、「国体」の回復どころか、その正反対を向いてゐたと言はざるをえないのである。

昭和初期、日本の国民たちを「塗炭の痛苦に呻吟せしめ」た元凶は、「蹶起趣意書」に言ふやうな「元老重臣軍閥官僚政党」ではなく、米国に端を発した世界恐慌であつた。しかも、実際には、二・二六事件の頃、日本は世界にさきがけてこの経済危機をのりこえつつあつたのであり、それに尽力して功あつたのが、この事件で「不義不臣」として殺害された高橋是清、及び斎藤實といつた人たちだつたのである（実は、その当時、景気はすでに上向きとなつてゐて、逆にインフレの懸念が出てきたため、国防予算削減を含む引きしめ策に転じたことが、若い将校たちの恨みを買つた、といふ説もある）。

いづれにせよ、天皇陛下が、これら重臣の殺害の報に「朕ガ股肱ノ老臣ヲ殺戮ス、此ノ如キ凶暴ノ将校等、其精神ニ於テモ何ノ恕スベキモノアリヤ」と激怒されたのは当然のことであつた。「万民の生々化育」といふことは天皇陛下ご自身が、皇祖皇宗の遺訓として、国体思想のもつとも核をなす部分と考へていらつしやることがらである。そのために尽力してきた人間たちを殺害した将校たちは、まさに「国体の精華を傷つくる」者たちにほかならず、陛下が彼らをただちに「叛乱軍」と断じられたのは、客観的に見て、まことに正しいご判断であつたと言はねばならない。それを「裏切られた」などと言つて悲憤慷慨するのは、文字通りの「逆恨み」と評するほかはないのである。

第一場に登場してきた青年将校の神霊に、いかにも重々しく「われらは裏切られた者たちの霊だ」と語らせたとき、はたして三島由紀夫自身は、かうしたことにまつたく気付いてゐなかつたのだらうか？

実は、さう問ひかけながらあらためてよく読んでみると、作者自身、二・二六事件の青年将校たちが、少なくとも現実の政治行動としてはおそろしくトンチンカンなことをしてゐたのを知つてゐたふしがうかがはれるのである。たとへば神霊たちの呪詛の合唱のうちには、こんな表現が見られる。

「陛下は人として見捨てたまへり、
かの暗澹たる広大なる貧困と
青年士官らの愚かなる赤心を。」（傍点──長谷川）

明らかに、作者は青年将校たちの愚かしさに気付いてゐる。その愚かしさのうちには、陛下が「広大なる貧困」を見捨てたまふた、などと訴へること自体も、当然含まれることになるのであるが、いづれにせよ、彼らのその愚かしさを、作者ははつきりと認めてゐるのである。

このやうな「愚かなる赤心」は、三島由紀夫自身にとつては、愛でるべきものでこそあれ、決して責めとがめるべきものではない。晩年の三島由紀夫は、自らはつきりと〈有効性に背を向ける〉行動原理を標榜してゐて、たとへば神風連の行動や大塩平八郎の乱のうちに、彼はその典型を見てゐた。[注8] 二・二六事件の青年将校たちも、明らかにさうした行動原理の体現者として彼を魅了してゐたのである。

しかし、現実の日本の統治者として国民の安寧を気づかふ立場にをられる天皇陛下に、さうした「愚かなる赤心」を愚かなるが故に愛でたまへと求めるのは、無いものねだりの甘えと言ふべきものであり、そのこともまた、三島由紀夫にはわかつてゐたと思はれる。それは、現実の政治世界においてのみのことではない。記紀に語られる神々の世界においても、「愚かなる赤心」をもつて荒ぶる者どもは、追はれ、罰せられなければならないのである。

たとへば、青年将校の神霊たちは次のやうにうたふ。

「わが古き神話のむかしより
大地の精の血の叫び声を凝《こ》り成したる
素戔鳴尊《すさのをのみこと》は容れられず、
聖域に馬の生皮を投げ込みしとき
神のみ怒りに触れて国を逐はれき。」

ここにうたはれるすさのをの命は、やがては出雲に宮をつくり、治めることになる重要な神の一人である。しかし、彼が天上の姉、天照大御神のところにやつてきて、うけひの競争をいどみ、勝つた勝つたと「勝さび」に田の畔をこはし、祭殿に「屎《くそ》まり散らし」、忌服屋《いみはたや》に皮をはいだ馬を投げ込むといふ乱暴狼藉をはたらいて死者までだしてしまつたとき、彼は神々からひげを切られ、手足の爪をはがされて、天上から「神逐《かむや》らひ逐《や》らひ」されなければならなかつたのである。

このやうに、日本の神話的伝統のうちにはたしかに「愚かなる赤心」の系譜といつたものが存在する。そこには自らのうちなる荒魂につき動かされて失敗を重ねる神や英雄が登場し、多くの日本人に共感とあはれの心をよびおこしてきた。たとへばこのすさのをの命がさうであり、やまとたけるの命がさうである。けれども、そこで彼らを待ち受けてゐるのは、追放であり没落であり死であつて、その愚かなる行動は、かならずその報ひを受けないわけにはいかないのである。

そのやうな記紀の伝統に即して言へば、二・二六事件の蹶起将校たちは、たしかに英雄《ヒーロー》ではある。しかし彼らは、いはば荒魂の英雄たちであり、追放されるべくして追放された者たちなのである。もちろん彼らはそれを激烈に慨《なげ》く。しかし、それはもともと彼らの運命なのであつて、誰に裏切られたといふやうな話ではない。

そして明らかに、作者はそのことに気付いてゐる。さもなければ、かうした話をもち出したり、「愚かなる赤心」といつた言葉を使つたりすることはないはずなのである。ではいつたい、この第一場の「前ジテ」の神霊たちが「われらは裏切られた者たちの霊だ」と言ふときの、その裏切りとは何なのだらうか？

おそらくそれは、現実の二・二六事件をこえ出たところに見出されるやうな何事かであるに違ひない。たとへば青年将校の神霊はこんなことを語つてゐる。

「しかしまづ、われらは恋について語るだらう。あの恋のはげしさと、あの恋の至純について語るだらう。」

たしかに、「恋闕《れんけつ》」といふ古い言葉があり、これは宮闕、宮城を恋ひしたふといふところから、君主を想ふ心の比喩として使はれ、杜甫の詩にも見える言葉であるといふ。そこからすれば、皇道派の青年将校の忠誠の心が「恋の至純」といふ言葉で語られても、不思議はない。しかしここには、なにか本来の「恋闕」といふ言葉を逸脱したものがあらはれ出てゐる。そしてその逸脱は、神霊が〈陛下の御馬前の死〉について次のやうに語るとき、いつそう顕著になる。そこには、かれらの「夢」がこんな風に語られてゐるのである。

「われらは夢みた。距離はいつも夢みさせる。いかなる僻地、北溟南海の果てに死すとも、われらは必ず陛下の御馬前で死ぬのである。しかしもし『そのとき』が来て、絶望的な距離が一挙につづめられ、あの遠い星がすぐ目の前に現はれたとき、そのかがやきに目は盲《めし》ひ、ひれ伏し、言葉は口籠《くごも》り、何一つなす術《すべ》は知らぬながらも、その至福はいかばかりであらう。死を賭けたわれらの恋の成就はいかばかりであらう。その時早く、威ある清らかな御声《みこゑ》が下《くだ》つて、ただ一言、『死ね』と仰せられたら、われらの死の喜びはいかほど烈しく、いかほど心満ち足りたものとなるであらう。」

たしかに、この前半に語られる〈御馬前の死〉といふ考へ自体は、当時の軍人たちに広く共有されてゐた考へ方であり、とりわけ皇道派の軍人たちにとつてはなじみ深い考へであつたと言へる。たとへば桶谷秀昭氏は『昭和精神史』において、皇道派の青年将校の「我々は陛下の軍人だから、上官個人の部下ではない訳だ。要するに上官の命令といふものは、陛下の命令と確信するからこそ、水火も辞せずに行くのだ」といふ言葉を引いて、「統帥権といふのは、青年将校にとつてそこにおいて死ぬことのできる国体観念が発顕する径路である」と語つてゐる。まさしく、ここに言ふ〈御馬前の死〉の覚悟が彼らを支へてゐたのだと言ふことができよう。

それはまた、遠くさかのぼれば、日本古来の軍人魂《もののふのこころ》の原型でもあつた。あの有名な大伴家持の長歌は、まさに〈御馬前の死〉のエッセンスを示したものと言へる。

「大伴の　遠つ神祖の　その名をば　大来目主と　負ひ持ちて　仕へし官《つかさ》　海行かば　水《み》漬《づ》く屍《かばね》　山行かば　草生《む》す屍　大君の　辺にこそ死なめ　顧みは　せじと言立て　丈夫《ますらを》の　清きその名を　いにしへよ　今の現《をつづ》に流さへる……」

（『万葉集』巻十八）

しかも注目すべきことは、この長歌のなかの「海行かば、水漬く屍。山行かば、草生す屍。大君の辺にこそ死なめ、顧みはせじ」に信時潔《のぶときときよし》が美しいメロディをつけた「海行かば」といふ歌が、戦時中、「準国歌」とまで呼ばれてよく歌はれた、といふことである。〈御馬前の死〉の覚悟は、単に遠い昔の軍人《もののふ》の家柄の者たちだけのものでもなければ、一部の将校たちだけの覚悟でもなく、大東亜戦争のさなか、日本国民にひろく共感され、共有されてゐたのだと言ふことができる。

このやうに、いまの一節の前半に関するかぎり、そこには何の「逸脱」もない。むしろこれは、ごく一般的なわが国の伝統を語つたものだと言へる。ところが最後の一文にいたつて、そこには突如、現実の皇道派の青年将校たちの覚悟からも、古来の伝統からも、大きくはみ出してしまふものが現はれ出てくるのである。その逸脱の核心をなすのは、次の一言である。

「その時早く、威ある清らかな御声が下つて、ただ一言、『死ね』と仰せられたら、われらの死の喜びはいかほど烈しく、いかほど心満ち足りたものとなるであらう。」

これは現実の皇道派の青年将校の「夢」ではありえない。彼らが「陛下の命令と確信するからこそ、水火も辞せずに行く」のは、どこまでも彼らの主体的な覚悟である。「陛下の命令」は、いくら危険をともなふ命令であつても、かならず作戦命令として下されるのであり、端的な「死ね」といふ命令が下されるなどといふことはありえない。もしそのやうな命令が現実にありうるとすれば、それは刑罰としての死の命令にほかならない。実際、現実の二・二六事件の裁判において死刑の宣告が下されて処刑された青年将校たちは、間接的にはまさに天皇陛下の「死ね」といふ命令によつて死んでいつたわけなのであるが、それは彼らの「夢」の成就どころではなかつた。「英霊の聲」においても、彼らの処刑はただもつぱら憤激、慨嘆の対象であり、青年将校たちの神霊は「われらの釈明はきかれる由なく、はやばやと極刑が下された。かくてわれらは十字架に縛され、われらの額と心臓を射ち貫いた銃弾は、叛徒のはづかしめに汚れてゐた」と苦々しく語るのみである。

それは『万葉集』や記紀の世界においてもかはりがない。いま見た大伴家持の長歌も、もつぱら「水火も辞せず」の覚悟をうたつてゐるのであつて、大君からの「死ね」との命令をまちうけるといふ話ではない。記紀のなかで唯一はつきりと天皇の「死ね」といふ命令が言及されてゐるのは、『古事記』の倭建命《やまとたけるのみこと》の物語においてであるが、そこでの死の命令は、ほとんど刑罰と同じ意味をもつものとして受け取られてゐる。倭建命は、天皇の命によつて熊曽《くまそ》を征服し、帰つてくるなり、休む間もなく東方の征伐を命じられて「天皇既に吾《あれ》死ねと思ほす所以か」と言つて患《うれ》ひ泣く。この時の「死ね」は、もちろん恩寵のしるしなどではない。明らかに天皇は、この息子の「建《たけ》く荒き情《こころ》」を危険なものと認じて厄介払ひしようとしてゐるのであり、倭建命もそれをわかつてゐるから患ひ泣くのである。〈御馬前の死〉の覚悟から、天皇の〈死ね〉とのご命令の夢想へ——この逸脱は、現実の二・二六事件からの逸脱であるばかりではなく、日本の歴史、伝統からの逸脱でもある。言ふならばそれは、いつさいの現世的なものからの逸脱、といふ様相を帯びてゐるのである。

ではそれは、いつたいどこへと逸脱してゆくのか？

その逸脱のむかふ先が示されるのは、青年将校の神霊が自らの「恋の成就」の夢想を、二枚の絵図として描き出すとき——とりわけその二枚目の絵図について語るときである。そのとき、彼らの「夢」が、古来の伝統すら逸脱していつたいどこに向ふのかが、くつきりと示されるのである。

まづ、そのうちの第一の絵図は次のやうに描かれる。

そこでは、雪晴れの朝、丘の上に立つ蹶起将兵たちのもとを、白馬にまたがつた「大元帥陛下」がとぶらはれ、彼らの労をねぎらつて天皇親政を約束されるゐ。「その方《はう》たちには位を与へ、軍の枢要の地位に就かせよう」とのお言葉には、彼らは固くご辞退を申し上げ、陛下は「さうか。その方たちこそ、まことの皇軍の兵士である」と叡感斜めならず、赤誠の兵士らに守られて雪の丘をお下りになる。いささか戯画めいた印象はあるものの、その絵図の内容自体は、（昇進のお申し出を御辞退するところも含めて）実際の蹶起将校たちの心構へに即したものとなつてゐる。言ふならば、現実の歴史においては「叛徒」の汚名とともに葬り去られてしまつた彼らの夢を「絵図」に仕立て上げたもの、といつた趣きのものである。

ところが、第二の絵図の方は、おそらく現実の二・二六事件にたづさはつたいかなる青年将校の脳裡にも夢想されたことのない、まつたく独自の絵図である。

ここでも、天皇親政の約束がなされ、「その方たちの誠忠をうれしく思ふ」といつたねぎらひの言葉がかけられるのは第一の絵図と同様である。しかしそれはほとんど単なる形式にすぎず、ここでもつとも重要な意味をもつのは、陛下の下される次の一言である。

「心安く死ね。その方たちはただちに死なねばならぬ」

この命に従つて、かれらは口々に「天皇陛下万歳！」を叫びつつその場で切腹し、「陛下は死にゆくわれらを、挙手の礼を以てお送りになる」といふ。そしてこれは、「第一の絵図にも劣らず、倖せと誉れにあふれたものだ」と神霊は述べ、「むしろわれらの脳裡に、より鮮明に描かれてゐたのは、この第二の絵図であつた」と言ふのである。

この絵図がいかに現実の二・二六事件を逸脱してゐるかは、あらためて述べる必要もあるまい。

たしかに、二・二六事件に賛同、参加した将校たちが、成功した場合でも行動の責任をとつて死なねばならぬ、といふ認識をもつてゐたことは事実である。この計画の当初からの賛同者でありながら、事件当時は青森連隊に所属してゐて参加不可能だつた末松太平氏は、当時、自らの決意を同輩にかう語つたといふ——「たとえ斬り込みの際死なずとも、君側の奸臣とはいえ、陛下の重臣を斃した以上は、お許しのないかぎり自決を覚悟していなければならない。失敗もとより死、成功もまた死だとおもっている」。また、三島由紀夫自身が別のところで語つてゐる「道義的革命」の理念に照らしても、このやうな企てにおいては「失敗もとより死、成功もまた死」でなければならない。しかしそれは、蹶起の後始末の問題であつて、蹶起の目的ではありえない。つまり、現実の二・二六事件の青年将校たちは結果の如何にかかはらず死が待ち受けてゐるといふ覚悟で蹶起したのは事実としても、決して死ぬために蹶起したのではなかつたのである。

それに対してこの「第二の絵図」では、死ぬこと自体が目的となつてゐる。それも、天皇陛下に「死ね」と命ぜられて死ぬことが、究極の目的として描かれてゐるのである。これは、現実の歴史から逸脱してゐるだけではない。記紀をはじめとする日本古来の発想からも遠くかけはなれてゐる。

ではいつたいそれは何なのか。

これを単に〈切腹マニア〉であつた三島由紀夫のごく個人的な夢想、として片付けてしまふことは簡単である。ただしここには、さうした特殊な個人的嗜好をもこえ出たものがある。それは、この究極の夢を破られた神霊が次のやうな言葉を吐くときに、くつきりと示されることになる。

「……すめろぎが神であらせられれば、あのやうに神々がねんごろに謀り玉ふた神人対晤の至高の瞬間を、成就せずにおすましになれる筈もなかつた」

この「神人対晤」といふ言葉が指し示してゐるのは、「第二の絵図」に描かれた形――神が「死」を命じ、人がそれに従ひ、神がそれを受けとる、といふ形――そのものである。そしてこの形は、次章に見るとほり、まさしく神学の根底をなす究極の形とも言ふべきものなのである。

「英霊の聲」の第一場に見られた、あの奇妙な逸脱がどこに向かつての逸脱であつたのかと言へば、それは神学の領域にむけての逸脱であつたと言はなければならない。青年将校の神霊たちが、あれほどまでに激烈な慨きを見せるといふのも、単に自分たちの蹶起が失敗し、陛下にそれを叛乱ときめつけられたから、といつた現世的な理由によるのではない。それはまさに神学的な慨きであり、「神人対晤の至高の瞬間」を奪はれたといふことこそが、彼らの訴へる「裏切り」の内容だつたのである。

「英霊の聲」の第一場は、青年将校たちの神霊の発する「鬼哭としか云ひやうのない、はげしい悲しみの叫び」でしめくくられる。「私は今まであのやうな、痛切な悲しみに充ちた慟哭の声をきいたことがない」と語り手は述べる。おそらくそれは、吉本隆明氏が八月十五日に体験した、あの「名状できない悲しみ」の叫びでもあつたであらう。そして、その慟哭をこのやうにして描き出したといふことは、三島由紀夫もまた、その「怖ろしい残酷な実感」を共有した一人であつた証拠と言ふことができる。それはまさしく、神の「裏切り」、「神の死」の「怖ろしい残酷な実感」であつたに違ひないのである。

三、「人間宣言」

とすると、第二場はどういふことになるのだらうか？

もしも二・二六事件の青年将校の神霊が目指してゐたのが、単なる天皇親政の実現といつたことでなく、〈神が死を命じ、人がそれに従ひ、神がその死を受け取る〉といふ「神人対晤」の至福であつたとしたなら、第二場の特別攻撃隊の英霊こそは、その至福の夢をかなへられた者たちのはずである。実際、第二場に登場してくる「弟神」たる英霊は、まづ自分たちのことをこんな風に語つてゐる。

「われらは兄神のやうな、死の恋の熱情の焰は持たぬ。われらはそもそも絶望から生れ、死は確実に予定され、その死こそ『御馬前の討死』に他ならず、陛下は畏れ多くも、おん悲しみと共にわれらの死を嘉納される。それはもう決つてゐる。われらには恋の飢渇はなかつた。」

現に、彼らが死に向けての精密な訓練に明けくれてゐるさなか、彼らには、神風特別攻撃隊の奮戦を聞こし召されて賜はつたといふ陛下のお言葉――「そのやうにまでせねばならなかつたか。しかしよくやつた」――が伝へられてゐる。そして第二場の第二段は、この特攻隊員がフィリピン湾内で敵空母への突入に成功する、印象的で迫力のある場面をもつて終つてゐる。言ふならば、この「弟神」は〈御馬前の討死〉を見事にはたしえた英霊であり、兄神たちが夢見て成就しえなかつた「第二の絵図」を完成させた者なのである。

ところが、彼らもまた「裏切られた霊」なのであるといふ。そして、そこで持ち出されてくるのが「人間宣言」なのである。

英霊は言ふ。「しかしわれら自身が神秘であり、われら自身が生ける神であるならば、陛下こそ神であらねばならぬ。神の階梯のいと高いところに、神としての陛下が輝いてゐて下さらなくてはならぬ」。さうでなければ、彼らの死は「愚かな犠牲にすぎなく」なり、彼らは「神の死ではなくて、奴隷の死を死ぬことに」なる。しかるに、昭和二十一年元旦の詔書、いはゆる「人間宣言」は、天皇ご自身がその「神の階梯のいと高いところ」から降りてしまはれた、といふ宣言であつた。つまりそのやうにして彼らは、死後に裏切られた霊となつた、といふのである。

たしかに、もしも「人間宣言」が英霊の糾弾するとほりのものであれば、それは許しがたい「裏切り」と言はなければなるまい。「神人対晤の至高の瞬間」は、それによつて、過去にさかのぼつて奪はれたのみでない。未来にわたつても、永遠に不可能とされてしまつた、といふことになるからである。

この小説の最後、第二場「急」の段では、兄神、弟神たちの声が大合唱となり、「などてすめろぎは人間《ひと》となりたまひし。などてすめろぎは人間《ひと》となりたまひし」の畳句をかぎりなく繰り返し、そのはてに神主の川崎君が絶命して終る。まさに林房雄氏が「これはたいへんな怒りだ」と評したとほりの、怒りの大爆発として、この小説は幕をおろすのである。これはまさしく「神の死」――神自身による神の殺害――の怖ろしい残酷な実感を、そのまゝ小説のかたちになしたものだ、と言ふことができさうに思はれる。

ところが、あらためてもう一度、よく目を近づけて見なほしてみると、この最後の大合唱の展開には、なにか或るちぐはぐなものが見出されるのである。英霊、神霊の怒りがつのり、外の嵐とともに激しく荒れ狂ふのにつれて、合唱の言葉もますます厳しく、激しくなつてゆく——はずのところで、その逆に、神霊たちの怒りの嵐がつのるのに反比例して、糾弾の言葉の方は、むしろトーンダウンしていつてしまふのである。

まづ最初、「ああ、ああ、嘆かはし、憤《いきどお》ろし」といふ歎声に始まる呪詛の合唱は、次のやうな痛切な言葉を吐く。

「陛下がただ人間《ひと》と仰せ出されしとき
神のために死したる霊は名を剝脱せられ
祭らるべき社《やしろ》もなく注9
今もなほうつろなる胸より血潮を流し
神界にありながら安らひはあらず」

注9に詳しく述べるとほり、「名を剝脱せられ」「祭らるべき社もなく」といふのは事実に反した訴へなのであるが、しかしそもそも英霊たちがかうして帰神の会にあらはれ出て

きたことが、「神界にありながら安らひはあらず」といふことの何よりの証であり、この呪詛の言葉には、やがて神主の川崎君をとり殺さずにはおかないやうな恨みのエネルギーが強く感じられる。

ところが、この痛切な呪詛の言葉から、次のやうな言ひ方にうつると、微妙にその色合ひが変りはじめる。

「わが祖国は敗れたれば
敗れたる負目を悉く肩に荷ふはよし
わが国民はよく負荷に耐へ
試煉をくぐりてなほ力あり。
屈辱を嘗めしはよし、
抗すべからざる要求を潔く受け容れしはよし、
されど、ただ一つ、ただ一つ、
いかなる強制、いかなる弾圧、
いかなる死の脅迫ありとても、
陛下は人間《ひと》なりと仰せらるべからざりし。」

この言葉はすでに、神学的呪詛といふよりは、国家元首の政治的パフォーマンスに注文をつけてゐる、といった色彩を帯び始めてゐる。さらに、「そを架空、そをいつはりとはゆめ宣《のたま》はず、／（たとひみ心の裡深く、さなりと思《おぼ》すとも）」といふ、妥協的とも言へるやうな言葉のあとに、神霊たちが次のやうに歌ふとき、これはもはや呪詛の言葉ですらない。

「祭服に玉体を包み、夜昼おぼろげに
宮中賢所のなほ奥深く
皇祖皇宗のおんみたまの前にぬかづき、
神のおんために死したる者らの霊を祭りて
ただ斎《いつ》き、ただ祈りてましまさば、
何ほどか尊かりしならん。」

実はここに語られてゐるのは、昭和天皇が（そして平成の今上陛下もまた）日々たゆむことなく実践してをられることにほかならない。ことに戦没者の慰霊といふことは、どちらの陛下もとりわけて心を砕いてこられたことであり、昭和天皇が最晩年、重い病をおして慰霊祭におでましになつたお姿は、国民たちの心に深く刻み込まれてゐる。

なにせよ事実として、祭祀といふことは今もかはらず天皇陛下のおつとめのもつとも大切な部分であり、いはゆる「人間宣言」などといふものが発せられようが発せられまいが、その根幹の部分に関しては何の変りもないのである。さうした変らざる代々の天皇のおつとめの姿が、ここにはしつかりと描き出されてゐる。これは呪詛どころか、むしろ天皇讃歌とすら言ふべきものであらう。

したがつて、このあとに繰り返される「などてすめろぎは人間《ひと》となりたまひし」の畳句は、ひどくちぐはぐなものとなる。それは、前の言葉にこめられた怒りのエネルギーをになつて爆発する大合唱といふより、むしろ、かうした天皇の実像をうつかり語つてしまつたのを大いそぎで打ち消すために、ことさら大声でうたはれる呪詛の大合唱、といつた趣きをもつのである。

明らかに、ここでもまた、小説の筋立てと、作者を内側からつき動かしてゐるものとの間にずれのあることがうかがはれる。しかし、それはいつたいどんなずれだつたのだらうか？

ごく一般に、「英霊の聲」は「人間宣言」を批判した小説であると受け取られてゐる。またたしかに、彼自身、この本のあとがきのなかで、戦前、戦中を生きてきた「自分の連続性の根拠」を探り出さうとすると、「どうしても引つかかる」のが「人間宣言」であり、その疑問を追ふうちに「『英霊の聲』を書かずにはゐられない地点へ」追ひ込まれたのだ、と述べてゐる。

しかし、このあとがきにおいて、彼は「『人間宣言』に引つかからざるをえなかつた」と繰り返して言ひながらも、それをどう見たのかについては、一言も語つてゐない。そして、彼のやうな論理的な知性をもつた人間が、真正面からこの文書に「引つかか」つたとしたなら、この詔書が本当はどのやうなものであるのかがはつきりと見えてしまつたはずなのである。

いはゆる「人間宣言」と俗称される、昭和二十一年元旦の詔書は、正式には「新日本建設ニ関スル詔書」といひ、冒頭にまづ明治天皇の発せられた「五箇條の御誓文」を引いて、この御趣旨にのつとり、戦災からの復興をなしとげてゆかう、と国民を励まし勇気づけてゐる詔書である。ただ、その後半の部分には次のやうな一節があり、それが「人間宣言」の呼び名のもととなつてゐる。

「朕《ちん》ト爾等国民《なんぢらこくみん》トノ間《あひだ》ノ紐帯《ちゆうたい》ハ、終始相互《しゆうしさうご》ノ信頼《しんらい》ト敬愛《けいあい》トニ依《よ》リテ結《むす》バレ、単《たん》ナル神話《しんわ》ト伝説《でんせつ》トニ依《よ》リテ生《しよう》ゼルモノニ非《あら》ズ。天皇《てんのう》ヲ以《もつ》テ現御神《あきつみかみ》トシ、且日本国民《かつにほんこくみん》ヲ以《もつ》テ他《た》ノ民族《みんぞく》ニ優越《ゆうえつ》セル民族《みんぞく》ニシテ、延《ひい》テ世界《せかい》ヲ支配《しはい》スベキ運命《うんめい》ヲ有《ゆう》ストノ架空《かくう》ナル観念《くわんねん》ニ基《もとづ》クモノニモ非《あら》ズ。」

「英霊の聲」にも、この一節が丸ごと引かれて、英霊、神霊たちの悲憤の源として示されてゐる。

ただしこの一節自体は、全体としては、さほど見当はづれの内容ではない。たとへば、わが国はたしかに、西洋諸国のやうに君民対立の基本構造によつてなり立つてゐるのではなく、愛民といふことを核として「終始相互ノ信頼ト敬愛トニ依リテ」なり立つてきた。そのことについては何の異論もありえない。また、ここに言はれるやうな選民思想や世界制覇の野望が、わが国にとつて「架空ナル観念」であることは言ふまでもない事実であつて、戦時中のあの「八紘一宇」といふ標語も、世界全体が一家族のごとくに調和しむつみ合ふ理想を表現してゐたにすぎないのである。

この一節の最大の問題点は、「天皇ヲ以テ現御神トシ」といふことを「架空ナル観念」としてしまつたところにある。これは明らかにわが国の精神史上の事実と異なつてをり、ただ端的に「誤り」と評すべき記述である。

「現御神」とは、天皇は現身《うつしみ》の存在でありながら、それと同時に、神々の遠い子孫としての神格をそなへてゐる、といふわが国古来の天皇観をあらはした言葉である。これは、ただ単に『古事記』や『日本書紀』にさう書かれてゐる、といふだけの話ではない。『万葉集』をはじめとするさまざまの文学作品のうちには、これが人々にとつていかにリアルな観念であつたかが活き活きとうつし出されてゐるのである[注10]。

　さらに重要なことは、まさにこのやうな観念によつて、わが国の政治道徳の柱が支へられてきた、といふことである。さきほども見たとほり、わが国の国体は、天皇が民を「おほみたから」として尊び、慈しむといふところにある。この「おほみたから（大御宝）」といふ言葉は、天皇が民を遠い祖先である神々から、大切な宝としてお預かりしてゐる、といふところに発してゐる。単なる慈悲深い君主の行ふ「愛民」なのではない。神の子孫に負はされた逃れやうのない大切な義務としての「愛民」なのである。

　そして、「現御神」がこのやうなリアルな観念として歴史を貫いてきたものであるからこそ、吉本隆明氏も、一人の「大衆」として、大東亜戦争のさなか、「生き神さん」である天皇のためになら死ねる、と考へたのであつた。

　かうしたリアルな観念である「現御神」を「架空ナル観念」とするのは、どう見ても誤りである。

　たしかに、昭和天皇ご自身は、過度な〈神さま扱ひ〉を好まれず、自分は「普通の人間と人体の構造が同じ」なのだから人間以外のものではありえないと語つてをられたといふ。

　しかし、いまも見たとほり、「現御神」とは、現身でありつつ同時に神格をそなへてゐるといふことなのであるから、現実に人間であられることは「現御神」であることとまつたく矛盾しない。記紀に照らしても、(神武天皇のおばあさまは鮫《わに》であられたといふが)神武天皇以来、代々の天皇はすべて人間であり、人間でないやうな天皇はひとりも存在しない。その意味でも、「現御神」を否定した詔書を「人間宣言」と呼ぶのは不正確きはまりないと言ふべきであらう。

そもそも、過度の〈神さま扱ひ〉をうとまれて、いやいや、私は間違ひなく人間だよ、とおつしやることと、正式の詔書において「現御神」を「架空ナル観念」と宣言することとは、まつたく次元の異なる話である。後者は、日本の歴史をまるごと否定するにひとしいことであり、ほかならぬ詔書――天皇のみことのり――においてそのやうな宣言がなされるといふことは、ほとんど論理的にありえない話なのである。

いつたいどうして、そのやうなありえないことが起つてしまつたのか――その主な原因は、この「詔書」が、敵国による軍事占領のさなかに、占領軍の要請によつて発せられた、といふ根本事情のうちにあつた。

まづ、この詔書の出発点は、間違ひなく占領者の側にあつた。彼らは昭和二十年十二月にいはゆる神道指令を出して、戦時中の日本人の精神的支柱をなしてゐた(と彼らの考へる)「国家神道」の解体を企てたのであるが、彼らはそれではまだ不十分だと考へてゐた。より重要なのは日本国民の天皇に対する崇敬と忠誠の心であり、これをつき崩さないかぎり、本当に日本人を骨抜きにすることはできない。けれども天皇を処刑したりすれば、かへつて日本人の愛国心は高まり、せつかく平穏に行はれてゐる占領は大混乱におちいることにならう。その危険を冒さず、しかも確実に日本人の精神をつき崩すには、天皇自身が自らの神格を否定するのが一番である——これが占領者たちの考へであつた。ちなみに、彼らはこの考へを日本政府に「強要」したりする必要はなかつた。当時の日本政府は、それが占領者の考へである、と伝へられただけで、大慌てでそれに従つたのだからである。

ただし、このときの日本政府は、ただ無抵抗に彼らの考へに従つたわけではなかつた。当時の日本政府のなかには、これを機に、彼らが天皇について抱いてゐる誤解をといておから、といふ考へもあつたといふ。大原康男氏は、『現御神考試論』において、当時の宮相の「神をゴッドと誤訳して来た結果、外人の神道に対する誤解が極めて広汎に渉っているので随分困ったことにもなった訳だと思う」といふ言葉を紹介して、さうした誤解をなくさうといふ気持が政府にあつたことは確かだらうと推測してゐる。たしかに、キリスト教における唯一絶対神の観念をもつて、日本の「現御神」を見たならば、日本人の天皇観がとんでもない邪教と見えることは間違ひない。もし、わが国の「現御神」といふ天皇観が、キリスト教の神概念とはまつたく異なる〈カミ概念〉にもとづいてゐることを明らかに示すことができれば、それによつて彼らの誤解をとき、その苛酷な思想弾圧を多少なりともやはらげる効果を期待できるかも知れない——このやうに考へるのは、理にかなつたこととも言へよう。

ところが、その肝心のところで、この起草者たちはとんでもない大失策をしでかしてしまつたのであつた。

大原氏によれば、この詔書は次のやうなプロセスで成文化されたといふ。

まづ、昭和二十年十二月後半（おそらく二十一日頃）ＧＨＱより英文草案が日本政府に提出される。二十二日、首相幣原は文相と内閣書記官長にこの英文草案をもとに詔勅案を起草させるが、その出来栄えが芳しくなかつたので、二十五日、幣原が自ら英文で起草。二十六日、完成した英文草案を秘書官福島が翻訳。二十八日に完了。二十九日、急病の幣原に代つて文相前田が草案を捧呈。そこで「五箇條の御誓文」の追加記載の御指示があり、前田がその部分を起草。三十一日完成。昭和二十一年元旦に発布。

これはまことに異例づくめの詔書起草であつた。[注11] いかに異例であつたかは、注11をご参照いただけば明らかであるが、問題は、この異例の詔書起草において、さきほど見たとほりのとんでもない「誤り」が生じ、それがそのまゝ成文化されてしまつた、といふことである。

問題の箇処は、幣原の英文草案では“the false conception that the Emperor is divine”となつてゐた。divine とは、大原氏の指摘によれば、人間とは隔絶した存在としての神概念をあらはす言葉であり、キリスト教的絶対神を前提として使はれる言葉だといふ。ところがそれを、秘書官福島は「現御神」と訳してしまつた。まさに「神をゴッドと誤訳」するといふ誤りを、裏返ししたかたちで繰り返してしまつたわけであり、その「誤訳」によつて、この詔書草案は、占領者たちの誤解をとくどころか、ただ端的に日本本来の天皇の在り方を否定したものとなつてしまつたのである。

ただしこれは、秘書官ひとりの罪とばかりは言ひ切れない。そもそも幣原が、「神格」とも訳しうる divine などといふまぎらはしい語を使はず the Almighty あるいは God とでも書いておけば誤訳はありえなかつたのだし、また、ふつうならばこの草案は閣議にかけられ、その場でただちにこの誤りは正されてゐたはずである。しかしこのとき、この草案はそのまゝ陛下に捧呈されてしまつた。

ご覧になつた陛下が、ただちにこの重大な誤りに気付かれたことは間違ひない。「五箇條の御誓文」の追加記載のご指示があつた、といふことがそれを示してゐる。

ごくふつうに考へれば、誤りが見つかればその訂正をご指示になればよい、と思はれるであらう。しかし、明治以来、天皇は臣下の提出した法案や文書に拒否《ベトー》をしてはならぬ、といふことが確立された慣習となつてゐた。「五箇條の御誓文」の追加記載のご指示は、その慣習に抵触しないぎりぎりの形による実質的拒否《ベトー》――あの致命的誤りを帳消しにし、無力化しうる唯一の策――だつたと理解すべきであらう。

この御誓文は、補注1を見ていただけば明らかなとほり、（それこそ「民主主義」と呼んでも可笑しくない）開明的な内容の五箇條である。しかし、見落してならないのは、これが「朕躬《み》ヲ以テ衆ニ先ンジ天地神明ニ誓ヒ」といふかたちで発せられてゐる、といふことである。すなはち、明治天皇が、まさしく「現御神」としての責任と資格をもつて、わが国古来の伝統にもとづく、民の幸福の実現にかなふ国是を神々に誓はれたのが「五箇條の御誓文」だつたのである。

したがつて、「五箇條の御誓文」を詔書の冒頭にかかげ、自らもこの明治大帝のご趣旨にのつとつて新日本の建設につとめたい、と宣言することはどういふ意味をもつのかと言へば、（遠く神々を祖先としていただき、その遺訓を柱として政《まつりごと》を行ふ）「現御神」といふ在り方は、明治大帝の在り方でもあり、また自らの在り方でもある、と宣言してゐるのにひとしい。これは「人間宣言」ではない。まさに「現御神宣言」なのである。

陛下ご自身がそのことをはつきりと意識してご指示なさつたことは間違ひない。昭和五十二年の記者会見で、戦後はじめてこの詔書のことが話題にのぼつたとき、記者が冒頭の「五箇條の御誓文」についてお尋ねすると、陛下はまづ、「それが実はあの時の詔書の一番の目的なんです。神格とかそういうことは二の問題であった」と述べられてから、次のやうに語つてをられる。

「それを述べるということは、あの当時においては、どうしても米国その他諸外国の勢力が強いので、それに日本の国民が圧倒されるという心配が強かったから。
民主主義を採用したのは、明治大帝の思召《おぼしめ》しである。しかも神に誓われた。そうして『五箇条御誓文』を発して、それがもととなって明治憲法ができたんで、民主主義というものは決して輸入のものではないということを示す必要が大いにあったと思います。」（傍点――長谷川）

ここにははつきりと、陛下がこの御誓文のもつ祭祀的性格といふものを意識されてゐたことがうかがはれる。わが国の近代国家としての出発点をなすこの御誓文が、開明的でありつつも日本の伝統に即してをり、同時にこれは「現御神」としての天皇の在り方を抜きにしては意味を持ちえないものであること――それを昭和天皇は簡潔に語られてゐるのである。[注12]

「神格とかそういうことは二の問題であった」といふお言葉は、もちろん、それがどうでもよいつまらない問題だつたといふことではありえない。この「五箇條の御誓文」の追加記載といふ〈実質的拒否《ベトー》〉によつて、神格についてのあの致命的な誤記が「二の問題」に押し下げられた、といふことだつたであらう。

かうして見てくると、この元旦の詔書を「人間宣言」と呼ぶのは、あらゆる意味において見当はづれであると言ふほかはない。そして、この詔書を俗称のとほり「人間宣言」と呼んでゐた三島由紀夫は、すでにそのことによつて自らの認識不足をさらけ出してしまつてゐる、とも思はれるのである。

しかし、彼は本当にこの詔書のことがわかつてゐなかつたのだらうか？

もちろん、三島由紀夫がこの記者会見の陛下のご発言を知り得たはずはない。彼はすでにその七年前にこの世を去つてゐたのである。けれども、いまも見てきたとほり、昭和天皇が昭和五十二年の記者会見で述べられたことは、詔書を注意深く読みさへすれば、誰にでも察せられることである。この詔書に「引つかか」り、おそらくはそれを何度も熟読した三島由紀夫が、それに気づかなかつたはずはない。彼はまちがひなく、この詔書において、「神格否定」などといふことが、完全に無力化されて「二の問題」に押し下げられてゐることを見て取つたにちがひないのである。

「英霊の聲」の、終幕にかけての神霊たちの呪詛の言葉が不可解なトーン・ダウンを見せてゐたのも、明らかにその反映と見ることができる。彼らが「人間宣言」をめぐつて、具体的な呪詛の言葉をくり出せばくり出すほど、そこには作者自身のもつ正確な知識が顔を出してしまふことになる。さきほどわれわれが目撃したのは、まさにそのさまであつた、と言ふことができよう。

しかし、それならば、三島由紀夫自身は、いつたい何に憤つてゐたのだらうか？　おそらくそれは、わざわざ「人間宣言」へとほこ先をそらさなければならないほど、激しく深刻な怒りであつたに相違ない。それはいつたい、いかなる深刻な怒りだつたのだらうか？

いまここで、あらためて第一場をふり返つてみよう。「前ジテ」の青年将校の神霊が、自分たちを「裏切られた者たち」と称したのは、単に現実の政治の場において、昭和天皇が彼らの昭和維新の理想に賛同してくれなかつたからではなかつた。彼らは、いまだかつて日本の歴史のうちに出現してきたことすらなかつたやうな、或る神学的瞬間――「神人対晤の至高の瞬間」――を夢見て、その夢が破れ去つたことを劇烈に慨いたのであつた。だとすれば、第二場においても、それと同等のことが夢見られてゐたはずである。あの特別攻撃隊の義挙を天皇がお認めになつたといふだけではまだ足りないやうな何かが、そこでは目指されてゐたに違ひない。それはいつたいどんなことだつたのか？

さう問ひかけながら見渡してみるとき、目にとまるのが、第二場において繰り返されてゐる、次のやうな問ひである。

「神風はつひに吹かなかつた。何故だらう。」

一見すると、これは単に、大東亜戦争末期に、劣勢を一気にくつがへすやうな「神風」が吹かずに日本が敗れてしまつたことを歎き、問ひかけてゐる言葉のやうにも見える。また、実際、自選短編集『花ざかりの森・憂国』に付された自作解説のなかでは、彼自身、ほぼそんな意味合ひで、この同じ問ひを語つてゐる。

「『海と夕焼』は、奇蹟の到来を信じながらそれが来なかつたといふ不思議、いや、奇蹟自体よりもさらにふしぎな不思議といふ主題を、凝縮して示さうと思つたものである。この主題はおそらく私の一生を貫く主題になるものだ。人はもちろんただちに、『何故神風が吹かなかつたか』といふ大東亜戦争のもつとも怖ろしい詩的絶望を想起するであらう。なぜ神助がなかつたか、といふことは、神を信ずる者にとつて終局的決定的な問ひかけなのである。」

ここに語られる「神風」は、そのまゝ「神助」と言ひかへることのできるなにごとかである。まさに折口信夫が「神風が吹くと他力本願のことばっかり言って」と批判したやうな御利益主義の「神風」である。もしこの「英霊の聲」においても、それと同じ意味合ひで「何故神風が吹かなかつたか」と尋ね、そしてそれは、天皇が「神の階梯のいと高いところ」を降りてしまつてをられたからだ、などと言ひたてるなら、それこそ折口信夫に、自分たちの信仰のうすさをかへりみずに何を言ふか、と叱られるところであらう。

しかし、実はこの「英霊の聲」第二場に語られる「神風」はその類のものではない。これは、さうした発想そのものを「さはやかに侮蔑して」吹く風なのである。

第二場に登場してきた神風特別攻撃隊の勇士の英霊は、「われらは戦《いくさ》の敗れんとするときに、神州最後の神風を起さんとして、命を君国に献げたものだ」と名のり出たあと、こんなことを語つてゐる。

「われらは最後の神風たらんと望んだ。神風とは誰が名付けたのか。それは人の世の仕組が破局にをはり、望みはことごとく絶え、滅亡の兆はすでに軒の燕のやうに、わがもの顔に人々のあひだをすりぬけて飛び交はし、頭上には、ただこの近づく滅尽争を見守るための清麗な青空の目がひろがつてゐるとき、……突然、さうだ、考へられるかぎり非合理に、人間の思考や精神、それら人間的なもの一切をさはやかに侮蔑して、吹き起つてくる救済の風なのだ。わかるか。それこそは神風なのだ。」

この「神風」は、「神助」でもなければ「奇蹟」でもない。さうした発想のすべてを「さはやかに侮蔑して」吹く風である。そして、その意味で、ここに英霊が侮蔑するのは、単に「神風が吹くと他力本願のことばっかり言って」ゐた人々だけではない。「海と夕焼」の主人公がもつてゐたキリスト教の信仰――「奇蹟」といふことを重要なあかしと見る信仰――をも、この「神風」は侮蔑するのである。

もしも、（吉本隆明氏が『マチウ書試論』においてほんの一瞬つかみかけたやうに）宗教の神髄は「神と己れとの直結性」をもとめるところにあるのだ、といふ考へに徹するならば、いはゆる奇蹟などといふものは、つまらぬ子供だましでしかない。いつたいどうして海が二つに割れなければならないのか？　いつたいどうして石ころがパンにかはらなければならないのか？　そもそもキリストが荒野において悪魔の誘ひにのることなく、奇蹟の誘惑をしりぞけたのは、それがもつとも卑しい精神の堕落につながることを見抜いてゐたからなのではなかつたか？　ドストエフスキイが『カラマーゾフの兄弟』のなかに描き出した大審問官は、キリストに対して奇蹟の誘惑をしりぞけたことを責め、「人間は奇蹟をしりぞけるやいなや、ただちに神をもしりぞけてしまうことを、お前は知らなかった」と非難する。しかし、大審問官が本当にとがめるべきだつたのは、キリストが、自らについては奇蹟をしりぞけたのに、人間に対しては奇蹟の大盤振舞をしてみせたことだつたはずである。そんなことをするから、キリスト教はこの通り、沢山の信者を獲得したけれども、それと同時に、その根本において精神の卑しさを引きずる宗教となつてしまつたではないか――大審問官はむしろ、さう言つてキリストを非難すべきであつたらう。

「英霊の聲」に語られる「神風」は、一切のさうしたさもしさ、卑しさをさはやかに侮蔑して吹く風なのである。

ではその「神風」は、いつ、どんな風にして吹くのか？　たとへば、激しい精密な訓練に明けくれる日々のなかで彼らが夢見る、次のやうな瞬間に「神風」は吹くはずである。

「もしかすると、今かうして一刻一刻それに近づき、最後には愛機の加速度を以て突入してゆく死、目ざす敵艦の心臓部にありありとわれらを迎へて両手をひろげて待つであらう死、その瞬間に、われらはあの、遠い、小さい、清らかな神のおもかげを、死の顔の上に見るかもしれなかつた。そのとき距離は一挙にゼロとなり、われらとあの神と死とは一体になるであらう。」

そして英霊は、このやうな瞬間について、「自ら神風となること、自ら神秘となることとは、さういふことだ」と断言するのである。

これは間違ひなく、第一場で「兄神」たちの夢見た「神人対晤の至高の瞬間」そのものである。自らの死を献じ、神が確かにそれを受け取る瞬間――この「至高の瞬間」を、第二場の英霊たちは確実に持つたのである。

だとすれば、「神風」は吹いたのではないか。どうして英霊たちは、そのことを忘れたごとくに「神風はつひに吹かなかつた」などと言ふのだらうか？

「神風はつひに吹かなかつた」と英霊の声が語るとき、その声は、すでに三島由紀夫自身の声となつてゐる。あるいは、桶谷少年をはじめとする多くの皇国少年、皇国青年の声となつてゐる。少なくともそれは、見事〈御馬前の討死〉をとげた特攻隊員の英霊自身の声ではなくなつてゐるのである。

彼らはみな、ひとしく「奇蹟」を待望してゐた。石ころをパンに変へたり、海を二つに分けたりするやうな卑しい奇蹟ではない。「神人対晤の至高の瞬間」――神が彼らの死をもとめ、それを受け取る瞬間――が訪れるといふ、本当の「奇蹟」である。たとへば、北陸の山村で芋がゆをすすりながら、桶谷少年もまた、それを待ちわびてゐたのであつた。「この日常世界は一変し、わたしたち日本人のいのちを、永遠に燃えあがらせる焦土と化す」であらう、その日を彼は待ちわびてゐた。そして、その奇蹟がつひに起らないことがわかつたとき、桶谷少年は憤然として「天皇は私にとって死んだ」と断言する。これこそが「神の死の怖ろしい残酷な実感」の体験なのであつた。

吉本隆明氏もまた、「神風はつひに吹かなかつた」といふことを、「名状できない悲しみ」とともに受け取つた人間の一人である。氏が戦後、児玉誉士夫の講演を聞きに行つて、「米軍が日本に侵攻してきた時に日本人はみんな死んでいて焦土にひゅうひゅうと風が吹き渡っているのを見たら」といふ言葉に感心したのも、そのひゆうひゆうと吹き渡る風こそが本当の「神風」であり、それがつひに吹かなかつたことを悲しむ人間がそこにもう一人居ることを知つたからだつたに違ひない。

『英霊の聲』のあとがきの「神の死の怖ろしい残酷な実感」といふ言葉は、三島由紀夫もまたこの二人と同じ体験をもつたことを示してゐる。しかし、実はこのあとがきの内には、それ以上にはつきりと、彼の戦争体験の核心が、かうした奇蹟の待望にあつたことが告白されてゐるのである。

単行本の『英霊の聲』は、いはゆる「二・二六事件三部作」を一冊にまとめたものなのであるが、そのうちの一つ「憂国」は、作者によれば、「二・二六事件外伝ともいふべき」短篇小説である。これは、筋だけを言へば、新婚早々であるのを思ひやつて蹶起の計画から外され、事件の二日後、皇軍として同志を討たねばならぬのを避けるため、新妻と共に自刃した中尉の物語である。

二月二十九日には、最後まで戦意を喪失しなかつた第六中隊も鉾を収めることになるので、「もう一晩待てば、皇軍相撃の事態は未然に防がれ」、死ぬ必要はなくなつたわけであり、常識的に言へば、まさに「悲喜劇」そのものである。ところが三島由紀夫は「それは、喜劇でも悲劇でもない、一篇の至福の物語であつた」と言ふ。[注13]

ではいつたい、その「至福」とはどのやうなものなのか？

その「至福」とは「死の必然性」のうちにあるものであり、「このやうな一夜をのがせば、二度と、人生に至福は訪れない」と彼は言ひ切る。そして、どこからそんな確信をえたのかと言へば、「直接にはこの確信にこそ、私の戦争体験の核が」ある——彼はさう述べるのである。

すなはち、三島由紀夫は間違ひなく、桶谷少年と同じく、「この日常世界は一変し、わたしたち日本人のいのちを、永遠に燃えあがらせる焦土と化す」日を待ちわびてゐた。それが彼の待ちわびてゐた「奇蹟」であり「神風」であり「至福」の一夜であつた。ところが、それは彼の手をのがれ、二度とふたたび訪れる可能性はなくなつた。

それを奪つたのは、ほかならぬ昭和天皇ご自身である。昭和二十年八月十五日の、戦争終結の宣言によつて、天皇はその夢をたたきつぶしたのである。彼が「敗戦」を、「あんまり痛恨事ではなかつた」と言つてゐたのは、たぶん本当のことだつたであらう。問題は「敗戦」ではなく、「戦争終結」であつた。それによつて「死の必然性」の至福が、二度と手の届かないところにいつてしまつた——彼の言ふ「神の死の怖ろしい残酷な実感」とは、まさしくさういふものなのであつた。彼はそれを、このあとがきのなかで、ほんの一瞬、直叙形で告白してゐるのである。

そのときの彼自身の恨みと慨きの声は、一見すると、「英霊の聲」のうちにはあらはれ出てゐないやうにも見える。しかしよく見ると、特攻隊員の英霊の声に托して、彼ははっきりとそれを語つてゐるのである。次の言葉は、明らかに三島由紀夫自身の声をあらはしてゐる。

「そして陛下は決して、人の情と涙によつて、われらの死を救はうとなさつたり、われらの死を妨げようとなさつてはならぬ。」

これはどう見ても特攻隊員の英霊の言葉にはふさはしくない。もちろん、陛下が特攻隊員の死に心を痛めていらしたことは間違ひないけれども、現実にかれらの死を「救はうとなさつたり」「妨げようとなさつ」たりした事実はないからである。

ここに言ふ「われら」は、三島由紀夫自身を含む「われら」であり、日本国民全員を指しての「われら」である。そして、ここに告発されてゐるのは、明らかに、「人間宣言」ではなく、「終戦の詔書」なのである。

第十章に詳しく述べるとほり、「終戦の詔書」は「人間宣言」などとは違つて、まさしく天皇ご自身の意志を直接に伝へる詔書である。明治以来の〈統治すれども政治せず〉の原則を破つて、例外的に天皇ご自身が戦争終結の決断を下された。その御前会議のお言葉をもとに作成されたのが「終戦の詔書」なのである。

そして、陛下はたしかに、「爆撃にたふれゆく民の上をおもひ」、その命を救はうとし、その死を妨げるべく、戦争終結を決意なさつた。それは単に「人の情と涙によつて」なのではなく、ほかならぬ「現御神」として、遠い神々から大切な「おほみたから」として托された民の命を守り抜かうといふご決意によるものだつたに相違ない。しかしいづれにせよ、陛下は国民の「死を妨げようと」なさつたのである。

「神風はつひに吹かなかつた。何故だらう」といふ問ひの答へは明らかである。天皇陛下がそれを妨げられたのである。「日本人はみんな死んでいて焦土にひゅうひゅうと風が吹き渡っている」――さういふ「神風」を吹かせないために、陛下は全力を尽されたのである。

そして、「英霊の聲」にこめられた「たいへんな怒り」は、間違ひなくここに発してゐる。これこそが、神霊たちの糾弾する、神の「裏切り」そのものである。「神人対晤の至高の瞬間」は、ほかならぬ天皇ご自身の意志と決断によつて奪ひ去られた。それを慨く神霊たちの鬼哭は、実は三島由紀夫自身の鬼哭である。

しかし、かうやつて「英霊の聲」のかくれた論理を辿りつつ、ここにまで至ると、誰しもが途方もない違和感を覚えずにはゐられないであらう。

「人間宣言」について天皇を糾弾するといふのならば、話はわかる。たしかによく読めば

「現御神」の否定は無力化されてゐるとは言へ、ふつうの人々がこれを見たら、天皇が自ら国体を否定されたとしか思へない。〈拒否《ベトー》せず〉の伝統などにこだはることなく、はつきりその誤りを正して下さればよかつたのに、といふ不満をもつのは、ごく自然なことだと思はれる。

あるいはまた、戦争終結の、いはゆる「ご聖断」についても、なに、あんなものはただ軍部をなだめるための演出にすぎなかつたのさ、と冷笑する人もあれば、どうせなら、あんなにぐずぐずせずに七月中にご聖断を下していただければ、あと何十万人の命が救はれたか知れないのに、と不平を言ふ人もある。それぞれに理解できる言ひ分だと言へよう。けれども、「ご聖断」そのものがけしからんといふ批判は、誰にとつても、およそ理解しがたいものである。それも、まだもつと戦へたのに、といつた不満ではなしに、「日本人はみんな死んでいて焦土にひゅうひゅうと風が吹き渡って」ゐるやうな事態を妨げてしまつた、と言つて天皇を糾弾するなどといふのは、完全に常軌を逸してゐるとしか言ひやうがない。

おそらく、この「英霊の聲」を書いてゐたときの三島由紀夫自身にとつても、このやうな糾弾はあまりにも途方もないものと思はれたに違ひない。やがてその後、彼はこの〈常軌を逸した道筋〉をたつた一人で切りひらくことに全身全霊をあげることになるのである[注14]が、このときの彼には、それはまだあまりにも常軌を逸した道筋と見えたであらう。さきほど見たあの奇妙なちぐはぐも、本当は「終戦の詔書」にこそ呪詛の言葉を投げつけるべきところで、そのほこ先を「人間宣言」へとずらしてしまつたために起つたものだと理解されるのである。

それにしても、もし三島由紀夫が、そのほこ先を「人間宣言」へとずらすやうなことをせず、まつすぐに「終戦の詔書」を〈神の裏切り〉として糾弾してゐたとしたら、その先にどのやうな話が展開しえたであらうか？　ひよつとすると、そこではじめて、あの八月十五日正午の「シーンとした国民の心の一瞬」がいかなる神学的な意味をもつてゐたのかが、ときあかされることになつてゐたかも知れない。そして、本当に「神風はつひに吹かなかつた」のかどうか、われわれは知ることになつてゐたかも知れないのである。

第九章　「イサク奉献」（旧約聖書「創世記」）

神と人との関係の根本には、人が神に「死」をささげる、といふことがあり、それこそが〈宗教〉といふものの核心をなしてゐる——このことに注目し、それを真正面から論じてゐるのが、フランスの哲学者ジャック・デリダの著書『死を与える』である。『死を与える』といふこの奇妙な邦題は、原著の表題の Donner la Mort の直訳である。ふつうフランス語でこの donner la mort といふ表現は「殺す」（相手に死をもたらす）といふ意味で使はれるのであるが、デリダは、この表現の文字通りの意味、「死を・与える」にたちかへり、そこから、宗教的なものの核心をなす問題——人が神に死をささげるといふ問題——を考へようとしてゐるのである。

まづ、それを考へるにあたつて、デリダはそもそも「死」とは「与える」などといふことのできるものなのだらうか、と問ひかける。誰も、自分の死以外の死を死ぬことはできないのであつて、たとへ誰かが私に「死を・与えて」（殺して）も、「この死はつねに私のものであるだらうし、私は死を誰からも受け取ってはいない。私の死は絶対に私のものである」と彼は言ふ。そして、もしもこのやうな立場に踏みとどまるならば、「死」の問題はただ純然たる自己自身の問題（自己が自己自身でありうることについての問題）にとどまるだらう、と彼は認める。

しかし、ここに adieu（アデュー）といふ言葉をもち込むと、様相が一変する、と彼は言ふ。これもまた、いささか言葉遊びの趣きのある話なのであるが、「アデュー」とはふつうフランス語の会話のなかで使はれる「さようなら」といふ意味の言葉である。これはまた、「オールヴォワール」などとは違つて、死んでゆく者が永遠の別れを告げるときの言葉でもある。さらにここには「神に宛てて」「神のもとに」（à dieu）といふ意味が含まれてゐる。すなはち、死は単なる応答の途絶ではない。死にゆく者が「アデュー」と語りうるのは、そこにこの l'à dieu（神のもとに）といふ領域がひらけてゐるからであつて、むしろ真の応答といふものはこの最終的な「アデュー」の領域において成り立つ——そんな風にデリダは語る。そして、このやうな領域がひらけてゐるとき、はじめて、「他者のために死ぬこと」「責任をもって『死をみずからに与えること』」が問題となりうる、と彼は言ふのである。

これを見るかぎり、デリダの話は、われわれの考へてきたところとぴつたり呼応し合つてゐる。たとへば、「英霊の聲」のなかで、神風特別攻撃隊の英霊が「神の階梯のいと高いところに、神としての陛下が輝いてゐて下さらなくてはならぬ」と言ひ、「さうでなければ、われらの死は、愚かな犠牲にすぎなくなるだらう」それは「奴隷の死」となるだらう、と言つてゐたのも、言ひかへればすなはち「アデュー（神のもとに）」の領域が確保されてゐなければならぬ、といふことである。さうでなければ、彼らは「責任をもって『死をみずからに与えること』」ができない。それは単なる自殺か、あるいは「奴隷の死」になつてしまふのである。

　さらにまた、吉本隆明氏が、家族や国家のためには死ねないが「天ちゃんのためになら死ねる」と考へたのも、まつたく同じ思想にもとづいてゐる。もし家族や国家のために死ぬことが可能であるとしても、それにはまづ「生き神さん」がそこに居ること――そのために死ねるやうな存在として「生き神さん」が居ること――が必要なのである。

　こんな風に、「神に宛てて《アデュー》」「神のもとに《アデュー》」と言ふときの、その「神」の在り方は違つても、それによつてひらかれるのは或る共通した次元の領域である。その領域においてはじめて、人間は「死」を空しからざるものとすることができるのである。

　しかし他方でデリダは、これと並行して、われわれには耳慣れぬラテン語をもち出し、これを主題の中心に据ゑてゐる。mysterium tremendum（おののかせる秘儀）といふ言葉がそれであつて、これは古代ギリシャのオルフェウス教や新プラトン主義などにも見られる要素であるけれども、それがもっとも重大な意味をもつのはキリスト教においてである。なぜならば、それは「与えられた死という形象において到来する」からだ――そんな風に彼は語る。

このやうに語るとき、彼の念頭にあるのは、「創世記」第二十二章の「イサク奉献」あるいは「アブラハムの試練」の名で知られてゐる有名な一挿話である。この物語は、アブラハムに対する、次のやうな「おののかせる」命令に始まつてゐる。

「ここに神アブラハムを試惑《こころ》みて彼に語りたまふ。汝の愛する汝の独り子イサクをたづさへてモリヤの地にいたり、我が汝に示さんとするかしこの山にて彼を燔祭《ホロコースト》として献ぐべし。」

「燔祭《ホロコースト》」とは、ユダヤ教において、神の心をなごませるために、たきぎの上に殺した山羊をのせて焼き、その煙を神にとどかせる、といふ儀式である。それを、ここでは山羊や羊でなしに、アブラハム自身の一人息子を燔祭《ホロコースト》にささげて神を喜ばせよと言つてゐるのであつて、まことにこれは、おそれおののくべき命令である。

実は旧約聖書のうちにも、また古代ギリシャの神話のうちにも、わが子を神にささげなければならなくなつた父親の話は、他に例を見ないわけではない。たとへば、旧約聖書の「士師記」にはこんな物語が語られてゐる。勇士エフタは、アンモン人との戦ひに臨んで、もし勝つて帰つたなら、家の戸口から出てきて最初に自分を出迎へるものを燔祭《ホロコースト》としてささげる、と神に誓ひをたて、見事に戦勝するのであるが、帰宅した彼を舞ひ踊つて出迎へたのは彼のたつた一人の娘であつた。またギリシャ神話には、トロイア戦争のをり、女神アルテミスの怒りをといてギリシャ軍がアウリスを出港できるやうにと、娘のイピゲネイアを犠牲にささげなければならなくなつたアガメムノンの物語が登場する。わが子を神にささげなければならぬ父親の苦悩を味はふのは、決してアブラハムただ一人といふわけではない。

しかし、このアブラハムのやうに、いきなり何の理由もなく、まさに青天の霹靂《へきれき》のごとくに、わが子をささげよ、と命令される父親は他にはゐない。エフタは、自らが神に誓約をしたからにはそれを守らないわけにはいかぬ、と腹をくくるのだし、アガメムノンはギリシャ軍の勝利のためといふ大義にもとづいて娘を犠牲にささげる決意をする。どちらも納得のゆく理由に従つて、この辛い決断を行ふのである。ところが、アブラハムへの神の命令は、まつたく無根拠、無条件に下されてゐる――ここにこの物語の「おののかせる秘儀」たる所以があると言へるのである。

ただし、もしもこの物語をあくまでも本来のユダヤ教聖典の一部分として読むならば、この物語も、実はそれほど不可解なものではない（キリスト教において「旧約聖書」と呼ばれてゐるものは、本来はユダヤ教の聖典であり、「律法《トーラー》」「預言者《ネヴィイーム》」「諸書《ケトヴィーム》」の三部から成つてゐる。「創世記《ベレシート》」は「律法《トーラー》」の第一書である）。言ふならば、それはユダヤ教における神と人との関係の本質を再確認する、といつた意味合ひをもつ物語なのである。

そもそもユダヤ教、ユダヤ民族の出発点は、このアブラハムが神の呼びかけに応へて故郷の地をはなれ、約束の地カナンへおもむく、といふところに置かれてゐる。この時神はアブラハムに「汝は国を出て、親族に別れ、父の家を離れ、我が示す地へ行け。我は汝を大いなる国民とし、汝を祝福し、汝の名を偉大なものとせん」と呼びかけてゐる。つまり、自分につき従ふならば国土と子孫繁栄を約束しよう、といふ呼びかけである。いはゆる「アブラハム契約」の名で知られてゐるのは、この〈神と人との契約〉のことである。

ところがこれは実際にはたいへん奇妙な契約であつた。といふのも、その約束の地カナンは、すでに他の民族がながらく住みついてゐる〈他人の土地〉であり、また、「汝を大いなる国民とし」と言はれても、年老いたアブラハムとサラの間には子供がゐなかつたからである。

たしかに、やがて約束は実現する。アブラハムが百歳のときに九十歳の妻サラには息子イサクが生まれ、またその四百年ののち、カナンの地はユダヤ民族の侵略に屈する。けれども、そんな風にして奇蹟的に、言ひかへれば徹底的に神の介入により不自然に手に入つた土地と子孫は、ふつうの民族宗教におけるのとは本質的に性格の違つたものとなる。すなはち、それはどこまでも〈神の差し押へ財産〉であつて、人間たちが安心し切つてその上にあぐらをかくことを許されない性質のものとなるのである。たとへばユダヤ民族がエルサレムから連れ去られ、捕囚民としての生活を半世紀にわたつてつづけざるをえなかつた「バビロン捕囚」といふ出来事も、それを示す試練の一つであつた。[注15]

　このやうな「アブラハム契約」の性質を念頭において見るならば、この「創世記《ベレシート》」第二十二章の神の命令のもつ意味は明らかである。神は、アブラハムがイサクの存在をどこまでも正しく〈神の差し押へ財産〉として認識してゐるかを試さうとしてゐる。もし彼が、この命令を拒絶したり、値切ったり[注16]しようとしたならば、その時点で「アブラハム契約」は解消され、イサクもまた召し上げられてしまふことになるであらう。

　しかし、同時にまた、この命令が実行されてはならぬ命令であることも明らかである。もしも命令どほりにアブラハムがイサクを屠《ほふ》り、燔祭《ホロコースト》にささげたなら、子孫繁栄の約束はふたたび無に帰して、「アブラハム契約」は物理的に無効となつてしまふからである。一口に言へば、神のこの命令は、拒絶されてはならず、しかしまた実行されてはならぬ命令であつた。そして実際、「創世記」第二十二章の物語は、さういふ筋書きにそつて展開するのである。

　神の命令を受けたアブラハムは、朝はやくに起きてろばにくらを置き、たきぎを割り、二人の従者とイサクを連れて三日間の旅ののち、モリヤの地に至る。そこから彼はイサクにたきぎを負わせ、二人だけで山に登り、示された場所に祭壇を築きたきぎを並べ、その上にイサクを縛つてのせる。そして彼が刀をとつてイサクを殺さうとした瞬間、神の使ひが声をかけて中止を命ずる――「汝の子、汝のひとり子をさへ、わたしのために惜しまないので、汝が神を恐れる者であることをわたしは今知つた」といふ言葉が伝へられ、ふとふり向くと、そこに、角をやぶにひつかけて動けなくなつてゐる雄羊がゐる。アブラハムはそれを燔祭《ホロコースト》にささげ、神はあらためて祝福をさづける。すなわち、アブラハムは無事、試験に合格し、「アブラハム契約」はここに万全の契約としてととのひ、確認されたのである。

このやうにして、この物語を、本来のユダヤ教の文脈のうちで理解するかぎりは、これは誠に首尾一貫した、理の通つた物語である。あまりにもきちんと整ひすぎてゐて、下手をすれば空疎な茶番劇ともなりかねないところである。からうじて、あの三日間のモリヤへの旅路と、イサクとつれだつて山を登る道すがらのアブラハムの沈黙のうちに、われわれは彼の苦脳を感じ取ることができて、この物語をうすつぺらなものに堕することから救つてゐる。しかしなににせよ、ユダヤ教の内側でこの物語を見るかぎり、この物語は苛酷な試練の物語ではあつても、「おののかせる秘儀」の物語ではないのである。

ところが、キリスト教徒がこの物語を、さうした本来の文脈から切りはなして、ただ端的な〈神と人との極限の関係〉の物語として見るとき、これはまさに「おののかせる秘儀」の物語となる。そこに下されてゐる命令の内容がおののくべき怖ろしい命令であるから、といふのではない。その命令が、まつたく不条理に、一切の価値基準をはなれ、なにごとかのため、といふことを排して、ただ端的に下されてゐる——そこに、この命令の「おののかせる」ものがひそんでゐるのである。

この物語のうちにひそむ「おののかせる」ものを、もつとも敏感に、またもつとも深く感じ取つたのは、十九世紀デンマークの思想家、セーレン・キルケゴールである。その名も『おそれとおののき』と題する著作において、彼は自らの思ひを「この物語のために他の一切のことを忘れるにいたった」ひとりの男に托して、かう語つてゐる。

「彼の切なる願いは、アブラハムが前方には憂いをもち、かたわらにはイサクを連れて騎行したあの三日の旅路のお伴をすることであった。彼の願いは、アブラハムが目をあげてはるかにモリアの山をのぞみみたあの瞬間に、アブラハムが驢馬をあとに残してイサクと二人だけで山をのぼっていったあの瞬間に、居あわせるということであった。彼の心を占めていたのは、空想の妙なる織物ではなくて、思想のわななきだったのである。」

彼がここに「思想のわななき」と言つてゐるのは、これを「試練の物語」として受け取つてゐるかぎりは決してあらはれ出てこない類のなにごとかである。「試練だ、といふがはやいか、問題はたちどころに消え去つてしまふ」と彼は言ふ。「翼のある馬に乗る、乗つたかと思ふと、モリアの山上にゐる、と同時に、牡羊が眼にとまる。アブラハムはのろのろと道をたどつて進む驢馬にのつていつたにすぎなかつたこと、その旅が三日かかつたといふこと、（中略）これが忘れられてしまふのである。」

そんな風にして、ただ筋書きだけの物語としてこれを受け取つたのでは、この物語はわれわれに何も伝へてくれない、とキルケゴールは考へる。われわれ自身がアブラハムの一歩一歩を共有しつつ、彼の三日間の旅路を追体験するとき、はじめてわれわれはこの物語の「おののかせる」核心にふれることができる、と彼は考へるのである。

それでは、その追体験とは、結局のところいかなる追体験なのだらうか？　それについて、キルケゴールはひと言、重要な言葉を口にしてゐる。「神に対する私的な関係」といふ言葉がそれである。

さきほども述べたとほり、古来のさまざまの伝承や神話において、愛するわが子を神にささげなければならなくなつた父親は、決してアブラハムひとりではなかつた。その苦悩も、また、それをしのぐ神への畏れと崇敬の心も、決してアブラハムの独占物ではない。「士師記」のエフタも、ギリシャ神話のアガメムノンも、それぞれに神を畏れうやまふ心により、苦悩に耐へて、わが子を神に差し出したのである。

しかしキルケゴールは、さうした「悲劇的英雄」とアブラハムとの間には、或る本質的な相違があるといふ。それは「悲劇的英雄は神に対する私的な関係にはいらない」といふ点であり、だから人々はこれらの英雄に共感し、ともに泣くことができる。しかし、「人はアブラハムのために泣くことはできない」と彼は言ふ。「神に対する私的な関係」のうちに歩み入ったアブラハムに対して、人は「宗教的畏怖をもって」近づくことができるだけだ、とキルケゴールは語るのである。

こんな風にして語られるアブラハムの物語を、あらためて「英霊の聲」における言葉遣ひで言ひなほしてみれば、アブラハムはまさに「神人対晤の至高の瞬間」を目指して、三日間の旅路を一歩一歩たどつてゐたのだ、といふことになる。彼は決して（しばしば狂人が為すやうに）神の声を聞いたと思ひ込み、それに盲従して息子殺しの旅に出たのではない。彼は「信じ」たのでもなく疑つたのでもなく、ただ神に呼びかけられて、神と一対一で対面すべく、三日間の旅路をたどつたのである。したがつてそれは絶望の旅でもなければ苦悩の旅でもなく、むしろただ「蒼ざめた緊張」の旅路だつたはずである。だからこそ、そのおともをする者は誰しも「思想のわななき」を覚えずにはゐられないのである。

そこには間違ひなく、宗教の本質にひそむ「おののかせる秘儀」がかいま見えてゐる。[注17]キルケゴールはそれを、もつぱら人間の側から見つめようとしたのであるが、もしそれを神の側から見たらばどのやうなことになるのか？——デリダはそれを見つめようとする。

そもそも、あの「創世記」第二十二章冒頭の神の命令とはいつたい何だつたのだらうか。誰が見ても明らかなとほり、それは「死を与へる」ことの命令である。しかもそれは、単純なる「死を与へよ」といふ命令ではない。アブラハムはまづイサクに「死を与へ」（殺し）、さらにその死を神へと贈り与へることが求められてゐる。これは「二重の贈与」なのだ、とデリダは言ふ。そして、そのやうな二重の贈与としての「死を与へる」要求が、神自身にとつてはいかなる意味をもつてゐるのかと言へば、それは「すがるような愛の告白のようなもの」なのだ、とデリダは語る。

「わたしを愛していると言っておくれ、わたしの方を、唯一の者、唯一者としての他者であるわたしの方を向いていると言っておくれ。そして何よりもまず先に、何にもまして、無条件にわたしの方を向いていると言っておくれ。そしてそのために死を与えておくれ、唯一の息子に死を与えておくれ。そしてわたしが求めているその死を、わたしに与えておくれ……」

おそらく、ごく伝統的なキリスト教徒の眼には、かうした唯一絶対神の「すがるような愛の告白」は、いささかグロテスクな、異端的なものに映ることであらう。しかし、たしかに、神の側からのかうした「愛の告白」なしには、人間が勝手に「神に対する私的な関係」に入りうるものではない。アブラハムはまさしくこの「愛の告白」に応へて行動をおこしたのであり、彼の三日間の旅路は、決して「片恋」の旅路ではなかつたのである。

そして、ユダヤ教、キリスト教の神が、一方でいかに絶対的、超越的な存在であらうとも、それが「人格神」として考へられてゐるかぎりにおいて、そこには常に、かうした「愛の告白」の発せられる余地がある。「人格神」であるかぎりにおいて、いかなる神も、「生き神さん」と共通した側面をもつことになるのである。

いまあらためて「英霊の聲」をふり返つてみると、二・二六事件の蹶起将校たちの神霊が、事件のあらましを語るのに先立つて、「しかしまづ、われらは恋について語るだらう。あの恋のはげしさと、あの恋の至純について語るだらう」と述べてゐたことが思ひ出される。かれらは、この「恋の至純」のうへに、あの二枚の絵画——とりわけて第二の絵画——を思ひ描いてゐたのであつた。かれらの語る〈陛下の御馬前の死〉は、決して単なる至誠ではない。それは「恋の成就」であり、そこに必要とされるのは、神からの愛の告白、すなはち「死を与へよ」といふ要求なのである。蹶起将校の神霊はかう語る——「その時早く、威ある清らかな御声が下つて、ただ一言、『死ね』と仰せられたら、われらの死の喜びはいかほど烈しく、いかほど心満ち足りたものとなるであらう」。

もし仮りに、かれらの「恋の至純」と、デリダの描く、神の「すがるような愛の告白」

とが出会つたら、そこには、まさに、純度100パーセントの「神人対晤の至高の瞬間」が実現することになつたであらう！

しかし、ここに一つ問題がある。その場合、神のあの中止命令はいかなることになるのであらうか？

この「アブラハムの試練」の物語の際立つた特色の一つは、間違ひなくこの中止命令にあつて、それはエフタやアガメムノンの物語にも見られない特色である（アガメムノンの娘は、最後の瞬間に神隠しにあひ、かはりに一頭の牝鹿が殺されてゐたとも語られるが、彼が娘を失ふことにはかはりはない）。

もちろんこれは、前にも述べたとほり、本来のユダヤ教の文脈においては、当然かつ必然の筋のはこびである。もともと、イサクを燔祭《ホロコースト》にささげよといふ神の命令自体が、拒絶されてはならぬが実行されてもいけない命令なのであるから、或る時点で中止命令の下ることは、いはば織り込みずみなのである。

しかし、キルケゴールのやうに、この物語をさうした「試練の物語」として見るのではなく、どこまでも神と人との「私的関係」の物語として見ようとする者にとつて、この中止命令はどのやうなものとして受け取ることができるのだらうか？

キルケゴールは、そのとまどひを率直に告白してゐる。「もしイサクをふたたび受けとったとしたら、わたしは当惑してしまったに違いない」と彼は言ふ。「ふたたびイサクを得てよろこぶという、アブラハムにとってはいとも容易であったことが、わたしには困難であったに違いない」。そして、アブラハムが神のその中止命令にとまどはずにゐられたのは、彼が「無限の諦め」をもつて、しかし絶望するのではなく、「背理なものの力によって信じ」つづけることのできる「信仰の騎士」であったからだ、と語つてゐる。実際、もしもアブラハムが真剣に神の命令に従はうとしてゐたらば、（その真剣さの度合ひが深ければ深いほど）その命令の撤回は、彼を当惑させるに違ひない。「無条件にわたしの方を向いていると言っておくれ」「唯一の息子に死を与えておくれ」といふ神の愛の告白に応へて決意し、行動しようとした——それを差し止められて当惑しないためには、アブラハムはよほどの「空中跳躍《エレヴァシオン》の能力」をもつてゐなければならないに違ひないのである。

デリダはこの困難を、こんな言ひ方で切り抜けようとしてゐる。

「神はもはや時間がないような瞬間、もはや時間が与えられていないような瞬間にアブラハムを止める。あたかもアブラハムはすでにイサクを殺してしまっていたかのように。」

つまり、神は決して命令を撤回したわけではない。アブラハムは確かに息子殺しといふ「行動」の内に足を踏み入れてゐたのであり、そのかぎりにおいて、神の愛の告白と要求はすでにみたされたのだ、といふ解釈である。彼のかうした「瞬間」のとらへ方には、たしかに真実をついたところがあると言へるけれども、この物語における神の中止命令の説明としては、いささかアクロバット的な説明であることは間違ひない。

二人の説明のどちらを見ても、神のこの中止命令が或る困難をよび起してゐることは明らかである。そもそも人が神にささげものをしようとするとき、その受け取りを拒まれるのは、神からのもつとも深刻な拒絶、断絶を意味する。「創世記」第四章で、カインが「土の実りをヤハウェのための捧げ物として持つてきた」のに、神がその捧げ物に目を留めなかつたとき、カインは「怒りに燃え」た。これは、カインがもともと短気な悪人だつたりしたからではなく、彼が神からもつとも耐へがたい屈辱を受けたからである。神はカインの捧げ物を無視することによつて彼を拒絶した——このことへの憤りが、カインの弟殺しといふ、〈人類最初の殺人事件〉を生むことになるのである。[注18]

　アブラハムの場合、たしかにその「拒絶」は、何重ものオブラートにくるまれてゐる。神の使ひは、「汝の子、汝のひとり子をさへ、わたしのために惜しまないので、汝が神を恐れる者であることをわたしは今知つた」といふ言葉をつたへ、アブラハムは身代りの雄羊を燔祭《ホロコースト》にささげ、神からあらためて祝福の言葉がもたらされる。命令の撤回があつたことも、神とアブラハムの関係を少しも損つてはゐない様子である。しかし、そのオブラートをはがしてみれば、結局のところ、神はアブラハムが差し出さうとした捧げ物を受け取らなかつたのである。

　この問題は、物語の全体をイサクの視点から眺めるときには、さらにいつそう逃れやうのない深刻な問題としてたちあらはれてくる。その場合、イサクは自分自身の死を神に与へようとしてゐるのであつて、ここでは、神はそれを受け取るか、受け取らないか、そのどちらかしかない。「身代りの雄羊」などといふものは、自分の息子を捧げようとしてゐた人間には有効であつても、自己自身を捧げようとしてゐた者には、無意味なものでしかない。自らの死を神に与へようとしてゐた者が、そのかはりに雄羊をたきぎにのせて焼くとしたら――それはなにか途方もなく卑怯で滑稽でグロテスクな図となるのではあるまいか？　そして、そのあとでいくら神の讃辞と祝福の言葉が送られても、すべては空しくひびくのではなからうか？

ここであらためて「創世記」第二十二章の記述をふり返つてみて気付くのは、そこでは完璧なまでにイサクの視点といふものが欠落してゐる、といふことである。

まづ彼は、或る朝はやく、何処へ何をしに行くのかもわからぬまゝに、父に連れられて旅に出る。モリヤの地に至ると、彼は自らを焼くためのたきぎを、さうとは知らずに背負はされ、山頂への道を黙々と歩く。ただ一度、彼は口を開いて、「燔祭《ホロコースト》の小羊はどこにありますか」と尋ねるのであるが、父が「神みづから燔祭《ホロコースト》の小羊を備へて下さるであらう」と答へるのを聞いたあとでは、一言も発しない。父が自分を縛つてたきぎの上に載せたとき、彼はその「燔祭《ホロコースト》の小羊」が自分自身であることを知つたはずであるが、物語の作者は、そこでイサクが暴れたとも叫んだとも語つてをらず、また逆に、静かに覚悟をかためて父の刀を待つた、とも語つてゐない。そして、神の使ひがアブラハムに神の命令の中止を伝へたあとも、物語は徹底してイサクを素通りしてゆく。神の言葉がアブラハムだけに向けられてゐる、といふばかりではなく、それがイサクに聞こえたのかどうかも、作者はまつたく気にしてゐないやうなのである。

たしかに、「創世記」の記述のなかで、ここはまだアブラハムを主人公とする一連の物語が語られてゐる部分であつて、イサクが正式の主人公として登場してくるのは第二十四章以降のことなのであるから、記述の視点がもつぱらアブラハムに置かれるのは当然のこととも言へる。また、どうやらイサクといふ人物自身、あまり自ら積極的に決断を下したり覚悟をかためたりするタイプの人間ではなかつたやうで、「創世記」の第二十四章以降を読んでみても、彼はなにかにつけて、いつのまにか受動的な役割へと押しやられ、それに甘んじる人物として描かれてゐる。

しかしそれにしても、この物語におけるイサクは、あまりにも物語それ自体から置きざりにされてゐる観がある。彼がまだもの心つかない幼児であるといふならばまだしも、少なくとも彼は、自分を焼き尽すのに充分なだけのたきぎを背負つて山を登れる位には大きくなつてゐたのである！

このことは、「士師記」のエフタの娘についての記述や、エウリピデスの悲劇のなかの、イピゲネイアについての描写と較べてみても、際立つた特色をなしてゐる。彼女たちは、もちろん最初は驚き悲しむのであるが、それぞれの仕方で、自らの決意と諦念を手に入れる[注19]。そしてそれぞれ従容《しようよう》として犠牲の祭壇にのぼつてゆく。ところが、将来すべてのユダヤ民族の父となるべきこのイサクは、ただまるでデクノボーのやうにたきぎの上に載せられ、次にそこから降ろされるだけなのである。これはなんとも異様なことと言ふべきではなからうか？

　もしもこの物語が、本来のユダヤ教の文脈のなかで、単なる試練の物語であるならば、神はアブラハムを試すのと同時にイサクを試してもよかつたはずである。その場合にはこれは、南洋の或る地域で成人《イニシエーション》の儀式として行はれてゐるバンジー・ジャンプのやうな意味合ひを帯びることになつてゐたであらう。しかし作者はそのやうには記述しなかつた。ここでは、それが単なるバンジー・ジャンプにはなり得ない――もつとはるかに深刻な神学的問題をひき起してしまふ――ことに、作者は気付いてゐたのかも知れない。

　実は、キルケゴールもデリダも、この物語をイサクの視点から見ようとはしてゐない。キルケゴールは、『おそれとおののき』の内にほんのわづかに、「イサクの視点」らしきものを描き出しはするのであるが、それはもつぱら〈命ごひする者〉としてのイサクでしかない。父とともに「無限の諦め」をもち、「神に対する私的な関係」にむけて三日間の旅路を歩むイサクの姿などといふものは、想像してみようとすらされてゐないのである。デリダにいたつては、「イサクの犠牲」を、ユダヤ教、キリスト教、イスラームの三教の争ひとむすびつけて「イサクの犠牲は毎日のように続いている。惜しみなく死を与える兵器が、前線なき戦争を仕掛けている」などと言つてお茶をにごし、さらには、この物語において「女性が不在であることは驚くべきことではないだろうか」などとトンチンカンなことを言ひたててゐる始末である。

　この「イサク奉献」の物語において、イサクの視点は、明らかに一つの盲点である。そしてそれは決して偶然のことではない。それを追いつめてゆくと、この物語そのもののもつ困難がのがれやうもなくあらはになつてしまふ――これはさういふ「盲点」なのである。

　キルケゴールは『おそれとおののき』において、本文に先立つ「調律」と名付けられた四つの断章によつて、この物語の変奏曲をさまざまに描いてみせてゐるのであるが、それにならつて、これをイサクの目から見た「イサク奉献」の物語として描き出してみたらどうなるか？　それはおそらく、次のやうな変奏曲となるであらう。

「朝まだき、アブラハムとイサクはふたりの従者と共に旅に出た。道々アブラハムは沈黙してゐたが、イサクには、アブラハムがなにか重大な事柄に直面してゐるのだといふことが解つてゐた。彼は蒼ざめた緊張をもつて、父と共に進んだ。モリヤの山のふもとで、ろばと従者を置き、たきぎを背負つて父と共に歩き始めたとき、イサクは、これから何が起らうとしてゐるかを直観した。『父よ、燔祭《ホロコースト》の小羊はどこにありますか』と彼は尋ねた。アブラハムは『子よ、神みづから燔祭《ホロコースト》の小羊を備へてくださるであらう』と答へた。イサクは、父が嘘をつかなかつたことを喜び、それと同時に、自己自身が燔祭《ホロコースト》の小羊として立派に振舞ひ通せることを神に願つた。

アブラハムがたきぎの上に彼を縛つて載せたとき、そして刀を執つて彼の上に振りかざしたとき、イサクの顔は晴れやかであつた。彼は父の顔を、励ますやうに見つめ、莞爾としてほほえんだ。」

もしも「創世記」第二十二章の「イサク奉献」の物語をイ、サ、ク、の視点から語りなほすとすれば、これ以外の「変奏曲」はありえないであらう。しかし、問題はその先である。この変奏曲は、どんな風にして「神の中止命令」を描きうるのであらうか？　たとへばそれは、次のやうな展開とならざるをえまい。

「イサクは突然、父の顔が表情を変へるのを見た。父は刀をおろし、後ろを向いて、やぶに角をひつかけている雄羊を見つけ、縄をとかれたイサクのかはりにたきぎの上に載せ、燔祭《ホロコースト》にささげた。イサクは、自分がはづかしめられたのを感じた。神は自分がささげた命の贈り物をこばみ、あのバカで間抜けな雄羊の方を選んだ——この屈辱は、何によつても拭はれない、と彼は感じた。心のなかは生きてゐることの恥かしさでいつぱいだつた。自分の生命そのものが、無意味なもの、『拒まれたもの』となつてしまつたのを彼は感じた。

彼は、神の使ひが父アブラハムに祝福の言葉を届けるのをかたはらに立つて聴いたが、彼の屈辱は深まるばかりであつた。すべてが空しく馬鹿馬鹿しかつた。イサクは黙つてモリヤの山を後にし、二度とふたたび神に祈らうとはしなかつた。」

「創世記」第二十二章の物語は、アブラハムの物語であるかぎりにおいてのみ、「試練の物語」として成り立ちうる。彼は、すでに行動の内に踏み入りながら、しかもイサクを殺してはゐない、といふアクロバットのやうなこともできるし、再びよろこんでイサクを受け取ることもできる。身代りの雄羊を燔祭《ホロコースト》にささげて、あらためて神との関係を確認することもできる。かうしたことすべてが可能となるのは、デリダの言ふとほり、そこでは「死を与へること」が「二重の贈与」の形をとつてゐるからである。

ところが、自らの死を神に与へようとしてゐたイサクには、さういふ逃げ道がない。たとへば、本当に自らの死をささげようと思つて刀の切先をのどに当てても、そこで中止命令が下つて刀をおろしたら、それはただ端的な「未遂」であり、その人間はただ生き残つてしまつたにほかならない。いくら「汝の衷情はわれよく之を知る」と言つてなぐさめてもらつても、自らの死を受け取つてもらへなかつた、といふ事実は残る。そこでは、これが「試練」であつたと言ふこと自体が、許しがたい裏切り――神はイサクの信仰をもてあそんだにすぎなかつた――といふ色合ひを帯びてしまふ。そして、身代りの雄羊にいたつては、むしろイサクを愚弄するものとすら感じられるに相違ない。

つまり一口に言つて、自らの死を神に与へようとしてゐる者にむかつては、神は中、止、命、令、を下してはならないのである。それは奉献そのものの拒絶を意味し、神と人との関係をそこで切断してしまふといふことにほかならない。そして、だからこそ、「創世記」第二十二章の「イサク奉献」の物語において、イサクの視点は徹底して避けられなければならなかつた。イサクはデクノボーでなければならず、その視点は盲点でなければならない。さもなければ、そこからは、「カインの物語」すら牧歌的なものに思はれるほどのすさまじい憤怒――神に対する憤怒――が噴き出してくることになるからである。

このやうにして、われわれとは全く異なる宗教の内側を覗き見るとき、あの「英霊の聲」の神霊、英霊たちの「たいへんな怒り」が、あらためて切実に理解しうるものとなる。「陛下は決して、……われらの死を救はうとなさつたり、われらの死を妨げようとなさつてはならぬ」と彼らは言ふ。そして、それが妨げられたとき、彼らは「鬼哭としか云ひやうのない、はげしい悲しみの叫び」をあげる。「ああ、ああ、嘆かはし、憤ろし」と憂憤

の叫び声をあげる。それは自らの死の捧げ物をつき返された者の怒りと悲しみであり、

（それが余りにも破壊的な力をもつが故に「創世記」第二十二章の作者と解説者たちがともに素通りしてしまつた）モリヤの山頂に生き残つたイサクの怒りと悲しみである。

それはまた、八月十五日、「終戦の詔書」のご放送を聞き、下宿に帰つてとめどもなく泣いてゐた吉本隆明氏の慟哭でもあつた。氏はその「名状できない悲しみ」を「それ以前のどんな悲しみともそれ以後のどんな悲しみともちがっていた」と言ふのであるが、それは単に吉本氏ひとりにとつてさうだつたのではない。いはば日本民族の歴史全体にとつて、この悲しみは「それ以前のどんな悲しみともそれ以後のどんな悲しみともちがっていた」はずである。

それまでも（さまざまの国内の戦ひのなかで）国の敗れる悲しみを味はつた人々は数知れずゐる。しかし、多くの国民が（吉本氏の言ひ方で言へば「大衆」が）「無限の諦め」をもつて、「アデュー」の領域へと歩み入り、「責任をもって『死をみずからに与えること』」を覚悟してゐた、そんな時節は稀であつた。しかも、そこで突然、死の贈与が拒絶され、「生きよ」といふ命令が下る――そんな体験は、それ以前にもそれ以後にもためしのないことであつた。

神と人との関係などといふことにまるで無関心な「知識人」たちにとつては、それは「安堵」と「解放感」以外のものではなかつたであらう。しかし、本当に真剣に「天ちゃ

んのためなら死ねる」と考へてゐた「大衆」にとつて、それは端的な〈神からの拒絶〉であつた。そこに噴き出してくるのは「絶望や汚辱や悔恨や憤怒がいりまじった気持」であり、そのやうにして「生きることも死ぬこともできない」状態に追ひ込まれた人間には、神に背を向けて歩み去ることしかできないであらう。戦後の吉本隆明氏が熱心な反天皇制主義者となつたことは、少しも不思議でない。それはただ当然のなりゆきであつた。

あるいはまた、あの「トカトントン」の主人公が、トカトントンの音がするたびに、とたんにきよろりとなり、「眼前の風景がまるでもう一変してしまつて、映写がふつと中絶してあとにはただ純白のスクリンだけが残り、それをまじまじと眺めてゐるやうな、何ともはかない、ばからしい気持になる」のも、それとまつたく同じ事情に違ひない。いくら某作家がマタイ伝を引いて「身と霊魂とをゲヘナにて滅し得る者をおそれよ」などと言つてみても、その者に出会つたとき、この青年が感じるのは「おそれ」ではあるまい。その時彼は、その「きよろりと」した無関心を捨て去り、すさまじい怒りにかられて、その「身と霊魂とをゲヘナにて滅し得る者」ののど元をしめ上げようとするであらう。そのすさまじい怒りの噴出をおそれるからこそ、彼は自らを「きよろりと」した無関心のうちに閉ぢ込めてゐるのである。

河上徹太郎が感じ取つたとほり、敗戦後の人々のさまざまの表情のしたたには「絶望と憤懣」が渦まいてゐた。それは、神から拒まれてモリヤの山をあとにしたイサクの絶望と憤懣だつたのである。

あらためて考へてみれば、この「イサク奉献」の物語は、アブラハムの視点から見た場合ですら、それ自体としては、いささか腹立たしい物語である。彼がまさに断腸の思ひで息子を神にささげようとしたその瞬間、彼の手を押しとどめて「よし、お前は試験に合格した」と言ふ――そんなことをされたら、ただほつとするだけでなく、どんな人格者でも、同時にむつとするであらう。いつたいお前は何様のつもりだ、と言ひたくなるであらう。神のほめ言葉を尻目に、「えい、馬鹿馬鹿しい、危ふくお前を殺すところだつたよ」と苦笑ひしてイサクの縄をとき、二人して、後もふりかへらずにモリヤを立ち去つたとしても、誰もアブラハムを責められないであらう。

或る意味で、キリスト教といふ宗教は、かうしたぶつきらぼうな「創世記」の神にかはつて、遅まきながらの返礼をした宗教、と言ふことができる。すなはち、キリスト教の神は、(千年の時をへて)自分もまた、人間たちに自らの息子の「死」を与へ贈つたのである。この返礼によつて、神は決して単にアブラハムをもてあそんだのではないことが確認される。アブラハムが、確かに(「もはや時間が与えられていないような瞬間」において)息子をささげたことを認め、それを受け取つたことのあかしに、自らの息子を犠牲に供する――ここではじめて、アブラハムと神の関係は〈神と人との私的な関係〉と呼びうるものとなり、デリダの言ふ「すがるような愛の告白」といふ表現も、決して不似合ひなものではなくなるのである（ただし、キリスト教においては、神の息子は実際に殺され、そして「復活」する。そこからまた、キリスト教独自の、「復活」による死の克服といふ新たな話が展開してゆくことになるのであるが、それはまた別の話となる）。

　しかし、このやうな返礼は、「創世記《ベレシート》」の神――ユダヤ教の神――にとつては不可能なことであつた。「創世記」第六章のはじめに書かれてゐるとほり、神はたしかに「息子たち」をもつてゐる。しかし、彼らと人間の娘たちとの合ひの子ですら不死となるくらゐであるから、[注20]彼らは当然不死身である。つまり、「創世記《ベレシート》」の神は、いくらアブラハムに返礼したくても、不死身の息子たちしか持つてゐない以上、自分の息子の死を与へることができないのである。

　ところが、キリスト教の神は死ぬことのできる息子をもつてゐる。そしてそれによつて、人間と神とは、いはば〈犠牲のポットラッチ〉を行ひ合ふことができるのである。

　しかし、かうしたことすべては、イサク自身にとつては、何の意味も持たない。自分が決意をもつてうやうやしく捧げた命をすげなく突つ返しておいて、その千年後に、神がその息子の命を人類のために犠牲にしたからといつて、何の慰めにならうか。もしも本当に神と人との私的な関係――「神人対晤の至高の瞬間」――が成り立ちうるとすれば、それは、神自身が自らの死を差し出してくれるときでなければならない。それ以外に、イサクの奉献に対する返礼の仕方はありえないのである。

ではいつたい、それはどのやうなかたちにおいて可能なのだらうか？

たとへば、ただ単にイサクの命を突つ返すのではなしに、まづ神自身が、自らの「死」をイサクの差し出さうとする「死」のかたはらに並べ置き、その上で、次のやうに語つたとすれば、それはまさしく「イサク奉献」の成就であると言ふことができよう。

「イサクよ、汝がおそれることなく自らの死を差し出したので、私もまた、ためらふことなく自らの死を差し出さう。汝の死は確かにしかと受け取られた。ここに私が自らの死を差し出してゐることが、その何よりのあかしである。この瞬間は、まことの奇蹟の瞬間として、汝らの末永き宝となるであらう。この宝をたづさへて、いざ生きよ。」

もしもイサクが、モリヤの山頂でこのやうな神の返答を得ることができたなら、あの「創世記」第二十二章の物語は、まるで違つた物語となつてゐたことであらう。すなはち、それは、常に馬鹿馬鹿しい茶番におちいる可能性をひめた、危ふい試練話になるかはりに、本当の「神人対晤」の物語となつたことであらう。

しかし、それは絶対に起りえないことであつた。何故ならば、ユダヤ教の神もキリスト教の神も、死ぬことのできない神だからである。

全知全能、唯一絶対の神に唯一不可能なことがあつて、それは死ぬことである。のちの世に、人々が「神は死んだ」と言ひたてたときも、それはただ、かれらが神として否定されたといふことにすぎなくて、かれらが「死にうる神」になつたといふことではなかつた。言つてみれば、「死ねない神」は、死んでも「死ねない」神のまゝなのである。

イサクの奉献に対して真の応答ができるのは「死にうる神」のみである。つまり、われわれの民族がもつやうな神々にしてはじめて、イサクの奉献を正しく受けとると同時に、その命を返却する、といふことができるのである。

われわれの神は、死にうる神々である。『古事記』に語られてゐるとほり、われわれの神は、全知全能でもなければ絶対的最高善の体現者でもない。国を生み造らうとして失敗し、首をかしげて原因を問ひ尋ね、再度挑戦して成功する――人間と同じやうに手さぐりし模索する神々である。そしてまた、妻の死になげき悲しみ憤り、激してわが子を斬り殺してしまふ神でもある。たうてい最高善の神などではない。しかし、ただ一点、ユダヤ・キリスト教の神に真似のできない特色があつて、それは、死にうる神々だといふことである。われわれの神ならば、モリヤの山頂で、自らの死を差し出してゐるイサクと直接のやり取りをすることができる。「汝がおそれることなく自らの死を差し出したので、私もまた、ためらふことなく自らの死を差し出さう」とイサクに語ることができる。
そして、それがまさにあの昭和二十年八月十五日正午の瞬間だつたのである。

あの八月十五日の「異常な受感」について、三島由紀夫が「神の死の怖ろしい残酷な実感」といふ言ひ方をしてゐたのは、言葉そのものとしては間違つてはゐなかつた。もちろん、彼自身は明らかにこれを、ユダヤ教やキリスト教における「神の死」の意味で語つてゐて、だからこそあの「英霊の聲」のやうな筋立ての小説ができ上つたのであるが、しかしそれをもう一段掘り下げてみたらば、彼は自らの言葉のもつその真の意味に気付いたに相違ない。

これから見るとほり、八月十五日正午に放送された「終戦の詔書」は、天皇ご自身の「自分はどうなつてもよい」といふ決意に裏打ちされたものであり、その時点において、このご決意は実質的に「死のご覚悟」であつた。国民たちに命が返却される、その瞬間――「もはや時間がないような瞬間」において、天皇の「死」と国民の「死」とは、ホロコーストのたきぎの上に並んで横たはつてゐた。あるいは、もつと適切な表現を借用するならば、その一瞬、天皇も国民も「日本人はみんな死んでいて焦土にひゅうひゅうと風が吹き渡っている」――その音を、人々は聴いたのである。

「あのシーンとした国民の心の一瞬」と河上徹太郎氏はそれを呼んだのであつた。「あの一瞬の静寂に間違ひはなかつた」と氏は言ふ。そして「全人類の歴史であれに類する時が幾度あつたか」と氏は尋ねる。まさに氏の言ふとほり、「あの一瞬」は「全人類の歴史」を通じてためしのないやうな一瞬であつた。

ならばいつたい、その一瞬は、どうして見失はれてしまつたのか？　もつと正確に言へば、どうしてその一瞬は、くつきりとその形をあらはすことなく〈音なき音〉をひびかせて身を隠してしまつたのか？

そこにはたしかに、それが身を隠さなければならない事情といふものがあつた。そして、その事情は決してたまたまの事情ではなく、まさにわが国の「国体」といふ観念のはらむジレンマが生み出した事情なのであつた。

いまもう一度、あの大東亜戦争末期の状況にたち返つてみよう。

第十章　昭和天皇御製「身はいかになるとも」

『昭和精神史』第十九章において、あの透明で静かな日本国民の死の覚悟のさまを描き、〈本土決戦の思想〉について語つたあとで、桶谷氏はかすかな違和感をにじませながらかう語つてゐる。

「しかし戦争の最終段階で出て来たのは、〝国体〟を守らう、これさへ護持できれば、他はすべて失ふもやむをえないといふ思想である。」

戦後の日本人がごくふつうの感覚でこれを読めば、この〝国体〟護持の思想なるものは、日本の国体を守るためには国民の生命、財産をすべて失ふもやむをえないといふ思想にちがひないと思はれるであらう。

たとへば、戦後ベストセラーになつた『日本の思想』のなかで、著者の丸山真男氏は、『國體』という名でよばれた非宗教的宗教がどのように魔術的な力をふるったか」を語つて、震災の大火の際に御真影を燃えさかる炎の中から取り出さうとして多くの校長が命を落としたことなどを例にあげてゐる。生き神さんのためになら死ねる、どころではない。生き神さんの写真一枚のために国民が命を落とさねばならない、といふ馬鹿馬鹿しい通念――「臣民の無限責任」の発想――を生み出したのがこの「国体」といふ言葉なのだ、といふのが丸山氏の言はんとするところである。

さうだとすれば、桶谷氏の語る本土決戦の思想などは、この「国体」といふ言葉の「魔術的な力」が生み出した考への典型例にほかならず、戦争末期にあらはれ出てきた〈国体護持の思想〉もまた、当然その延長線上にあるものと思はれよう。

ところが、この時の〈国体護持の思想〉は本土決戦の思想とは正反対の方向を向いたものであつた。それはむしろ、一億玉砕をおしとどめるためにもち出されたレトリックだつたと言つてよい。そして、そのやうなレトリックが登場してきた背後には、日本の「国体」のうちにひそむ、美しい、しかしのつぴきならないジレンマといふものが存在してゐたのである。

そもそも「国体」といふ言葉が本格的に日本の政治思想の場に登場してきたのは、西洋諸国の侵略の危機が日本の間近にせまりはじめた、幕末の頃であつた。なかでもその意味を、記紀に照らし、わが国の歴史に即して明快に語つてゐるのが、後期水戸学の学者藤田東湖の『弘道館記述義』である。

そこでの東湖は、まづ（ヨーロッパの「自然法」の考へにきはめて近い）「弘道」といふものを考へ、その「弘道」にもとづいて日本には、「宝祚無窮」（皇室がきはまりなく続きさかへること）「国体尊厳」「蒼生安寧」（天皇が民の安寧を第一のこととして常に心がけられること）「蛮夷《ばんい》戎狄《じゆうてき》率服」（周辺諸国が自づから日本に従ひ服すること）の四つが実現されてゐる、と説く。さらに、そこで重要なのは、これら四つの事柄が互ひに循環し、つながり合つてゐる、といふことである。東湖はそれをこんな言ひ方で語つてゐる。

「蓋《けだ》し蒼生安寧、是《これ》を以《もつ》て宝祚窮《きはま》りなく、宝祚窮りなし是を以て国体尊厳なり。国体尊厳なり是を以て蛮夷戎狄率服す。四者循環して一の如く各こ相須《あひま》つて美を済《な》す」

すなはち、天皇が民を「おほみたから」として、その安寧をなによりも大切になさることが皇統の無窮の所以であり、だからこそ国体は尊厳である。そしてさういふ立派な国柄であればこそ、周辺諸国も自づからわが国につき従ふ。これらはすべて一つながりの循環をなしてわが国の美を実現してゐるのだ、といふことである。この全体が、いはば広義の「国体」であると言ふことができて、いはゆる「国体思想」と呼ばれるものは、この全体的な広義の〈わが国の国がら〉を指してゐると考へてよいであらう。

さきほどの丸山氏の『日本の思想』も、三島由紀夫の『英霊の聲』のあとがきも、そろつて「国体」の観念をわかりにくいものととらへてゐるのであるが、それは、広義の「国体」がかうした全体的循環の構造をもつてゐるからだと言へよう。それは、単なる「忠君」の道徳でもなければ単なる「君徳」でもない。「上の人は、生を好み民を愛するを以て徳と為したまひ、下の人は、一意上に奉ずるを以て心と為す」と東湖が言ふとほり、上からと下からの双方向的な政治道徳のかたちをなしてゐることが「国体」の特色であり、だからこそそれを一方向に固定して「イデオロギー」としてとらへようとすると失敗するのである（さきほどの丸山氏のやうに、それを「臣民の無限責任」としてとらへようとするのは、その典型例と言へる）。

東湖がこれを「四者循環して一の如く各ゝ相須つて美を済す」と言つてゐるとほり、このやうな「国体」は一つの政治的理想像と言つてよい。近代以降の西洋の政治思想は、「君主主権」か、さもなくば「国民主権」か、といふ両極端のあひだを揺れ動き、間をとつた「立憲君主制」においても、その基本には君民の対立が大前提となつてゐる。他国とあひ争ふ可能性のみならず、国内において上下あひ争ふ可能性が常に国家を脅かしてゐる。これに対してわが国の伝統的な政治思想は、まづ第一に上下あひ和すといふ政治道徳を基本として成り立つてゐるから、あとは余計なことを考へず、ただもつとも合理的なかたちでさまざまの困難を克服する努力をしてゆけばよい。東湖がこれを「天地の弘道」にもとづく政治原理と語つたのも、決して単なるうぬぼれではないのである。

ところが、それ自体としてはもつとも理想的な政治思想である、この双方向的な政治道徳の形が、ぎりぎりの国家存亡の危機においては、まことに困難なジレンマを生み出してしまふ。そのジレンマの形をもつとも簡明に描き出してゐるのが、入江隆則氏の『敗者の戦後』のなかの一節である。

「一九四五年の日本の戦略降伏のいちじるしい特徴は、天皇を護ることを唯一絶対の条件にしたことだった。同時に天皇は国民を救うために『自分はどうなってもいい』という決心をされていて、こんな降伏の仕方をした民族は世界の近代史のなかに存在しないばかりか、古代からの歴史のなかでもきわめて珍しい例ではないかと思う。」

入江氏自身は、これをむしろ、日本の敗戦の誇るべきかたち、といふニュアンスで語つてゐて、事実、これはまさに東湖の言ふ「国体尊厳」のすがたそのものと言つてよい。しかし、同時にこれは、おそるべきジレンマの指摘ともなつてゐて、それは、一口に言へば、日本は降伏することもしないこともできない、といふジレンマなのである。

ここでは入江氏は、日本が天皇陛下を護ることを降伏の「唯一絶対の条件とした」と述べてゐるのであるが、あとで詳しく述べるとほり、当時の状況は、そんな「条件」を許すほど生やさしいものではなかつた。この年の六月から開かれてゐた、第二次大戦の戦後処理について協議するロンドン会議の趨勢を見ても、日本が降伏することは、すなはち「天皇を護ること」の放棄、と考へざるをえない状況であつた。

　降伏すれば自分たちの命は助かるかもしれないが、それは敵に天皇陛下の首をさし出すことにほかならない――これは国体思想云々の以前に、人間としての尊厳を問はれる選択と言ふべきであらう。誰かを身代りにさし出すことによつて自分の命が助かる道を選ぶといふことは、それ自体が〈卑怯者の道〉を選ぶといふことである。たとへその「誰か」が、取るに足らないやうな人間であつたとしても、そのやうにして生き延びた人間の生には、その後一生のあひだ、卑怯と卑劣の汚辱がこびりついたまゝとなる。まして、それが天皇陛下の生命とひきかへにあがなはれるといふことになれば、そのことによつて生き延びた日本国民は、卑怯だの卑劣だのといふより、もはや端的に日本国民ではなくなつてゐる、と言ふべきであらう。

　王を倒すことが正義であるといふイデオロギイを潜在的にかかへもつた「立憲君主制」のもとの国民であれば、ケロリとして平気で国王をさし出すであらう。しかし、形の上では同じ「立憲君主制」でありながら、「上下心を一に」することを国体の柱としてきた日本国民にとつて、天皇の命とひきかへに自分たちが助かるといふ道は、取りえない道であつた。といふことはつまり、降伏は不可能だ、といふことになる。

ところが一方、「蒼生安寧」を政治の第一原理として神代の昔から引きつがれてゐる天皇陛下にとつては、一刻も早く降伏を実現することこそが「国体」にかなつた道だといふことになる。大東亜戦争はいまや「勇武」を云々しうる「戦争」の場ではなく、単なる、敵軍による日本国民の大量殺戮の場と化してしまつた。そこから日本国民を救ひ出すことこそが、真の国体護持にほかならない。

もちろん、「降伏」といふ選択は天皇ご自身の生命を危険にさらすことになるのであるが、実はすでにそのこと自体が、日本の「国体」思想の内に織り込まれてゐるのである。さきほどの『弘道館記述義』においては（おそらく、あくまでも「臣」の立場からなされてゐる記述の故に）とり上げられてゐないことなのであるが、日本の伝統的な「愛民」は、それが天皇ご自身の自己犠牲の決意にささへられてゐる、といふことを特色としてゐる。『日本書紀』の仁徳天皇の条においても、天皇が課税を一時停止して民の安寧を実現したといふ話は、単なる「善政」の話として語られるのではなく、それが天皇ご自身のいかなる自己犠牲においてなされたかに焦点をあてて語られてゐる。[注21] さらにそれがくつきりと際立つのは、元寇の際に亀山院が石清水八幡宮におこもりをされて「わが身をもつて国難に代へむ」と祈願されたといふ故事である。また、まつたくの私的な日記である『花園院宸記』のうちにも、当時十七歳の少年天皇花園院が、大雨で死者の出た報を聞き、雨が止むようにと「民に代つて我が命を弃《す》つる」の祈願をした記述が見られる。国民のために天皇がわが身を捨てるといふ伝統は、単なる建前ではなく、すでに代々の天皇の血肉となつてきたのである。昭和天皇の「自分はどうなってもいい」といふご決心も、まさしくこの血肉となつた伝統のうちからわき出てきたものと拝される。

かくして、大東亜戦争の末期、わが国の天皇は国民を救ふために命を投げ出す覚悟をかため、国民は戦ひ抜く覚悟をかためてゐた。すなはち天皇は一刻も早い降伏を望まれ、国民の立場からは、降伏はありえない選択であつた。

これは美しいジレンマである。と同時に、絶望的な怖ろしいジレンマでもある。そして、この美しくも怖ろしいジレンマを、自らの現実的な政治課題として負はされたのが、このときの日本政府であつた。

総理大臣をはじめとする政府閣僚は「大臣」の名が示すとほり、どこまでも「臣民」の立場にあり、その点ですべての国民と共通の立場にたつてゐる。しかしそれと同時に他方では、政府閣僚は天皇を輔弼《ほひつ》する義務を負つてをり、そこでは天皇の「愛民」の政治を実現することがもとめられてゐる。すなはち、日本政府の閣僚たちは国民の立場と天皇の立場を二つながらに兼ねた位置にある。そのまゝで降伏の可否を決めようとすれば、ほとんど論理的に決断不可能といふことになるのである。

この決断不可能の状態から抜け出すためには、いま見たやうに、真正面から嚙み合つて動きが取れなくなつてゐる〈国体のジレンマ〉を、なんとかしてずらす必要がある。そのために出てきたのが、あの〈国体護持の思想〉だつたのである。

そこではまづ、「国体」といふ言葉の意味を（ちやうど治安維持法においてなされたのと同様に）きはめて狭く、立憲君主体制といふ意味にかぎつてしまふ。そして、あたかも目下の問題はこの政治体制の維持にあるかのごとくにふるまふ。実際に、立憲君主体制の維持についてならば、可能性はゼロではないのであり、政府はこの帝国憲法による立憲君主体制の維持の保証に全力をあげる——それが〈国体護持の思想〉の中身なのであつた。

これは天皇陛下の切実なお気持からも、国民の決意からも、遠くはなれた話になつてゐる。これに対する桶谷氏の違和感のもとも、まさにそこにあつたと思はれる。しかし、「国体」のジレンマによつて、文字通り身動きのできない状態にある政府にとつて、これは唯一の脱出口であつたに違ひない。

もつとも、実はこれは、日本の政府閣僚が考へ出した道筋なのではなかつた。むしろ、真相を言へば、昭和二十年七月二十六日、「ポツダム宣言」といふかたちでアメリカ政府から投げ込まれたボールを、日本政府が自分たちなりに受けとめるところに出てきたのがこの〈国体護持の思想〉だつたのである。

ではいつたい、アメリカ政府は「ポツダム宣言」によつて、いかなるボールを日本側に投げかけてきたのか——当時のアメリカ側の事情を、すこし詳しく眺めてみよう。

よく言はれるとほり、戦争といふものは、始めるに易しく終へるのは難しいものである。これは敗者にとつても勝者にとつても同様であつて、或る意味では、もはや失ふべきものを持たない敗者にとつてよりも、勝者の方にとつて、それはいつそう微妙で困難な仕事となるとも言へる。最終段階の詰めを誤つたために、せつかくの戦勝を台なしにしてしまふといふのは、決して珍しいことではないからである。

ことに、第二次大戦におけるアメリカは、すでにその当時から、自国の兵員の消耗といふことにきはめて敏感な国となつてゐた。その点で、自国兵士の生命に対して恐ろしいほど無頓着なソ連（第二次大戦を通じてソ連は三千万人の戦死者を出してゐる）とは好対照をなしてゐた。もしアメリカがソ連であつたなら、何のためらひもなく本土上陸決戦を行つて、大量の死傷者を出しつつ日本を壊滅させて戦争を終結させたことであらうが、それはアメリカ流のやり方ではなかつた。

もちろんアメリカも、作戦としては、「コロネット計画」と呼ばれる本土上陸殲滅作戦をたててゐたのであるが、問題は、その作戦によつて生じる死傷者数の予想であつた。もし日本が最後の最後まで本土決戦を戦ひ抜いた場合、米軍の死傷者数は二十五万人にのぼる可能性があるとされた。この数字は、ソ連にとつてならば問題にもならなかつたであらうが、アメリカの大統領にとつては、真剣に代替案を考慮せざるをえない数字なのであつた。

ここから、二つの道筋が出来上つてゆく。

一つは原子爆弾の使用といふ道である。当初はその性能について疑問がもたれてをり、単なる上陸作戦の補助手段としてしか期待されてゐなかつたのであるが、七月十六日、ニューメキシコ州の砂漠における実験が成功してみると、この新兵器が、都市を丸ごと一つ消滅させることができるほどの、素晴らしい殲滅兵器であることが明らかになつた。

コロネット計画における死傷者数の見積りが二十五万人といふのは、どう考へても誇張された数字であり、実際にはその数字をはるかに下まはるものとなつたはずだ、といふのが通説であるが、仮りにその数が十万程度と算定されてゐたとしても、この新兵器登場によつて、従来の古典的な上陸作戦がすつかり魅力のないものとなつたことは間違ひない。実験の成功を受けて大統領が側近たちとひらいた会議において、原子爆弾の使用に反対したのはアーノルド将軍ただ一人であつた（彼は、すでに東京大空襲で一晩に十万人の殺戮といふ実績をあげてゐる、焼夷弾による都市爆撃の方がより有効確実だと主張したのである）。七月なかばの段階で、本土上陸作戦にかはるものとして原子爆弾を使用するといふことは、ほぼ確定してゐたと言つてよい。

なほ、その際にこの兵器の使用がハーグ陸戦規則第二十三条の「不必要ノ苦痛ヲ与フヘキ兵器、投射物其ノ他ノ物質ヲ使用スルコト」の禁止に抵触するのではないか、といふ議論の行はれた形跡はない。何と言つても、それを使用する相手は、白人たちではなく「黄色いサルども」なのであり、また自分たちの戦勝が確実である現在、自分たちが戦時国際法違反の罪に問はれて国際法廷で弁明しなければならなくなる可能性はゼロにひとしかつたからである。[注22]

ただし、それでもなほ、最後の詰めをどうするかといふ問題は残る。この新兵器がいくら素晴しいものであつても、それで日本人を皆殺しにすることができないかぎり、何らかの上陸作戦は不可避であり、その際、文字通り死にもの狂ひになつた日本国民がどのやうな抵抗をしてくるか、それによる被害をあなどるわけにはいかない。理想的なのは、米国軍が上陸する以前に、日本が正式に降伏し、武装解除されることであつて、その場合には、この最終段階における米国軍の兵員消耗はゼロといふことになる。そして、ここに「第二の道筋」がひらけてくるのである。

或る戦争における勝敗のゆくへがほぼ確定したとき、勝者が敗者にすばやい降伏をうながすのは、戦争の一般的な定石である。少なくとも「戦争とは他の手段をもつてする政治の実行である」といふクラウゼヴィッツの定義が正しいとすれば、多少譲歩的な条件を出してでも、敗者が確実に降伏する道筋を考へ出すのは、不可欠の戦略のはずである。本来なら、コロネット計画などを立てる以前に、この道筋こそが米国の戦略の主軸になつてしかるべきであつた。ところが、当時のアメリカは、いはゆる「無条件降伏」といふことに異常なまでにこだはつてゐて、日本に対しても、まづは殲滅作戦といふことばかりを考へてゐたのである。

どのやうな条件を出せば日本は降伏するのかといふ、この「第二の道筋」が真剣に討議されるやうになつたのは、本当に戦争の末期になつてからのことであり、しかもそれは政府全体の一致した姿勢ではなかつた。この問題を真剣に考へてゐたのは、前駐日大使のグルー国務次官をはじめとする、いはゆる「知日派」と呼ばれる人々なのであつたが、彼らは米政府内ではむしろ傍流のグループにすぎず、またそこには常に「無条件降伏」へのこだはりといふ圧力がかかつてゐた。したがつて、彼らがポツダム宣言の骨子となる草案を提出したときにも、それはどこまでも「無条件降伏に相当するものを保証する」ための「代案」なのであつた。

七月二日、トルーマンの顧問であつたスティムソンは、これら「知日派」の人々の意見を汲みあげて作成した覚え書きをトルーマン大統領に手渡した。これが、約三週間後に日本につきつけられることになるポツダム宣言の実質的な草案となつたのであるが、そのなかには次のやうな文案が記されてゐた。

「われわれの諸目的が達成され、かつ日本国国民を代表する性格を具へ、明らかに平和的志向を有し、かつ責任ある政府が樹立されたときは、聯合国の占領軍はただちに撤収されるものとする。

この政府が再び侵略の野望を抱くものでないことが明らかになり、世界の諸国民を完全に納得させるかぎりにおいては、前記は、現皇統のもとにおける立憲君主制の廃除を必ずしも意味するものではない。」

当時の米政府内では、この「前記は……」以下の部分について、不満、反論があひついだ。これでは、アメリカが弱腰になつてゐるかのごとき印象を与へ、「ジャップを勇気づける」ことになつては逆効果であるといつた意見もあり、総じて、これは「慰撫《アピーズメント》」的のきらひがあるといふのが米政府内の見解であつた。それによつて、「前記は……」以下は削除されざるを得なかつたのであるが、本来は、まさにこの部分こそが「知日派」の面目躍如たる部分なのであつた。

彼らは、日本人がただ脅しつけられただけでひるむやうな民族ではないことをよく知つてゐた。と同時に、日本にはその国家の中核をなす価値といふものがあり、それが日本人全体のコンセンサスによつて支へられてゐるといふことも心得てゐた。したがつて、その価値が損はれないといふことを明らかにした上で降伏を勧告するならば、どんなむごたらしい攻撃を加へるよりも速やかに、日本人の降伏を引き出すことができる――「知日派」グループには、さういふ確信があつたことであらう。

『敗者の戦後』のなかで入江氏が紹介するところによれば、戦後、ポール・ケスケメティといふアメリカの研究者が『戦略降服—勝敗の政治学—』といふ本を書いて、ちやうどこのやうな場合についての理論化を行つてゐるといふ。ケスケメティはそこで、一国が「戦略降伏」（全兵力の降伏）を決意する第一の条件として「敗者側が自己の最も貴しとするものを傷つけられないと感ずること」をあげてゐるといふのであるが、おそらくこれは、当時の「知日派」の提案を念頭においての分析であらう。そもそもふつうは、一国の「戦略降伏」が問題となつてゐるやうな時点で、その国に何らかの統一的な国家意志が残つてゐるといふこと自体、めつたにあることではない。しかも、敗者の「最も貴しとするもの」が、その戦争の争点そのもの（たとへば領土問題など）だつた場合には、これは戦勝国にとつて全く役に立たぬ理論となる。第二次大戦末期の日本のやうな、きはめて特殊な例においてのみ、かういふ話がなりたちうるのである。

いづれにせよ、この時の日本が、まさにこのケスケメティの分析にぴたりとあてはまる状況にあつたことは事実であり、また、おそらく「知日派」グループの提案の狙ひも、このとほりのところにあつたと思はれるのである。

さきほど述べたやうな米政府内の反対意見にもかかはらず、スティムソンらのねばり強い努力によつて、「敗者側が自己の最も貴しとするものを傷つけられないと感ずる」やうにするといふ趣旨は、なんとかポツダム宣言のうちにほのめかされることとなつた。それがポツダム宣言第十二項の次の文言である。

「前記諸目的カ達成セラレ且日本国国民ノ自由ニ表明セル意思ニ従ヒ平和的傾向ヲ有シ且責任アル政府カ樹立セラルルニ於テハ連合国ノ占領軍ハ直ニ日本国ヨリ撤収セラルヘシ」

いささか曖昧な表現にはなつてゐるものの、よほどひねくれた読み方[注23]をするのでなければこの文章は、降伏後の日本の政治形態については日本国国民の自由意志にまかせるといふ話であると読める。そして、当時の「日本国国民ノ自由ニ表明セル意思」が帝国憲法にさだめられた政治形態以外のものを選ぶなどといふことは考へられないことであつたから、これは実質的に、あの最初の草稿のとほり「現皇統のもとにおける立憲君主制」の存続をみとめる、と言つたにひとしいのであつた。

もちろん、だからと言つて、「ポツダム宣言」自体は、「慰撫的」どころではない、強圧的な脅迫文書そのものであつた。まづ、第二項、第三項で、「吾等ノ軍事力ノ最高度ノ使用ハ」日本軍にも日本の国土にも「完全ナル壊滅」「完全ナル破壊」をもたらすのだぞといふ、いはば力こぶを見せつけるやうなメッセージを送り、第六項では「日本国国民ヲ欺瞞シ之ヲシテ世界征服ノ挙ニ出ツルノ過誤ヲ犯サシメタル者ノ権力及勢力ハ永久ニ除去セラレサルヘカラス」と言つて、日本でもドイツにおけるのと同様に戦犯処刑が行はれることを予告してゐる。そしてなによりも、第十三項のしめくくりの「右以外ノ日本国ノ選択ハ迅速且完全ナル壊滅アルノミトス」の一語が「ポツダム宣言」の本質を明確に語つてゐる。八月六日と八月九日の、広島と長崎への原爆による攻撃は、この一語がブラフなどではないことをはつきりと証明してみせたのであつた。

かうした側面だけに注目して、日本の敗戦――「ポツダム宣言」を受諾しての降伏――を「無条件降伏」と呼ぶ人々がある。これが不正確な呼び方であることは、あの磯田光一氏の『戦後史の空間』が詳しく論じてゐるとほりであつて[注24]、日本の敗戦を「無条件降伏」と考へることが、敗戦後の日本における占領者たちの勝手なふるまひを許すことにつながつたのは否定できない事実である。それればかりではない。このときの日本の降伏を「無条件降伏」と呼んでしまふと、「ポツダム宣言」によつてアメリカがいかなるボールを投げてよこしたのかが見えなくなり、それにともなつて、いま見てきたやうな日本政府の抱へてゐたジレンマも、そのジレンマがどうずらされたのかといふことも、いつさい見えなくなつてしまふ。言ひかへれば、日本現代の精神史のもつとも重要な部分がすつぽり抜けおちてしまふことになるのである。

ポツダム宣言は、たしかに苛酷で強圧的な降伏勧告文書であつたが、同時に、そこには、日本側が「自己の最も貴しとするものを傷つけられない」ですむ、と感じうるほのめかしが含まれてゐた。日本政府は、まさに溺れる者は藁《わら》をもつかむのたとへどほり、この藁にすがらうとしたのであつた。

ただし実際には、ポツダム宣言にほのめかされてゐる立憲君主制の維持と、「天皇を護ること」との間には、大きなへだたりがある。前者については、降伏条件のうちに組み入れることが可能であるが、後者に関しては、あらかじめの予約をとりつけるといふことが、きはめて難しいのである。

本来であれば、前者の立憲君主制の維持については、ことさらにポツダム宣言に約束されてゐなくとも、確実に保証されてゐると考へてよいはずの事柄であつた。第二次大戦直前に英米両国が発した「大西洋憲章」第三条は、「一切ノ国民カ其ノ下ニ生活セントスル政体ヲ撰択スルノ権利ヲ尊重ス」とさだめてゐる。もしも降伏後の日本に対して、日本国民の自由意志による政体の選択を許さぬやうなことをすれば、連合国は自らの戦争の大義にそむくことになる。立憲君主制の維持としての〈国体護持〉は、米政府内の「知日派」の努力がなくても、敗戦国の当然の権利として保証されるはずのことにすぎなかつたのである。

ところが、「天皇を護ること」となると、さうはいかない。そもそもそれは、降伏勧告の文書のうちに約束するのになじまないものであり、たとへば戦後処理の一形式として国際軍事法廷をひらくか否かといつたことについては言及できるにしても、そこにおける特定の人物の免責といつたことになると、明言は不可能と考へなければならない。さらにそれに加へて、そこには、さきほども述べた「ロンドン会議の趨勢」といふものがあつた。

或る意味で、第二次大戦の戦後処理を協議するロンドン会議は、第一次大戦後のヴェルサイユ会議の延長線上にあつたと言へる。すなはち、そこでは、ヴェルサイユ会議において初めて登場した「戦争責任《ウォー・ギルト》」の観念と、その〈罪《ギルト》〉を国家指導者に負はせる「指導者責任観」とが引き継がれ、ロンドン会議の大原則をなすものとされたのである。「戦争責任《ウォー・ギルト》」とは、その戦争の発生の全責任を敗戦国に負はせるといふ考へにもとづいた概念である。ヴェルサイユ会議においては、敗戦国ドイツがいはゆる「全額賠償」（相手国に与へた被害の賠償に加へて、相手国の戦費を全額負担するといふ賠償）に応じたことをもつて、ドイツが自国の罪を認めたものとみなす、といふすさまじい詭弁的論理によつて、この概念がまかり通ることになつた。さすがに（この余りにも苛酷で、かへつて第二次大戦の遠因をなしたとも言はれる）「全額賠償」は第二次大戦の戦後処理に引継がれることはなかつたのであるが、それに支へられて登場した「戦争責任《ウォー・ギルト》」の概念の方は、すでに自明のものとして、ロンドン会議の大前提をなしてゐた。

そして、「全額賠償」を敗戦国民に課することを止めるかはりに、あらためて強調されたのが、「戦争責任」をもつぱら敗戦国指導者に負はせるといふ「指導者責任観」である。すでにヴェルサイユ条約には、開戦当時のドイツ皇帝ヴィルヘルム二世を「国際道徳及び条約の尊厳に対する重大な犯罪の故をもつて訴追する」第二二七条（いはゆる「カイザー訴追条項」）がさだめられてゐた。現実には、ヴィルヘルム二世はオランダにのがれて、国際法廷に引き出されて裁かれ処刑される、といふことにはならなかつたのであるが、第二次大戦の戦後処理において、この方向が主流となることは明らかであつた。『戦争責任論序説』の著者大沼保昭氏は、かうした「指導者責任観」には、戦勝国の国民たちの強烈な復讐願望を「敵国全体でなく、敵の象徴としての指導者に集中する」といふ効果が期待されてゐたのだと解説してゐる。

かうした状況を見ると、ポツダム宣言がいかに国体護持の保証を約束してゐるやうに見えたとしても、「天皇を護ること」については、きはめて暗い見通しであると言はざるをえない。たしかに、ポツダム宣言のうちには、「戦争責任《ウォー・ギルト》」のほこ先が天皇に向かないやうな配慮をほのめかす表現も見られて、第四項の「無分別ナル打算ニ依リ日本帝国ヲ滅亡ノ淵ニ陥レタル我儘ナル軍国主義的助言者（militaristic advisers）ニ依リ日本国ガ引続キ統御セラルベキカ」といった表現は、明らかに、天皇ご自身ではなくその「輔弼《ほひつ》」こそが責任者であるといふ考へをほのめかしてゐる。しかし、こんなものはまことに頼りない〝藁〟にすぎず、冷厳な事実として存在してゐるのは、連合国側は戦後処理において、自国民たちを満足させうる「敵の象徴としての指導者」の血に飢ゑてをり、そして天皇陛下はわが国の「象徴として」突出した意義をもつてをられる方だ、といふことなのである。

さきほども述べたとほり、このやうな趨勢のなかで降伏を決定するといふことは、すなはち「天皇を護ること」を放棄することにひとしい。立憲君主制の維持の約束（これすらも実は易々とやぶられてしまつたのであるが）[注25]は、天皇陛下の御一身の保持とはまつたく無関係な約束である。ただ、当時の日本国民にとつて、「国体」とは当然、天皇ご自身をも含んでゐる——あるいはむしろ天皇ご自身とすら考へられる——のであるから、「国体護持」と聞けば、ただちに「天皇を護ること」と同義なのだと理解する。この戦争末期の〈国体護持の思想〉は、さうした国民の錯覚を利用した、一種の詐術であつたとも言へるのである。

ただし、さきほども述べたとほり、これは日本政府としてはどうしても必要な詐術であつた。もしありのまゝを語つたなら、日本国民は絶対に降伏を承服しないであらう。そしてそれは、日本古来の国体の中心である「蒼生安寧」の大原則にそむくことになる。大臣たちは「臣民」であると同時に、天皇陛下のお立場に即して政治を行ふ「輔弼」の任を負つてゐる。前者と後者では、圧倒的に後者の立場が重要であつて、臣民、国民としての感情にそむいてでも、正しく「輔弼」の任にあたらなければならない時がある。そしてその時は刻々と近付いてゐた。

さきほど述べたとほり、ポツダム宣言が日本政府に伝へられたのは七月二十六日である。この時すでにアメリカは原子爆弾の実験に成功してゐて、第十三項のしめくくりの「右以外ノ日本国ノ選択ハ迅速且完全ナル壊滅アルノミトス」の一文がいかに実質的な言葉であるかも明らかとなつた。

それまでにも、すでに大都市から中小都市へと目標を移して行はれはじめた爆撃によつて、「完全ナル壊滅」が近付いてゐることは十分に意識されてゐた。しかし、八月六日、八月九日の広島と長崎への核攻撃は、ここに言ふ「迅速且完全ナル壊滅」がいかに現実的なものでありうるかを疑ひの余地なく知らしめたのであつた。

さらに決定的だつたのがソ連の参戦である。あの伊東静雄の日記にもあつたとほり、「露国参戦」がいかに重大事であつたかは、一般国民にもはつきりと認識されてゐた。それまでソ連は、日ソ中立条約のもとで、日本から終戦のための連合国側への斡旋を依頼されながら、のらりくらりと言を左右にしつづけてきたのであるが、八月八日に突如一方的に中立条約を破棄し、宣戦布告する。そして翌日八月九日に、ソ満国境を越えて侵略を開始。いたるところで日本人住民に対する暴行、掠辱、虐殺を行つたのであつた。この時点で、日本が戦争を継続して「完全ナル壊滅」以外の結果をうる可能性はまつたくゼロになつたと言つてよい。

八月九日の午後、ポツダム宣言受諾の可否をめぐつて閣僚会議がひらかれるが、賛否は真二つに割れて決着がつかない。そこで、深夜に御前会議がひらかれ、直接に天皇陛下のご判断を仰ぐことになつたのである。

これは、帝国憲法下においては、きはめて異例のことであつた。御前会議は、その名のとほり天皇陛下の御前で行はれる会議であるが、そこではふつう、陛下は決してご自分の意見や判断をおつしやることがない。

たとへば、よく知られてゐるとほり、大東亜戦争の開戦準備を決定する御前会議において、昭和天皇は明治天皇の御製「四方《よも》の海みなはらからと思ふ世になど波風のたちさわぐらむ」をご朗誦なされた。これは、天皇ご自身がかたく守つてこられた立憲主義の伝統の許すぎりぎりの範囲内における、開戦慎重論のお考への表明、と理解されてゐる。

たしかに、帝国憲法の第一条には「大日本帝国ハ万世一系ノ天皇之ヲ統治ス」とあり、第四条にも、「天皇ハ国ノ元首ニシテ統治権ヲ総攬シ……」とあつて、あたかも天皇が自らの意志によつてすべてを決定する主権者と規定されてゐるごとくにも見える。しかし、実際の帝国憲法の運用においては、近代日本の天皇制度は「統治すれども政治せず」の原則を貫いてきたのであり、昭和天皇もこの伝統を厳守してこられた。議会や閣議の決定に対して拒否権《ベトー》を行使するどころではない。表立つてご自身の意見を、意見として発言することについてすら、陛下はかくも慎重でいらしたのである。その意味では、天皇ご自身もまた、あの「国体のジレンマ」とは別の、もう一つのジレンマ——皇祖皇宗の遺訓のとほり、民の命を一刻も早く救ひたいといふお気持と、明治大帝以来の伝統となつてきた立憲主義との板ばさみ——の内に耐へがたい日々をすごされてゐたと言へよう。

その立憲主義の固い壁に一本の亀裂が走つたのが、この八月九日だつたのである。この時の閣僚会議では、ポツダム宣言受諾について海軍大臣、外務大臣、枢密院議長の三名が賛成、陸軍大臣、陸軍参謀総長、海軍軍令部総長の三名が反対で、賛否は完全に割れてゐた。ただし、意見が真二つに割れたと言つても、それは鈴木首相を勘定に入れない場合の話であつて、首相がそのどちらかに票を投ずれば、多数決で決定が可能となる。それをせずに御前会議に決定をもち込んだのは職責放棄だといふ批判をする人もゐる。ただし、この時、御前会議で陛下のご判断を仰ぐといふこと自体に反対した閣僚は一人もをらず、その決定そのものは全閣僚の承認にもとづくものだつたわけなので、これを立憲主義の伝統に対する違反と言ふことはできない。

実際にはむしろ、御前会議でご聖断を仰ぐことに同意した時点で、陸軍大臣以下、反対意見の三名とも、戦争続行をあきらめてゐたと見るべきであらう。陛下のご意志がどこにあるかといふことは、すでに六月二十二日、沖縄陥落後の御前会議において、閣僚に伝へられてゐたのだからである。これはどこまでも、天皇ご自身による「ご聖断」といふ形を確保するための手続きであつたと理解すべきであらう。

天皇陛下のご聖断による決定といふ形は、実際問題として、必要不可決の形であつた。もし仮りに、鈴木首相が一票を投じて、四対三の多数決でポツダム宣言受諾が閣議決定された場合、それまで強硬な反対を繰り返してきた陸軍がそれに大人しく従ふとはたうてい考へられない。悪くすれば、停戦派の海軍と戦争続行派の陸軍との間に衝突がおこつて内戦状態になるといつた事態すら、ありえたかも知れない。戦争史上にも類を見ないほどの整然たる停戦の遵守——「見事な敗戦」とも言ふべき秩序正しい敗戦——は、天皇ご自身がその決断を下された、といふ事実に負ふところが大きい。

しかしもう一つ、それとはまつたく別次元の問題として、この戦争終結の判断は、なんとしても閣議によつて決定することが不可能な事柄であり、これはどうしても天皇ご自身によつて下されなければならない決断であつた。さきほどから見てきたとほり、ポツダム宣言を受諾して降伏するといふことは、すなはち天皇陛下の生命を敵にゆだねるといふことを意味する。そんな決定を、多数決であれ何であれ、閣議決定で行ふなどといふことは不可能なこととなのである。

この時、御前会議に集まつた閣僚たちは、ちやうどアテナイの牢獄でソクラテスが毒杯を仰ぐのに立ち会ふために集まつてきた弟子たちの心境であつたと言へよう。当時の内閣書記官長をつとめてゐた迫水久常氏は、そのもやうを次のやうに回想してゐる。

「……八月九日の夜の十一時四十五分から、宮中の防空壕の中で御前会議が開かれました。……総理大臣からの話に応じて、各大臣がそれぞれに発言しました。結果は、……賛否が三対三にわかれたのであります。そのときに鈴木総理大臣は起立して、陛下に、『お聞きの通りでございます。どうぞ畏れ多いことでございますが、思し召しのほどをお示し下さいませ』とお願い申し上げました。天皇陛下は、椅子に腰掛けていらっしゃったまま体を前におのり出しになるようにしてお答えになりました。

陛下は、『それならば、意見を言うが、みなのもの自分の意見に賛成してほしい』と前置きなされまして、『自分の意見は東郷外務大臣の申したことに賛成である』と仰有いました。

私はそのときの気持ちを永久に忘れることができないでしょう。胸が押しつぶされるような感じがしまして、目から涙がほとばしりでました。部屋にはたちまち、すすり泣きの声がおこりましたが、すぐにそれは号泣にかわりました。……陛下は白い手袋をはめられたまま親指を以て、しきりに眼鏡をぬぐって居られましたが、ついに両方の頬をしきりにお手を以てお拭いになりました。」

そして、「本当に自分の胸にあることを、どう言ったらいいかとお考えになりながら、本当にもう、とぎれとぎれ、抑揚も乱れてお話になられたのであります」といふ、そのお言葉を、迫水氏は次のやうに伝へてゐる。

「このまま戦争を本土で続ければ日本国は亡びる。日本国民は大勢死ぬ。日本国民を救い国を滅亡から救い、しかも世界の平和を、日本の平和を回復するには、ここで戦争を終結する他はないと思う。自分はどうなっても構わない。」

「もう本当にみんなはただ泣くだけでした」と迫水氏は回顧してゐる。「やがて陛下のお言葉が終って鈴木総理大臣が立って陛下に御退席をお願いしました。その後われわれは会議を続けまして、ポツダム宣言を受諾す、という電報を連合国に打ったのであります。」

この時の受諾は、端的な受諾ではなしに、「右宣言は天皇の国家統治の大権を変更するの要求を包含し居らざることの了解の下に」といふ条件付きの受諾であつた。それに対する回答に時間がかかり、しかもその回答は（当然予想されたとほり）ポツダム宣言第十二項の「日本国国民ノ自由ニ表明セル意思ニ従ヒ平和的傾向ヲ有シ且責任アル政府カ樹立セラルルニ於テハ連合国ノ占領軍ハ直ニ日本国ヨリ撤収セラルヘシ」を一歩も踏み出すものではなく、この申し入れはまつたく無意味な引き延しであつたと言へる。

ただし、この時の閣僚の心情を推しはかるなら、この申し入れには、いはば心理的な必然性があつたと言ふことができるであらう。申し入れの文案を討議してゐたとき、東郷外相がまづ「天皇の身位には変更なきものと了解する」といふ文案を出したところ、反対があり、「国家統治の大権」とあらためられた、といふ迫水氏の証言がある。[注26] これはまさに、閣僚たちがいかなるジレンマの内にあつたのかを示してゐる証言と言へよう。ポツダム宣言の受諾を先頭に立つて主張してゐた外相は、もちろん、それが何を意味するかを知り抜いてゐる。彼は、自らが陛下の首に絞首台の綱をかけるにひとしいことをしてゐるのを、十分に承知してゐる。だからこそ、あらゆる外交的常識に反して「天皇の身位には変更なきものと了解する」といふ文言を提案したのに相違ない。しかし、彼自身も含めて、その場に居合はせた誰もが、そんな申し入れの通るはずのないことを知つてゐた。それがあの、一応は意味の通つた、しかし実質的にはまつたく無意味な申し入れとなつたのだと思はれるのである。

八月十三日、この申し入れに対する回答（いはゆる「バーンズ回答」）がもたらされ、それをめぐつて十四日朝、再度御前会議がひらかれ、そこで最終的に受諾が決定された。このときの陛下のお言葉についてはいくつかの記録が残つてゐるが、そのなかの国務大臣下村海南の記録によれば、陛下のお言葉は次のとほりであつたといふ。

「外に別段意見の発言がなければ私の考えを述べる。

反対論の意見はそれ〴〵よく聞いたが、私の考えはこの前申したことに変りはない。私は世界の現状と国内の事情とを十分検討した結果、これ以上戦争を続けることは無理だと考える。

国体問題についていろ〳〵疑義があるとのことであるが、私はこの回答文の文意を通じて、先方は相当好意を持っているものと解釈する。先方の態度に一抹の不安があるというのも一応はもっともだが、私はそう疑いたくない。要は我が国民全体の信念と覚悟の問題であると思うから、この際先方の申入れを受諾してよろしいと考える、どうか皆もそう考えて貰いたい。

さらに陸海軍の将兵にとって武装の解除なり保障占領というようなことはまことに堪え難いことで、その心持は私にはよくわかる。しかし自分はいかになろうとも、万民の生命を助けたい。この上戦争を続けては結局我が邦がまったく焦土となり、万民にこれ以上苦悩を嘗めさせることは私としてじつに忍び難い。祖宗の霊にお応えできない。和平の手段によるとしても、素《もと》より先方の遣り方に全幅の信頼を措き難いのは当然であるが、日本がまったく無くなるという結果にくらべて、少しでも種子が残りさえすればさらにまた復興という光明も考えられる。

私は明治大帝が涙をのんで思いきられたる三国干渉当時の御苦衷をしのび、この際耐え難きを耐え、忍び難きを忍び、一致協力将来の回復に立ち直りたいと思う。今日まで戦場に在って陣歿し、或は殉職して非命に斃れた者、またその遺族を思うときは悲嘆に堪えぬ次第である。また戦傷を負い戦災をこうむり、家業を失いたる者の生活に至りては私の深く心配する所である。この際私としてなすべきことがあれば何でもいとわない。国民に呼びかけることがよければ私はいつでもマイクの前にも立つ。一般国民には今まで何も知らせずにいたのであるから、突然この決定を聞く場合動揺も甚しかろう。陸海軍将兵にはさらに動揺も大きいであろう。この気持をなだめることは相当困難なことであろうが、どうか私の心持をよく理解して陸海軍大臣は共に努力し、よく治まるようにして貰いたい。必要あらば自分が親しく説き諭してもかまわない。この際詔書を出す必要もあろうから、政府はさっそくその起案をしてもらいたい。

以上は私の考えである。」

ここでは、あたかもこれから詔書の起草が始まるかのごときお話しぶりであるが、実はすでに九日深夜の御前会議の直後から、詔書の起草作業は始まつてゐて、すでにこの時にはほぼ完成してゐた。このお言葉と詔書がほぼぴたりと一致してゐるのは、陛下がここでもほとんど前回と同じことをお話しになつたからとも考へられるし、逆に、陛下が詔書草案をご覧になつて、それにそつたお話をなさつたとも考へられる。さらに言へば、下村海南自身、陛下が詔書をご放送なさることを熱心に主張してゐた人間なので、その記録が自づと詔書に近付いたといふことも考へられる。

いづれであるにせよ、昭和二十年八月十五日正午にご放送のあつた「終戦の詔書」が、ふつうの詔書と違つて、天皇陛下ご自身のお言葉をもとに起草されたものであるといふことは、ゆるがぬ事実と言つてよい。これは実際には次のやうな過程をへて作り上げられたのであつた。

まづ、あの八月九日深夜からの御前会議のあと、そのときの陛下のお言葉をほとんどそのまゝ記録するやうな形で内閣書記官長の迫水久常氏が口語体の草稿を作る。次に、極秘の内に内閣嘱託の漢学者である川田瑞穂氏が招聘され、それを漢文体の伝統的な詔書の形式で書き上げる。その草稿について、大東亜省の田尻愛義氏をはじめ何人かの人々が意見を述べ、いくつか修正がなされる。大東亜省の顧問であつた安岡正篤氏も助言を与へ、修正をする。さらに十四日朝の御前会議における天皇陛下のお言葉のいくつかが加へられ、それを閣議で検討修正する。その結果出来上がつたのが「終戦の詔書」なのである。[注27]

この成立過程については、戦後ながらく、迫水氏が自分一人で漢文体の草稿も作成したかのやうに述べてゐたため、迫水氏を「目立ちたがり屋の嘘つき」と非難する人もあり、そこまで極端な言ひ方をしないまでも、この詔書に関連した迫水氏の証言をどこまで信用したらよいのか、他の事柄についてもいささかの不安が生じることは事実である。ただし、内閣書記官長といふ氏の職務からして当然のことながら、迫水氏が詔書作成の中心的な世話係として尽力したことは、まはりの証言からも間違ひのないところであつて、それに関連する次のやうな氏の言葉は、とりたてて疑ふ必要はないと言へよう。迫水氏はこんなことを述べてゐるのである。

「あの陛下のおことばを詔書の体裁に直すとき、わたしなりに、おことばではあるけれども、これは絶対に書いておく必要があることで、これは絶対に書いてはいけないことを改めて考えたのでした。」

このうちの「絶対に書いておく必要があること」とは、まづ「忍びがたいことも忍ばねばならない」といふお言葉。第二は、それと密接に関連して、軽挙妄動をつつしむべしといふこと。第三は、陛下は「日本といふ国を子孫に伝えるためには、一人でも多くの国民に生き残ってもらって、その人たちに将来ふたたび立ち上がってもらうほか道はない」とおつしやつてゐる。そのことであつたといふ。実際、いま見てきたとほり、この三点は詔書のなかにしつかりと盛り込まれ、強調されてゐるところであつて、この詔書が行き届いたものとなつてゐるその柱は、この三点にあると言つてもよい（もちろん、その功績が迫水氏にあつたか否かといつた問題は、まつたく非本質的な問題である）。

しかしそれよりもさらに重要なのは、そこで、詔書のうちに「絶対に書いてはいけない」と判断されたのは何であつたのか、といふことである。迫水氏はそれを、陛下のお言葉のなかの「わたしはどうなってもかまわない」の一語であつたと言ふ。これは、二度の御前会議のどちらにおいても繰り返されてゐたお言葉であり、また前章にも見たとほり、大東亜戦争末期のあの〈美しいジレンマ〉の根幹にかかはるお言葉である。或る意味ではもっとも重要な一語と言ってよい。それがなぜ「絶対に書いてはいけない」一語だったのか。

迫水氏自身はこれを「『すべてわたしの不徳のいたすところだった』というお気持ちがおありだったかもしれない」と解釈した上で、「それを詔書に入れたらたいへんなことになる。終戦の原因が『陛下の不徳』にあったということになれば、陛下が戦争責任を負われることになるわけです」と説明してゐるのであるが、ここにことさら「陛下の不徳」などといふ解釈をもち込むのはまつたく不要なことである。なによりもまづ、これは対連合国といふことを考へたとき、絶対に詔書に書き入れてはならないお言葉だつたのである。さきほど見たとほり、第二次世界大戦の戦後処理においては「指導者戦争責任観」が主流となつてゐる。もしそこに、天皇陛下の「わたしはどうなってもかまわない」の一言が伝はらうものならば、彼らは（その高潔な自己犠牲のお気持にうたれるどころか）たちまち、「それ、ヒロヒトが自らの有罪を認めた。彼は自らが戦争犯罪人であることを告白した」と叫んで、即刻陛下を処刑するに違ひない。彼らがさういふ発想をする人間たちであることは、すでに第一次大戦において証明ずみなのである。

しかし、それよりもさらに大きな理由は、その一言が国民に伝はつたとたんに、「終戦の詔書」を発して国民に降伏を納得させる、といふ目的そのものがつきくづされてしまふ、といふことである。あの「国体護持」といふレトリックは、まさに、天皇陛下の命を敵にさし出すか、国民が皆殺しになるかの二者択一、といふ苛酷な現実をおほひかくすために用ゐられたレトリックであつた。ところが、陛下の「わたしはどうなってもかまわない」の一言で、そのおほひはすつかり吹きとんでしまふ。これはどうあつても、詔書のうちに「絶対に書いてはならない」一言なのであつた。

補注2に見るとほり、現実の「終戦の詔書」のうちに、この「絶対に書いてはならない」一言は、ほのめかされてもゐない。陛下のご決意があらはされてゐるのは、終戦にあたつてよまれた御製においてであつて、これらは昭和四十三年に出版されたもと侍従の著作のなかではじめて公にされたのであつた。そこには、どこまでも行き届いた国民へのご配慮と、ご自身のつよいご決意のさまがうかがはれる。次の四首がそれである。

爆撃にたふれゆく民の上をおもひ
　いくさとめけり身はいかならむとも
身はいかになるともいくさとどめけり
　ただたふれゆく民をおもひて
国がらをただ守らんといばら道
　すすみゆくともいくさとめけり
海の外《と》の陸《くが》に小島にのこる民の

うへやすかれとただいのるなり

しばしば見落されることであるが、ポツダム宣言の受諾・降伏といふ事態は、日本の本土にゐる日本人にとつては、生命の危険をとり去つたと言へるのであるが、外地に展開してゐた将兵、および居留民たちにとつては、むしろ戦争中よりいつそう危険が増す事態だといふことになる。日本の将兵には、ただちに停戦命令が下るのであるが、地域によつては、敵側がただちにそれに応じた姿勢をとるとはかぎらない。ことに、八月九日に侵略が開始されたばかりのソ満国境付近には（それまでのソ連は一応「中立国」であつたから）一般の日本人居留民が沢山くらしてゐる。この人々の安全については、降伏後はもはや何の為すすべもなく、「うへやすかれとただいのる」ほかないのである（現にソ連軍は、日本がポツダム宣言の受諾を発表したのちも攻撃の手をゆるめず、多数の日本居留民を殺し、とらへたのであつた）。この第四首は、つねに事柄を明敏に見通しておられると同時に、つねに国民すべての上にご配慮のある天皇陛下の基本姿勢がはつきりとうかがはれる一首である。

また、陛下の実際的な洞察力は、第三首にもよく示されてゐる。さきほどの下村海南の記録においては、再度の御前会議で陛下は「国体問題についていろ〳〵疑義があるとのことであるが、私はこの回答文の文意を通じて、先方は相当好意を持っているものと解釈する」と述べてをられた。しかし、それは決して「楽観」といふやうなことではなかつたはずである。そのときの「要は我が国民全体の信念と覚悟の問題であると思うから」といふお言葉が示してゐるのは、むしろこれからが、本当の意味での国体護持の正念場だ、といふ認識であつたに相違なく、現に、この七ヶ月後には、占領軍の作成した「日本国憲法」案が政府につきつけられることになるのである。

この第三首の御製から見えてくるのは、敗戦後の日本の苦難について、おそらく日本中の誰よりも正確な見通しを持たれ、それと闘ふ〈思想戦〉の覚悟をかためてをられた昭和天皇のお姿である。もしこの半分の覚悟でも、当時の政治家にあれば、敗戦後の日本のかたちはよほど違つたものになつてゐたことであらう……。

この第三首と第四首の御製は、いはば地上の君主として、東湖の解説するところの「蒼生安寧」「国体尊厳」の国がらを体現なさつてをられる、といふ御製である。これに対して第一首、第二首は、さうした現実的な政治の次元をふみこえたものをひめてゐる。ことに、第一首の御製は四音もの字余りのみうたであり、かたちの上からも常ならぬものを感じさせる。昭和六十一年発行の坊城俊民氏の著『おほみうた』は、『序』に、この本ではこの御製をとりあげなかつたとことわり、これは「陛下のみうたの常のしらべに比して、たゆたひを持つてゐる」と述べてゐる。これは、いはばもつぱら美的な見地からする否定的な評と言へるであらうが、しかし坊城氏も、この内容については「国運を賭した天皇の孤独なご決断が表現されてゐる」と述べてゐる。

そこをもう一段踏み込んで語つてゐるのが、小田村寅二郎氏の「天皇に対する輔弼とは」のなかの一文である。氏はこの御製をあげて「なんという悲痛極まりない御製でしょうか」と述べ、次のやうに語つてゐる。

「和歌は五七五七七の三十一文字という定型によって古来歌われてきておりまして、その三十一文字より足りない字足らずの歌は否定され、一字、二字増えるのを字余りといって、字余りはその箇所その箇所の意を強く示す意味でよろしいというふうになっているようですが、何と、この一首のお歌は三十五音であります。四音も多いのです。

しかし、四音も多い和歌というものは、それをこちらが読む時に、つかえ、つかえ、してしまうものですけれども、不思議にこの歌は一気呵成に読み下せる。声を出して読んでも、一気に読めるのです。一気にということは、作者のつくり方の状況を偲びますと、一気呵成に詠まれた歌だということです。そして、四音も余るということは、定型の三十一音では嵌《は》まり切らない激しい御心中の激動の起伏が、この四音の字余りというものを一気呵成に含み込んで、一首の歌として詠み下されたとしか偲びあげることができません。そのことのなかに深い深いお悲しみと御決意と、それ以後の時世に対する天皇様の御決断が滲み出ているのではないでしょうか。最高戦争指導会議の席で述べられたお気持、その奥にある、御自分の命を捨てるという御決意、そういうものがこの一首の字余りの中に漂い尽しているかの如く感じます。」

「爆撃にたふれゆく民の上をおもひ
　いくさとめけり身はいかならむとも」

一人はここに「たゆたひ」を見、他の一人はここにむしろ「一気呵成」を見る。しかし、おそらくそれはどちらも間違ひではないであらう。ここには、「終戦の詔書」には決してあらはれえなかつた、天皇陛下ご自身の〈心の武者ぶるひ〉といつたものがこめられてゐる。

もちろんここには、すでに爆撃にたふれてしまつた多くの民の上をおもつて、いたみ悔むお気持がこめられてもゐる。と同時に、いまやそれに終止符をうつことができた、といふ喜びのひびきを聞きとることができる。立憲君主制の壁にはばまれて、皇祖皇宗の遺訓たる「蒼生安寧」の実現ができないといふ煩悶の日々が、いまやうやく終つた——さういふ喜びと言つてもよい。

と同時にその喜びは、自らの死の決意でもある。ちやうど、特別攻撃隊の戦士たちが、攻撃の前夜に感じたであらう魂の震撼がここには感じ取られる。これまで、亀山院をはじめ多くの天皇が自らの覚悟として引きついでこられた「民に代つて我が命を弃《す》つる」といふことを、代々の天皇のうちではじめて現実に体験することになる——これは恐怖でも不安でもためらひでもなく、ただ、魂の武者ぶるひといふほかはないものであらう。

この生々しく激しい趣きは、次の第二首ではすでに静かにをさまつてゐる。こちらのみうたは清明なととのつた形をしてをり、全国各地の碑にきざまれてゐるのも、こちらの御製である。

「身はいかになるともいくさとどめけり
　ただたふれゆく民をおもひて」

しかしこれら二つの御製は、どちらをとるかといふやうなものではなく、ふたつ合はせて拝すべき性質のものであらう。こみ上げてくる思ひを一気呵成にうたはれた第一首と、それをしつかりと整つたかたちにとらへかへして、ゆるがぬ決意の姿を見せてゐる第二首。この二つの御製を合はせてはじめて、終戦に臨んだ天皇陛下の「おほみこころ」が理解されるのだと言へよう。

しかし、（或る意味では、だからこそ）これはまさに、「終戦の詔書」に「絶対に書いてはいけないこと」そのものであつた。のちに公式に発表された御製集『みやまきりしま』（昭和二十六年刊）にも『あけぼの集』（昭和四十九年刊）にも、いま見た四首の御製は入つてゐない。これはもと侍従次長木下道雄氏の著『宮中見聞録』のなかで、いはば非公式に人々に知られるやうになつたのである。

八月十五日正午の、あの「シーンとした国民の心の一瞬」について、「そのとき、人びとは何を聴いたのか。あのしいんとした静けさの中で何がきこえたのであらうか」と桶谷氏は尋ねたのであつた。しかし、もつと正確に言へば、人びとは「あのしいんとした静けさの中で」、そこに語られなかつたものへと耳をすませたのである。

もしそれが聞き取られたなら、人はそれこそが「神人対晤」の瞬間であつたことを知つたに相違ない。「英霊の聲」のあの「二枚の絵図」にならつて言へば、この「第三の絵図」の丘の上には雪はない。ただ真夏の太陽が明るく照りつけるのみである。丘の上には、一億の国民と将兵が自らの命をたきぎの上に置いて、その時を待つてゐる。「日常世界は一変し、わたしたち日本人のいのちを、永遠に燃えあがらせる焦土と化すであろう」、その時を待つてゐる。

ところが、「その時」は訪れない。奇蹟はつひに起らなかつた。神風は吹かず、神は人々を見捨てたまふた——さう思はれたその瞬間、よく見ると、たきぎの上に、一億の国民、将兵の命のかたはらに、静かに神の命が置かれてゐた。

この「第三の絵図」には、華々しいものはなに一つない。白馬に乗つて丘をかけ上る大元帥陛下のお姿もなければ、天からふり下る天使の声もない。海が二つに割れることもない。ただ、蟬の音のふりしきる真夏の太陽のもとに、神と人とが、互ひに自らの死を差し出し合ふ、沈黙の瞬間が在るのみである。

しかし、このやうな稀有の「神人対晤」の瞬間を前にしては、すべての「奇蹟」が、ちやちなおとぎ話になつてしまふであらう。橋川氏がいみじくも語つてゐた「イエスの死の意味に当たるもの」を大東亜戦争とその敗北の事実に求められないか、といふ課題は、ここにはたされてゐると言ふべきであらう。

「イエスの死の意味」とは、（単にイエスが起してみせた数々の「奇蹟」とは違つて）まさにキリストが自らの命を差し出すことによつて、神と人との直結する関係を作り出した、といふことであつた。それは、歴史過程の上で言へば、単なる一回的な出来事にすぎない事件のうちに、（橋川氏の言葉で言へば）「超越的原理」をもたらすことによつて、「神学」を生み出しえたのである。

もし吉本隆明氏が、あの「生きることも死ぬこともできない精神状態」のなかで、『マチウ書試論』で見せたやうな掘り下げ方によつて「生き神さん」との対話を試みてゐたなら、あるいはこの「神人対晤」の形をつかみ取つてゐたかも知れない。

あるいはまた、もしも折口信夫が、愛弟子の死といふ試練をくぐり抜けて、天皇陛下の死のご覚悟といふもののもつ「神学的」な意味へと目を向けることができてゐたら、彼はあのやうな彷徨に陥ることなく、「日本の神学」を築き上げることができてゐたかも知れない。

多くの重要な事柄がさうであるやうに、この大事な瞬間の本質をもつともよくとらへてゐたのは、学者でも批評家でもないごく普通の国民であつた。

占領下の日本で、GHQには日本人からのさまざまな投書が寄せられ、そこには、天皇制を即刻廃止し、共和制にすべきであるといつた意見もあれば、また多くの熱心な天皇擁護の手紙もあつたのであるが、さうした天皇擁護の手紙のうちに、こんなことを語つた手紙がある。

「或本を読みますと共産主義者は『日本の生成発展を妨げるものは天皇制にあり』といつ《ママ》て居りますが、果たしてそう《ママ》でせうか。いゝえ違ひます。終戦の時の詔書にも『朕ノ身ハ如何ニナロウトモ』と仰せられいつも国民の上に大御心をそゝがせ給ひます。」

もちろんこれは、この投書者の記憶違ひである、「終戦の時の詔書」にこんな文言はない。あらうはずもない。これはまさに、「絶対に詔書に書いてはならないこと」そのものだからである。ところが、この投書者は、その語られるはずのない言葉を聞きとつてゐるのである。

この手紙に記されたところによれば、この投書者は「大阪に住むとしはもいかない一女性」であり、国民学校高等科を出てすぐに働き始めたといふから、今の制度で言へば、いはゆる中卒である。少なくとも特別なインテリ女性などでないことは間違ひない。また、「軍閥が政界にのさばり出て勝手に天皇を神とし君民の間をさき国民をいつはり通して来た事や色々な事をはっ《ママ》きりと知りました」と言つてゐるところを見れば、敗戦後の占領軍に指導された通説を、ごく素直に信じてゐる国民の一人であるらしい。にもかかはらず、彼女の耳には、「神の返答」がしつかりと聞こえてゐるのである。

おそらく、迫水氏が「これは絶対に書いてはいけないこと」として詔書からはづした、あの陛下のお言葉は、その後半年あまりのあひだに、御前会議の様子として国民のあひだに知られるところとなつてゐたのであらう。そしてそれが、詔書の言葉として記憶されることになつたものであらう。

また、或る別の女性は、昭和二十年十二月付のマッカーサーへの直訴状に、「日本の天皇は平和を愛し給ふのが御本質でおいで遊されます。御自身に代《ママ》えて救ひたいと思召された国民が、そのお慈悲に御報ひすることを忘れた、現在の日本国民の一部の姿を世界に対して心から恥じ《ママ》てをります」と述べ、「天皇をお守りするために、天皇の御安泰を保証される代りにならばほんと《ママ》うに私共の生命をよろこんでよろこんで閣下のお国へさし上げます」と記して、血判を押してゐる。

ここでは、あの藤田東湖の見た「国体」のかたちが、あらためて（「美しく怖ろしいジレンマ」としてではなく）上からの愛民、下からの忠義といふ道徳的特性としてたちあらはれてゐると言つてよいであらう。

実際、マッカーサーのもとに届けられたこれら多くの手紙は、すべて要訳が付されてマッカーサー自身が目を通したといひ、その影響は、彼が昭和二十一年一月二十五日にワシントンに送つた電報のうちにも見てとることができる。彼は「戦争犯罪人としてのヒロヒトの裁判」について、「もし連合国が天皇を裁けば日本人はこの行為を史上最大の裏切りと受けとり、長期間、連合国に対して怒りと憎悪を抱きつづけるだろう」と述べ、日本占領を成功させるためには、天皇を戦犯として裁いてはならぬといふ意見を送つてゐる。もちろん、マッカーサー自身が直接天皇陛下にお目にかかつて感銘を受けたといふ事実は大きくこの意見書に影響を与へてゐるにしても、国民たちがまた、天皇陛下の命のためには自らの命を差し出すと申し出てゐるといふことも、その意見をかためさせるに力あつたであらう。

かくして、（すでにオーストラリア政府はロンドンの戦犯委員会に天皇の訴追を正式に申し入れてゐたにもかかはらず）日本占領中の総司令官からの意見書によつて、天皇陛下が現実に戦犯として処刑されるといふことは起らなかつたのである。

歴史上の事実として、本土決戦は行はれず、天皇は処刑されなかつた。しかし、昭和二十年八月のある一瞬――ほんの一瞬――日本国民全員の命と天皇陛下の命とは、あひ並んでホロコーストのたきぎの上に横たはつてゐたのである。

「通常の歴史が人間意識の実現された結果に重点を置く叙述であるとすれば、実現されなかつた内面を実現された結果とおなじ比重において描くといふこと」が「精神史」の方法なのだ、と桶谷秀昭氏は言ふ。さうだとすれば、われわれの歴史が持つた、この「神人対晤」の瞬間は、精神史といふ方法によつてのみあらはれ出てくる性質のものである。ふつうの歴史家が、すべてここを素通りしていつたのも当然のことであつた。

しかし、精神史のうへでは、われわれは確かにその瞬間をもつた。そしてそれは、橋川氏の言ふとほり「イエスの死にあたる意味」をもつ瞬間であつた。折口信夫は、「神　やぶれたまふ」と言つた。しかし、イエスの死によつてキリスト教の神が敗れたわけではないとすれば、われわれの神も、決して敗れはしなかつた。大東亜戦争敗北の瞬間において、われわれは本当の意味で、われわれの神を得たのである。

補注「年頭の詔書」「終戦の詔書」

*ルビは新かなを採用

補注1

「年頭の詔書」(「人間宣言」昭和二十一年一月一日)

茲《ここ》ニ新年《しんねん》ヲ迎《むか》フ。顧《かえり》ミレバ明治天皇《めいじてんのう》明治《めいじ》ノ初《はじめ》国是《こくぜ》トシテ五箇条《ごかじょう》ノ御誓文《ごせいもん》ヲ下《くだ》シ給《たま》ヘリ。曰《いわ》ク、

一、広《ひろ》ク会議《かいぎ》ヲ興《おこ》シ万機公論《ばんきこうろん》ニ決《けっ》スヘシ

一、上下《しょうか》心《こころ》ヲ一《いつ》ニシテ盛《さかん》ニ経綸《けいりん》ヲ行《おこな》フヘシ

一、官武一途《かんぶいっと》庶民《しょみん》ニ至《いた》ル迄《まで》各《おのおの》其《その》志《こころざし》ヲ遂《と》ケ人心《じんしん》ヲシテ倦《う》マサラシメンコトヲ要《よう》ス

一、旧来《きゅうらい》ノ陋習《ろうしゅう》ヲ破《やぶ》リ天地《あめつち》ノ公道《こうどう》ニ基《もとづ》クヘシ

一、智識《ちしき》ヲ世界《せかい》ニ求《もと》メ大《おおい》ニ皇基《こうき》ヲ振起《しんき》スヘシ

叡旨公明正大《えいしこうめいせいだい》、又何《またなに》ヲカ加《くわ》ヘン。朕《ちん》ハ茲《ここ》ニ誓《ちかい》ヲ新《あらた》ニシテ国運《こくうん》ヲ開《ひら》カント欲《ほっ》ス。須《すべか》ラク此《こ》ノ御趣旨《ごしゅし》ニ則《のっと》リ、旧来《きゅうらい》ノ陋習《ろうしゅう》ヲ去《さ》リ、民意《みんい》ヲ暢達《ちょうたつ》シ、官民挙《かんみんあ》ゲテ平和主義《へいわしゅぎ》ニ徹《てっ》シ、教養豊《きょうようゆた》カニ文化《ぶんか》ヲ築《きず》キ、以《もっ》テ民生《みんせい》ノ向上《こうじょう》ヲ図《はか》リ、新日本《しんにほん》ヲ建設《けんせつ》スベシ。

大小都市《だいしょうとし》ノ蒙《こうむ》リタル戦禍《せんか》、罹災者《りさいしゃ》ノ艱苦《かんく》、産業《さんぎょう》ノ停頓《ていとん》、食糧《しょくりょう》ノ不足《ふそく》、失業者増加《しつぎょうしゃぞうか》ノ趨勢等《すうせいとう》ハ真《まこと》ニ

心《こころ》ヲ痛《いた》マシムルモノアリ。然《しか》リト雖《いえど》モ、我国民《わがこくみん》ガ現在《げんざい》ノ試煉《しれん》ニ直面《ちょくめん》シ、且《かつ》徹頭徹尾《てっとうてつび》文明《ぶんめい》ヲ平和《へいわ》ニ求《もと》ムルノ決意《けつい》固《かた》ク、克《よ》ク其《そ》ノ結束《けっそく》ヲ全《まっと》ウセバ、独《ひと》リ我国《わがくに》ノミナラズ全人類《ぜんじんるい》ノ為《ため》ニ、輝《かがや》カシキ前途《ぜんと》ノ展開《てんかい》セラルルコトヲ疑《うたが》ハズ。

夫《そ》レ家《いえ》ヲ愛《あい》スル心《こころ》ト国《くに》ヲ愛《あい》スル心《こころ》トハ我国《わがくに》ニ於《おい》テ特《とく》ニ熱烈《ねつれつ》ナルヲ見《み》ル、今《いま》ヤ実《じつ》ニ此《こ》ノ心《こころ》ヲ拡充《かくじゅう》シ、人《じん》類愛《るいあい》ノ完成《かんせい》ニ向《むか》ヒ、献身的努力《けんしんてきどりょく》ヲ効《いた》スベキノ秋《とき》ナリ。惟《おも》フニ長《なが》キニ亘《わた》レル戦争《せんそう》ノ敗北《はいぼく》ニ終《おわ》リタル結果《けっか》、我国民《わがこくみん》ハ動《やや》モスレバ焦躁《しょうそう》ニ流《なが》レ、失意《しつい》ノ淵《ふち》ニ沈淪《ちんりん》セントスルノ傾《かたむ》キアリ。詭激《きげき》ノ風《ふう》漸《ようや》ク長《ちょう》ジテ道義《どうぎ》ノ念《ねん》頗《すこぶ》ル衰《おとろ》ヘ、為《ため》ニ思想混乱《しそうこんらん》ノ兆《きざし》アルハ洵《まこと》ニ深憂《しんゆう》ニ堪《た》ヘズ。

然《しか》レドモ朕《ちん》ハ爾等国民《なんじらこくみん》ト共《とも》ニ在《あ》リ、常《つね》ニ利害《りがい》ヲ同《おな》ジウシ休戚《きゅうせき》ヲ分《わか》タント欲《ほっ》ス。朕《ちん》ト爾等国民《なんじらこくみん》トノ間《あいだ》ノ紐帯《ちゅうたい》ハ、終始相互《しゅうしそうご》ノ信頼《しんらい》ト敬愛《けいあい》トニ依《よ》リテ結《むす》バレ、単《たん》ナル神話《しんわ》ト伝説《でんせつ》トニ依《よ》リテ生《しょう》ゼルモノニ非《あら》ズ。天皇《てんのう》ヲ以《もっ》テ現御神《あきつみかみ》トシ、且《かつ》日本国民《にほんこくみん》ヲ以《もっ》テ他《た》ノ民族《みんぞく》ニ優越《ゆうえつ》セル民族《みんぞく》ニシテ、延《ひい》テ世界《せかい》ヲ支配《しはい》スベキ運《うん》命《めい》ヲ有《ゆう》ストノ架空《かくう》ナル観念《かんねん》ニ基《もとづ》クモノニモ非《あら》ズ。

朕《ちん》ノ政府《せいふ》ハ国民《こくみん》ノ試煉《しれん》ト苦難《くなん》トヲ緩和《かんわ》センガ為《ため》、アラユル施策《しさく》ト経営《けいえい》トニ万全《ばんぜん》ノ方途《ほうと》ヲ講《こう》ズベシ。同《どう》時《じ》ニ朕《ちん》ハ我国民《わがこくみん》ガ時艱《じかん》ニ蹶起《けっき》シ、当面《とうめん》ノ困苦克服《こんくこくふく》ノ為《ため》ニ、又産業及文運振興《またさんぎょうおよびぶんうんしんこう》ノ為《ため》ニ勇往《ゆうおう》センコトヲ希念《きねん》ス。我国民《わがこくみん》ガ其《そ》ノ公民生活《こうみんせいかつ》ニ於《おい》テ団結《だんけつ》シ、相倚《あいよ》リ相扶《あいたす》ケ、寛容相許《かんようあいゆる》スノ気風《きふう》ヲ作興《さくこう》スルニ於《おい》テハ、能《よ》ク我《わが》至高《しこう》ノ伝統《でんとう》ニ恥《は》ヂザル真価《しんか》ヲ発揮《はっき》スルニ至《いた》ラン。斯《かく》ノ如《ごと》キハ実《じつ》ニ我国民《わがこくみん》ガ人類《じんるい》ノ福祉《ふくし》ト向上《こうじょう》トノ為《ため》、絶大《ぜつだい》ナル貢献《こうけん》ヲ為《な》ス所以《ゆえん》ナルヲ疑《うたが》ハザルナリ。

一年《いちねん》ノ計《けい》ハ年頭《ねんとう》ニ在《あ》リ、朕《ちん》ハ朕《ちん》ノ信頼《しんらい》スル国民《こくみん》ガ朕《ちん》ト其《そ》ノ心《こころ》ヲ一《いつ》ニシテ、自《みずか》ラ奮《ふる》ヒ自《みずか》ラ励《はげ》マシ、以《もっ》テ此《こ》ノ大業《たいぎょう》ヲ成就《じょうじゅ》センコトヲ庶幾《こいねが》フ。

御名御璽

補注2

「終戦の詔書」

朕《ちん》深《ふか》ク世界《せかい》ノ大勢《たいせい》ト帝国《ていこく》ノ現状《げんじょう》トニ鑑《かんが》ミ非常《ひじょう》ノ措置《そち》ヲ以《もっ》テ時局《じきょく》ヲ収拾《しゅうしゅう》セムト欲《ほっ》シ茲《ここ》ニ忠良《ちゅうりょう》ナル爾《なんじ》
臣民《しんみん》ニ告《つ》ク

朕《ちん》ハ帝国政府《ていこくせいふ》ヲシテ米英支蘇《べいえいしそ》四国《よんこく》ニ対《たい》シ其《そ》ノ共同宣言《きょうどうせんげん》ヲ受諾《じゅだく》スル旨《むね》通告《つうこく》セシメタリ

抑〻《そもそも》帝国臣民《ていこくしんみん》ノ康寧《こうねい》ヲ図《はか》リ万邦共栄《ばんぽうきょうえい》ノ楽《たのしみ》ヲ偕《とも》ニスルハ皇祖皇宗《こうそこうそう》ノ遺範《いはん》ニシテ朕《ちん》ノ拳々《けんけん》措《お》カサル所《ところ》曩《さき》ニ米英《べいえい》二国《にこく》ニ宣戦《せんせん》セル所以《ゆえん》モ亦《また》実《じつ》ニ帝国《ていこく》ノ自存《じそん》ト東亜《とうあ》ノ安定《あんてい》トヲ庶幾《しょき》スルニ出《い》テ他国《たこく》ノ主権《しゅけん》ヲ排《はい》シ領《りょ》土《うど》ヲ侵《おか》スカ如《ごと》キハ固《もと》ヨリ朕《ちん》カ志《こころざし》ニアラス然《しか》ルニ交戦《こうせん》已《すで》ニ四歳《よんさい》ヲ閲《けみ》シ朕《ちん》カ陸海将兵《りくかいしょうへい》ノ勇戦《ゆうせん》朕《ちん》カ百僚《ひゃくりょう》有司《ゆうし》ノ励精《れいせい》朕《ちん》カ一億衆庶《いちおくしゅうしょ》ノ奉公《ほうこう》各〻《おのおの》最善《さいぜん》ヲ尽《つく》セルニ拘《かかわ》ラス戦局《せんきょく》必《かなら》スシモ好転《こうてん》セス世界《せかい》ノ大勢《たいせい》亦《また》我《われ》ニ利《り》アラス加之《しかのみならず》敵《てき》ハ新《あらた》ニ残虐《ざんぎゃく》ナル爆弾《ばくだん》ヲ使用《しよう》シテ頻《しきり》ニ無辜《むこ》ヲ殺傷《さっしょう》シ惨害《さんがい》ノ及《およ》フ所《ところ》真《まこと》ニ測《はか》ルヘカラサルニ至《いた》ル而《しか》モ尚《なお》交戦《こうせん》ヲ継続《けいぞく》セムカ終《つい》ニ我《わ》カ民族《みんぞく》ノ滅亡《めつぼう》ヲ招来《しょうらい》スルノミナラス延《ひい》テ人類《じんるい》ノ文明《ぶんめい》ヲモ破却《はきゃく》スヘシ斯《かく》ノ如《ごと》クムハ朕《ちん》何《なに》ヲ以《もっ》テカ億兆《おくちょう》ノ赤子《せきし》ヲ保《ほ》シ皇祖皇宗《こうそこうそう》ノ神霊《しんれい》ニ謝《しゃ》セムヤ是《こ》レ朕《ちん》カ帝国政府《ていこくせいふ》ヲシテ共同宣言《きょうどうせんげん》ニ応《おう》セシムルニ至《いた》レル所以《ゆえん》ナリ

朕《ちん》ハ帝国《ていこく》ト共《とも》ニ終始《しゅうし》東亜《とうあ》ノ解放《かいほう》ニ協力《きょうりょく》セル諸盟邦《しょめいほう》ニ対《たい》シ遺憾《いかん》ノ意《い》ヲ表《ひょう》セサルヲ得《え》ス帝国臣民《ていこくしんみん》ニシテ戦陣《せんじん》ニ死《し》シ職域《しょくいき》ニ殉《じゅん》シ非命《ひめい》ニ斃《たお》レタル者《もの》及《および》其《そ》ノ遺族《いぞく》ニ想《おもい》ヲ致《いた》セハ五内《ごだい》為《ため》ニ裂《さ》ク且《かつ》戦傷《せんしょう》ヲ負《お》ヒ災禍《さいか》ヲ蒙《こうむ》リ家業《かぎょう》ヲ失《うしな》ヒタル者《もの》ノ厚生《こうせい》ニ至《いた》リテハ朕《ちん》ノ深《ふか》ク軫念《しんねん》スル所《ところ》ナリ惟《おも》フニ今後《こんご》帝国《ていこく》ノ受《う》クヘキ苦難《くなん》ハ固《もと》

ヨリ尋常《じんじよう》ニアラス爾臣民《なんじしんみん》ノ衷情《ちゆうじよう》モ朕善《ちんよ》ク之《これ》ヲ知《し》ル然《しか》レトモ朕《ちん》ハ時運《じうん》ノ趨《おもむ》ク所《ところ》堪《た》ヘ難《がた》キヲ堪《た》ヘ忍《しの》ヒ難《がた》キヲ忍《しの》ヒ以《もつ》テ万世《ばんせい》ノ為《ため》ニ太平《たいへい》ヲ開《ひら》カムト欲《ほつ》ス

朕《ちん》ハ茲《ここ》ニ国体《こくたい》ヲ護持《ごじ》シ得《え》テ忠良《ちゆうりよう》ナル爾臣民《なんじしんみん》ノ赤誠《せきせい》ニ信倚《しんい》シ常《つね》ニ爾臣民《なんじしんみん》ト共《とも》ニ在《あ》リ若《も》シ夫《そ》レ情《じよう》ノ激《げき》スル所濫《ところみだり》ニ事端《じたん》ヲ滋《しげ》クシ或《あるい》ハ同胞排擠《どうほうはいせい》互《たがい》ニ時局《じきよく》ヲ乱《みだ》リ為《ため》ニ大道《たいどう》ヲ誤《あやま》リ信義《しんぎ》ヲ世界《せかい》ニ失《うしな》フカ如《ごと》キハ朕最《ちんもつと》モ之《これ》ヲ戒《いまし》ム宜《よろ》シク挙国一家《きよこくいつか》子孫相伝《しそんあいつた》ヘ確《かた》ク神州《しんしゆう》ノ不滅《ふめつ》ヲ信《しん》シ任重《にんおも》クシテ道遠《みちとお》キヲ念《おも》ヒ総力《そうりよく》ヲ将来《しようらい》ノ建設《けんせつ》ニ傾《かたむ》ケ道義《どうぎ》ヲ篤《あつ》クシ志操《しそう》ヲ鞏《かた》クシ誓《ちかつ》テ国体《こくたい》ノ精華《せいか》ヲ発揚《はつよう》シ世界《せかい》ノ進運《しんうん》ニ後《おく》レサラムコトヲ期《き》スヘシ爾臣民《なんじしんみん》其《そ》レ克《よ》ク朕《ちん》カ意《い》ヲ体《たい》セヨ

御名御璽

注

注1　拙著『バベルの謎――ヤハウィストの冒険』（中公文庫）をご参照いただきたい。

注2　『折口信夫伝』のなかで岡野弘彦氏は、折口氏ははっきりと、特攻隊は「むごい計画を軍の高級参謀や司令官が考え出して若者達に強いた」と考へてゐた、と証言してゐる。昭和二十二年の講演「民族教より人類教へ」のなかで、そのやうなことが語られてゐたとして、氏は次のやうに述べてゐる。

「この講演は神社本庁創立一周年記念における、約五十分間の講演の内容をごく短く（四百字詰原稿用紙で八枚ほどに）要旨としてまとめたもので、神道における罪障観の希薄さについて述べた部分も、要点だけを書きとめていて話の緻密さが欠けている。私の記憶ではここで、特攻隊の死をもいとわぬいさぎよさの心根に触れて、ああいうむごい計画を軍の高級参謀や司令官が考え出して若者達に強いたのも、当の若者や世の日本人も心痛みながらそれを認め、受け入れて、みずからの命を死地にほろぼしていったのも、日本人が緻密な教義体系のある宗教を生み出さず、罪障観を持たなかった、あるいは罪障観が脆弱であったことによるのだということを述べたはずである。同年齢や二、三年先輩の者を特攻隊で死なせた私が、はっとして心に刻んでいるのだから間違いはない。」

岡野氏の記憶が正しければ、折口氏の理解する特攻隊とは、若者の潔く勇ましい心につけ込んで司令官たちが考へ出した卑劣な作戦にすぎなかつたといふことにならう。

注3　桶谷氏は、いち早く始まつた、占領者たちへの新聞ジャァナリズムの媚態と嬌声のさまを紹介したあとで、「だが、その新聞ジャァナリズムでさへ、あの謎の瞬間に立ちどまつたことがあつたのである。それは立ちどまつたといふよりは、われにもあらず、たたらを踏んだといつた方がいいのであるが」と言つて、次の一節を引いてゐる。

「……いま日本に進行しつゝあるものは、恐らく空前の大変革なのである。強風によつて急旋回したカードの表に裏が代つたほどの急変化である。この大激変を日本人自身すら明確にはまだ覚つてゐないかも知れない。一般的には暗中に模索してゐるといへるかも知れぬ。しかし、具眼の士はすでに明確に意識してゐる。いな大衆も模索の境にあるとはいへ、無意識の裡に漸次厳粛なる結論に到達しつゝあると思ふ。

然らば、いつたい、かうした突変がどこから来たのか。それは東洋の秘密であり、日本の神秘に属する。端的にいはう。八月十五日正午の天籟からである。天籟なるが故に真実を指さされ給うた。事実を自ら偽るものはもはや許されない。無用の虚勢も、自己本位の欺瞞ももはや存在し得なくなつた。それは民心深く滲透したものの力である。」(「朝日新聞社説」昭和二十年九月五日)

これを見るかぎり、記者は単に、天皇陛下のお言葉だから「天籟」だと言つてゐるやうにも見受けられる。

注4　たとへば、戦後世代によるすぐれた大東亜戦争論の一つとして、富岡幸一郎氏の『新大東亜戦争肯定論』(飛鳥新社)がある。氏はそこで、林房雄の『大東亜戦争肯定論』の問題意識を引きつぎつつ、もう一度、日本人にとつての大東亜戦争がいかなるものであるかを真率に問ひなほさうとしてゐる。そして、特攻隊の青年たちは、単に「悪しき国家と愚劣な軍隊」によつて洗脳されて「他殺死を自ら求め」たりしたのではなく、「人として最も美しく崇高な努力の中に死にたいと思う。……名もなき民として自分の義務と責任に生き、そして死するのである」といふ覚悟のもとに死んでいつたのだと語つてゐる。しかしその富岡氏も、本土決戦については、「軍指導者たちの『愚劣と腐敗』」の産物であり、「悪夢」のシナリオであると断言するのである。

注5　実際、この『殉教の美学』は、あまりにも生々しく三島由紀夫の死を語つたものであつたために、磯田氏自身の希望により、三島由紀夫の自刃後一年間、敢へて絶版にされたのであつた。一年後

に再刊された第二増補版のあとがきに、磯田氏はそのことについて「当時、あまりに卑俗なブームから一線を画すべく、この本を一年のあいだ絶版にしたことについては、格別の弁明をしようという気はもっていない」と述べてゐる。この一事からも、磯田氏が文芸批評家としての確固たる矜恃をもつた人物であつたことがうかがへよう。

またこの同じあとがきの中で、氏は、「このような純粋に〝精神主義〟の問題として、三島氏の作品を読んでいた私に、三島文学の歴史性を意識させたのは、どれほど奇妙に聞こえようと、吉本隆明氏の『高村光太郎』を読んだことに由来している」と述べ、そこで氏が気付かされたのは「精神・肉体という二元的存在である人間は、戦争という局面においても、死を意味づける理念を求めずにはいられないということ」だつたと明かしてゐる。つまり磯田氏は、「神の死の怖ろしい残酷な実感」のことを、(少なくとも理論としては)十分によく知つてゐたのである。

注6　文藝別冊『吉本隆明』に載せられたこの座談会は、加藤典洋、高橋源一郎、瀬尾育生の三人を相手になされたものである。吉本氏のこの発言は、吉本氏は「戦争中の自分は皇国青年だった」と自ら宣言してゐるけれども本当にさうだつたのか、といふ加藤氏の問ひに、「僕はコンプレックスなしの軍国主義者でしたよ」と言つて答へてゐる発言である。問ひかけた側にとつて、「皇国青年」といふ言葉は単なるレッテルを意味するのみで、そこにはいかなる〝精神〟が存在してゐたのか、などといふ問題意識がなかつたことは明らかである。

吉本氏の「生き神さま」についての話は、この発言とこの「(笑)」のあとに語られてをり、吉本氏は、この三人の戦後生まれの人間たちのために、ふだんは語らない「皇国青年」の内面を敢へて語つたのだとも考へられる。

注7　吉本氏のこの『マチウ書試論』の最後には、有名な「関係の絶対性」といふ言葉が出てくる。この本のなかでのこの言葉の意味は明らかであつて、少し前のところに氏自身の語る「だが、この自由な選択にかけられた人間の意志も、人間と人間との関係が強いる絶対性のまえでは、相対的なものにすぎない」といふ文章を読めば、これが〈同志を裏切るわけにはいかない〉といふほどのことを言つてゐるにすぎないのは明白である。「マチウ書」の作者が異様なまでの憎悪をもつて律法学者やパリサイ派を攻撃するのも、さうした「人間と人間との関係」にしばられてゐるからこそだ、といふ話でこの本は終つてゐるのである。

ただし、ただそれだけのことであつたらば、この「関係の絶対性」といふコケオドカシの言葉が、当時の若者たちのあひだであれほど評判になつたであらうか？

もちろん、若者たちといふものはコケオドカシの言葉が好きなものであつて、当時の若者もそれに引つかかつただけのことだとも言へる。また、富岡幸一郎氏が近著『最後の思想』（アーツアンドクラフツ）で指摘してゐるとほり、吉本氏のこの『マチウ書試論』は「信仰」の問題を必死になつて「思想」の問題へと引きずり込み、ねぢ伏せようとしてゐる著作であつて、その気負ひが、かうした大袈裟な言葉づかひを生み出してゐるのだと解説することもできよう。

しかし、この言葉のうちにはかすかに、彼自身の求めてゐた「信仰」の残映がある。自らがかつて「神と己れとの直結性の意識」を持ち、その関係こそが他のすべてを圧して重要だと考へてゐたこと——いまは砕け去つてしまつたその「関係の絶対性」の夢がこの言葉のうちにうつすらと透けて見えるのが、敏感な若者たちを魅了したのではないか、といふ気もする。

呉智英氏は近著『吉本隆明という「共同幻想」』（筑摩書房）のなかで、この「関係の絶対性」なるコケオドカシの言葉を批判したあとで、こんな評を述べてゐる。

「本当にたちの悪い悪女は、自在にソラ涙を流せる悪女ではない。自然に涙が流れる天然の悪女である。こちらの悪女は、引っかかっていたと分かった後までも、あの涙だけは本物だったと思わせる。事実、本物の涙だったのだし。

吉本隆明はどうやらこちらの方である。」

まさに呉氏の言ふとほり、そこには「本物の涙」が流れてゐたのである。

注8　三島由紀夫著『行動学入門』（文春文庫）中の「革命哲学としての陽明学」を参照されたし。

注9　ここでの英霊の呪詛の言葉には明らかな誤りがある。たしかに、昭和二十年十二月の神道指令によつて、占領軍は靖国神社を宗教法人とし、自らの監視下に置き、いつでも解散を命じうる生殺与

奪の権を握つた。英霊の「祭らるべき社」は風前の灯火といふ危ふさの内にあつた。しかし、そんな中で、昭和二十年十一月には天皇のご親拝があり、また昭和二十一年四月の戦後第一回合祀祭にのぞんでは、二万六千八百八十七柱の合祀者の名を霊璽簿へ浄書する人手が足りず、高松宮、三笠宮両殿下をはじめとする皇族方が手づから浄書なさつた。「神のために死したる霊は名を剝奪され」どころではない。その名を「祭らるべき社」へと書きしるして下さつたのは皇族方であり、それはもちろん天皇の御意志によることでもあつたはずである。

注10　これについては、後出の大原康男著『現御神考試論』（暁書房）が詳しく紹介してゐる。また、大原氏はそこで、文武天皇以降明治天皇に至るまで、ご即位の際に発せられてきた宣命が、「現御神止大八島国所知天皇……」と始まつてゐる、といふことも指摘してゐる。これは、次に述べるとほり、日本の政治道徳の柱としてこの観念が重要なものであつたことをもの語つてゐると言へよう。

注11　詔書とは、文字どほり天皇の「詔《みことのり》」として発せられるものであるが、これはふつう、天皇ご自身が起草されるわけではない。まづ内閣書記官長が起草し、閣議をへて陛下に捧呈し、ご裁可を仰ぐ、といふ手続をして成文となるのである。ただし、それが単なる役人の作文といつたものでなかつたことは、それにたづさはつた人間の証言からもうかがふことができる。

たとへば、内閣書記官長として何度か詔書の起草にたづさはつた吉田茂氏（首相とは別人）は、そのときの体験を回想して「詔書の起草の時ほど〝皇位〟の神聖を痛感することはない」と述べてゐる。自分といふものが消え去り、「陛下の御心境、御立場を拝察」するといふことだけに集中するので「平素には思いも及ばぬような高い心境に到達する」といふ。また、それは閣議での審議においても同様であり、ふだんの閣議におけるやうな策略的かけ引きの空気が一切消え去つて「あの大臣が、この大臣が、こんなに崇高な精神に思い及ぶのであろうかと驚嘆するような発言をする」といふ。

もちろんここには、回想なるが故の美化といふことは当然あるに違ひない。しかし、少なくとも、これが本来あるべき詔書起草の理想形を示したものであることは間違ひなく、かうした理想形のもとに、詔書の「詔《みことのり》」としての正統性が保たれてきたのだと理解することができよう。吉田氏はまた、詔書草案のご裁可を仰いだのちに変更のあつたためしはなかつた、とも証言してゐる。これも、単に、明治天皇以来、歴代の天皇陛下が〈拒否《ベトー》せず〉の伝統を守つてこられたからといふだけではなく、かうした〈詔書起草の理想形〉が機能してゐたことのあかしと見てよいであらう。

そして、これと比較するとき、昭和二十一年元旦の詔書が、いかにこの理想形とほど遠いかたちで起草されたかがよく分るのである。

注12　このお言葉のなかの明治憲法についての言及は、おそらくこの時、昭和天皇は当時進行中の憲法改正を正しい方向に導かうといふ意図もお持ちであつたといふことを示してゐる。昭和二十年十月、マッカーサーは首相幣原に、帝国憲法改正の必要があることを「示唆」し、首相はただちに憲法問題

調査委員会を政府内に設置するのであるが、その根拠とされたのが、ポツダム宣言の第十項であつた。その中に、日本政府は「民主主義的傾向ノ復活強化ニ対スル一切ノ障礙ヲ除去スヘシ」とあり、「言論、宗教及思想ノ自由並ニ基本的人権ノ尊重ハ確立セラルヘシ」とあつたのを、あたかも帝国憲法改正の約束をしたかのごとくにとらへる論調が目立つた。しかし、それらはすでに帝国憲法において「確立」されてをり、しかもそれは「我建国の体に基き」といふ原則をもふまへた上で、まさに「五箇條の御誓文」の精神にもとづいて作成された憲法だつたのである。この詔書は明らかに、そのことをも又、国民に思ひ出させようとするものなのであつた。

注13　たしかに作者自身の言ふとほり、この短篇小説の与へる印象は「一篇の至福の物語」そのものである。そして奇妙なことに、その印象は、三島由紀夫の描いた例外的に素直な〈至福の小説〉である『潮騒』ときはめて似通つてゐる。敢へて言へば、『潮騒』は生の至福の物語、『憂国』は死の至福の物語として一対をなしてゐると評することもできよう。

注14　彼の最晩年の作『行動学入門』は、言ふならば、神抜きでいかにして「神風」を吹かせるか、といふテーマに挑んだ（文字通りの）渾身の作と言へる。

注15　この〈神の差し押へ財産〉としての国土、といふことについては、拙著『バベルの謎』をご参

照いただきたい。

注16 具体的には、この神の命令を「値切る」ことは、アブラハムがイサクの身がはりに自分の命を差し出す、といふこととして考へられる。後出のキルケゴールの『おそれとおののき』は、さうした値切り交渉はこの場合まつたく通用しない、といふことを指摘してゐる。

注17 言ふまでもなく、「宗教」であると自称して、単なる狂気の沙汰を行ふ、といふ例はあとをたたない。近年では、そのもつとも際立つた一例が、あのオウム真理教の引きおこした地下鉄サリン事件と一連の殺人事件であらう。世の多くの人々は、その「邪教」ぶりがあまりにも明白だつたため、あれは単なる狂気の沙汰であると片付けて、それ以上悩むことはなかつた。

しかし、問題それ自体を考へてみるならば、オウム真理教事件は或る厄介な問題をわれわれにつきつけてゐたのであつて、それは、いつたい宗教に「本物」と「ニセモノ」の差が歴然とあるのだらうか、といふ問題である。次章に見るとほり、既存の宗教のうちにも「怖れおののかせるもの」が必ずひそんでゐる。そしてそれが単なる邪教とどう違ふのか、見分けるのはとても難しいのである。

おそらくそれを本当に見分けるために必要とされるのは〈神学〉の観点であらう。宗教的なものを、宗教的なものの内側から、しかもでたらめではなしに解釈し、理解へともたらす――さういふ〈神学〉の吟味に耐へうるものだけが、本当に「宗教」の名をもつて残されるのだらうと思ふ。

注18　このカインの物語の解釈についても、拙著『バベルの謎』をご参照いただきたい。

注19　たとへばエフタの娘は、二ヶ月の間、友人たちと共に山々をめぐつて、自分が処女として生を終へることを嘆かせてくれと父に願ひ出、二ヶ月ののち父のもとに帰つてくる。そして、父に「あなたは主に誓はれたのですから」と言つて、その誓願通り燔祭《ホロコースト》にささげられた。イサクのデクノボーぶりとは大きな違ひである。

注20　「創世記」第六章では、神の息子たちが人間を妻にめとつてその子供たちが生まれたのを見て、神がそれをとがめ、人間の寿命は百二十年を限度とするやうにと定める。それでも、すでに生まれた神と人との合ひの子たちはネフィリームといふ、或る種の超人、英雄であつたといふ。

注21　たとへば、『日本書紀』巻十一は、仁徳天皇の事績を次のやうに描いてゐる。
「三月《やよひ》の己丑《つちのとのうし》の朔《ついたち》己酉《つちのとのとりのひ》に、詔《おほみことのり》して曰《のたま》はく、「今より以後《のち》、三年《みとせ》に至《いた》るまでに、悉《ことごとく》に課役《えつき》を除《や》めて、百姓《おほみたから》の苦《たしなみ》を息《いこ》へよ」とのたまふ。是《こ》の日《ひ》より始《はじ》めて、黼衣絓履《おほみそおほみくつ》、弊《や》れ尽《つ》きずは更《さら》に為《つく》らず。温飯《おほみもの》煖羹《おほみあつもの》、酸《すゆ》り餧《くさ》らずは易《か》へず。心《みこころ》を削《と》くし志《みこころざし》を約《せ》めて、従事乎無為《しづかにおはしま》す。是《ここ》を以《も》て、

宮垣《みかき》崩《やぶ》るれども造《つく》らず、茅茨《かやしり》壊《くづ》るれども葺《ふ》かず。風雨《かぜあめ》隙《すき》に入《い》りて、衣被《おほみそおほみふすま》を沾《うるほ》す。星辰《ほしのひかり》壊《やれま》より漏《も》りて、床蓐《みゆかみましき》を露《あらは》にす。是《こ》の後《のち》、風雨後《とき》に順《したが》ひて、五穀《いつつのたなつもの》豊穣《ゆたか》なり。三稔《みとせ》の間《ころ》、百姓《おほみたから》富寛《ゆたか》なり。頌徳《ほむるこゑ》既《すで》に満《み》ちて、炊烟《いひかしくけぶり》亦《また》繁《しげ》し。」

これは、皇后の「宮垣壊《くづ》れて脩《をさ》むること得ず。殿屋《おほとの》破れて、衣被《おほみそおほみふすま》露る《つゆにしほ》」といふ言葉や、諸国の「宮殿《おほとの》朽ち壊れて、府庫《みくら》已《すで》に空《むな》し」といつた言葉によつて繰り返される。

ここでは明らかに、仁徳天皇の善政が〈自己犠牲〉としての善政であることが強調されてゐる。

注22　昭和二十年六月に始まつたロンドン会議では、「連合国の『正義』と枢軸国の『邪悪』を明らかにし、よって世界の諸国民に第二次大戦を連合国の正戦として提示する」ことを国際軍事裁判の基本目的としてゐた。したがつて「裁判で連合国側の所業が問題とされてはならない」といふことが要請されてゐた。（大沼保昭著『戦争責任論序説』による）

注23　その「よほどひねくれた読み方」をしたのが、憲法学者宮澤俊義氏である。彼はこの「日本国国民ノ自由ニ表明セル意思ニ従ヒ」の一文が「国民主権主義」を意味するものであり、これを含むポツダム宣言を受諾した時点で、日本は君主主権から国民主権へと転換したのだとする、有名な「八月革命説」をとなへてゐる。しかし彼自身、敗戦直後には、ポツダム宣言受諾後も憲法改正の必要なし

としてゐたのであつて、この八月革命説が彼の本心であるとは思へない。詳しくは、中西輝政編『憲法改正』（中央公論新社）中の拙稿「宮澤俊義『八月革命説』の逆説」をご参照いただきたい。

注24 「ポツダム宣言」は第十三項に「吾等ハ日本国政府カ直ニ全日本国軍隊ノ無条件降伏ヲ宣言シ且……コトヲ同政府ニ対シ要求ス」と述べてゐるが、これは「全日本国軍隊」の無条件降伏であつて、日本国そのものの無条件降伏ではない。第五項に「吾等ノ条件ハ左ノ如シ吾等ハ右条件ヨリ離脱スルコトナカルヘシ」とあるのを見ても、それは明らかである。第二次大戦において、ドイツが完全に政府機能をも失つて降伏した、文字通りの「無条件降伏」とは全く異なつてゐる。

ところが、戦後の日本では、国際法学者の横田喜三郎が「第二次世界大戦では、ドイツや日本の無条件降伏で軍事行動が中止された」などといふ粗雑な記述をし、「無条件降伏は、戦勝国が命令し、戦敗国が服従する関係に立つもので、対等な合意ではなく、条約の性質をもたない」と述べてゐる。

これをめぐつて、昭和五十三年、江藤淳と本多秋五の間で、いはゆる「無条件降伏論争」が行はれ、磯田氏は、江藤氏の主張する「有条件降伏」の見解が法理的には正しい、と軍配をあげつつも、敗戦時の日本国民の心理として、自分たちが無条件降伏をした、といふ感覚が根強くあることを指摘してゐる。磯田氏自身は、当時アイゼンハウアーらの考へてゐた「条件付無条件降伏」が一番実態に近い、といふ見解をもつてゐたやうである。

注25　結局のところ、昭和二十一年二月、米占領軍はＧＨＱ民政局職員二十五名によつて起草された「日本国憲法」草案を日本政府に示し、それを日本国政府案として発表するやうに要請した。それに忠実にしたがつた結果成立したのが現行日本国憲法である。ここで立憲君主制が捨て去られ、国民主権主義が採用されてゐることは衆知のとほりである。

注26　半藤一利編『日本のいちばん長い夏』（文春新書）所収の昭和三十八年六月に行われた大座談会における迫水久常氏の発言による。

注27　これに関しては茶園義男著『密室の終戦詔勅』（雄松堂出版）が詳しく教へてくれてゐる。

あとがき

当初これは「『昭和精神史』考」として書かれるはずのものであつた。一読して、この『昭和精神史』といふ本の魅力にとりつかれてしまつた私は、その魅力の源泉が、なにか或る不可能な試みを目指してゐるところにあると直感し、その「不可能な試み」のかたちを明らかにしようと、「『昭和精神史』考」を雑誌『正論』に連載しはじめたのである。平成十七年暮のことである。

ところが、この連載はたちまち挫折してしまつた。当初の目論見がはづれたといふのではない。むしろ、その明らかにすべきものの途方もない大きさが見えてくるにつれて、その全体を掘り起こすための準備が、いまの自分にはたうていととのつてゐない、といふことが分つてしまつたのである。「連載」はただの二回で終つてしまひ、『正論』の編集者にも、『昭和精神史』の愛読者にも、そして何よりも『昭和精神史』の作者、桶谷秀昭先生に、たいへん申し訳ないことになつてしまつた。いまあらためて、この場を借りておわびを申し上げたい。

この「『昭和精神史』考」を書きはじめる五年前、同じく雑誌『正論』に、本書の第一章にあたる折口信夫論を、「神やぶれたまはず」といふ題で発表したことがあつた。考へをすすめるにつれて、そこでのテーマが大きくかかはつてゐることが明らかになつてきた。また、さらにさかのぼれば、昭和五十八年、雑誌『中央公論』に「戦後世代にとつての大東亜戦争」を発表したとき、かすかに私の心をかすめてゐた謎——自分の生まれる直前に、わが国の精神史にいつたい何がおこつたのか、といふ謎——にも、それはかかはつてゐる。「闇の中から生まれ出てきた」といふ漠然とした感覚の底に、いつたいいかなる精神史上の出来事があつたのか、それをこれから自分は見つけ出すのだ——そんな意識が、終始私をみちびいてゐたとも言へる。

しかしそれが最終的に答へを得たのは、デリダの『死を与える』に出会つたときであつた。いはば必要不可欠の補助線がここで得られた、といふ趣きであつた。

「『昭和精神史』考」を書き始めてから八年。「神やぶれたまはず」を最初に書いたときからは十三年が経つてゐる。その間に反故《ほご》にした原稿用紙の枚数をふり返つてみると、いやはやたいへんな地球資源の浪費をしたと言ふほかはない。しかし、ここにやうやく完成した姿を見ることになつた。それについては、大切な入口を示し、終始みちびきの糸となつてくれた『昭和精神史』と作者の桶谷先生にあらためて感謝するとともに、辛抱強く仕上りを見守り、最良のアドヴァイスを与へてくれた、編集部の藤平歩さんに、心からの感謝を申し上げたい。

本書が、日本の〝戦後〟を終らせることに少しでも役立てば、これ以上の望みはない。

平成二十五年五月二十八日

長谷川三千子

文庫版あとがき

この文庫版には、「解説」として、桶谷秀昭先生の長文の御文章をたまはつた。このことは、ただ通りいつぺんの「有難いこと」といふ言葉ではつくせない意味をもつてゐる。この御文章をいただくまで、私はこの本を一つの「完成品」だと考へてゐた。長い時間をかけて、筋と文章とを練り上げ、書くべきことを書ききつた作品だと思つてゐたし、また、その思ひは、文庫版のゲラを見直しながらも、少しもかはりがなかつた。ところが、この「解説」をいただいて合はせ読んだとき、これによつてはじめて自分の作品は「完成品」となつたのだ、といふ驚きに似た確信が心にうかび上つてきたのである。

日本の文学の伝統には、反歌といふものがある。ふつうは、長歌のあとに添へて、長歌の意を補足または要約するもの、などと説明されるのであるが、ただそれだけではない。柿本人麻呂の歌に見るやうに、反歌を得て、その全体が立体的な意味を帯びるやうになるといふことがある。長歌だけで完成品と思ひ込んでゐたものに、正しく反歌がつけられてみると、そこでやうやくその本来あるべき姿がさだまる——桶谷先生からいただいた「解説」は、まさにさうした、魂を吹きこむ「反歌」であつた。

ふり返つてみれば、この作品は最初から『昭和精神史』にさそはれ、『昭和精神史』にみちびかれて書かれていつたものである。そして、その全体が出来上つたところにいま一度、『昭和精神史』の著者である桶谷先生にこのやうな「反歌」をつけていただくことができた――これ以上の贅沢といふものはちよつと考へられないほどである。なんといふ幸せな作品であらうかと思ふ。

そしてまた、文庫化にあたつても、単行本出版の際にたいへんお世話になつた藤平歩さんに、ふたたびご尽力いただいた。この場を借りて深く御礼を申し上げたい。

平成二十八年四月二日

参考文献一覧

＊複数の章にわたって参考としたものは、初出の章に掲げた。

序

『法華経（中）』坂本幸男・岩本裕訳注　岩波文庫　昭和三十九年

第一章

『折口信夫全集』第二十巻　中央公論社　昭和四十二年
『折口信夫全集』第二十三巻　中央公論社　昭和四十二年
『折口信夫伝』岡野弘彦著　中央公論新社　平成十二年
『新潮』平成十一年三月号　新潮社
『靖國のこえに耳を澄ませて』打越和子著　明成社　平成十四年
『〈戦前〉の思考』柄谷行人著　文藝春秋　平成六年

第二章

『橋川文三著作集』5　筑摩書房　昭和六十年

『聖書 vs.世界史』岡崎勝世著　講談社現代新書　平成八年

第三章

『昭和精神史』桶谷秀昭著　文藝春秋　平成五年（文春文庫　平成八年）
『昭和精神史　戦後篇』桶谷秀昭著　文藝春秋　平成十二年（文春文庫　平成十五年）
『八月十五日の神話』佐藤卓己著　ちくま新書　平成十七年
『戦後の虚実』河上徹太郎著　文學界社　昭和二十二年
『荘子』福永光司著　朝日文庫（中国古典選12）昭和五十三年

第四章

『ヴィヨンの妻』太宰治著　新潮文庫　昭和二十五年
『敗戦後論』加藤典洋著　講談社　平成九年
『決定版三島由紀夫全集』36　新潮社　平成十五年
『太宰治全集』7　筑摩書房　平成十年
『近代作家追悼文集成42　三島由紀夫』ゆまに書房　平成十一年

第五章

『評論集　増補版　土着と情況』桶谷秀昭著　国文社　昭和四十四年
『定本伊東靜雄全集』人文書院　昭和四十六年
『大東塾十四烈士自刃記録』大東塾出版部　昭和三十年

第六章

『戦後史の空間』磯田光一著　新潮選書　昭和五十八年
『柳田国男論・丸山真男論』吉本隆明著　ちくま学芸文庫　平成十三年
『吉本隆明論』磯田光一著　審美社　昭和四十六年
『殉教の美学』磯田光一著　冬樹社　昭和四十六年

第七章

『高村光太郎』吉本隆明著　講談社文芸文庫　平成三年
『文藝別冊　吉本隆明』河出書房新社　平成十六年
『高村光太郎全集　増補版』3　筑摩書房　平成六年
『マチウ書試論・転向論』吉本隆明著　講談社文芸文庫　平成二年
『決定版三島由紀夫全集』39　新潮社　平成十六年

第八章

『英霊の聲』三島由紀夫著　河出書房新社　昭和四十一年
『三島由紀夫全集』27　新潮社　昭和五十年
『決定版三島由紀夫全集』28　新潮社　平成十五年
『文化防衛論』三島由紀夫著　ちくま文庫　平成十八年
『私の昭和史』末松太平著　みすず書房　昭和三十八年
『花ざかりの森・憂国』三島由紀夫著　新潮文庫　昭和四十三年
『現御神考試論』大原康男著　暁書房　昭和五十三年
『陛下、お尋ね申し上げます』高橋紘著　文春文庫　昭和六十三年

第九章

『死を与える』ジャック・デリダ著　廣瀬浩司／林好雄訳　ちくま学芸文庫　平成十六年
『キルケゴール全集』5　桝田啓三郎訳　筑摩書房　昭和三十七年

第十章

『日本の思想』丸山真男著　岩波新書　昭和三十六年
『水戸学精髄』関山延編　誠文堂新光社　昭和十六年

『敗者の戦後』入江隆則著　中公叢書　平成元年
『日本殲滅』トーマス・アレン／ノーマン・ポーマー著　栗山洋児訳　光人社　平成七年
『戦争責任論序説』大沼保昭著　東京大学出版会　昭和五十年
『新憲法の誕生』古関彰一著　中公叢書　平成元年
『密室の終戦詔勅』茶園義男著　雄松堂出版　昭和六十四年
『聖帝《ひじりのみかど》　昭和天皇をあおぐ』日本を守る国民会議編　日本を守る国民会議　平成元年
『日本のいちばん長い夏』半藤一利編　文春新書　平成十九年
『終戦秘史』下村海南著　大日本雄弁会講談社　昭和二十五年
『天皇の終戦』読売新聞社編　読売新聞社　昭和六十三年
『宮中見聞録』木下道雄著　新小説社　昭和四十三年
『昭和天皇のおほみうた』鈴木正男著　展転社　平成七年
『おほみうた』坊城俊民著　桜楓社　昭和六十一年
『敗戦』川島高峰著　読売新聞社　平成十年

＊本文はすべて歴史的仮名遣ひを使用してゐるが、引用文については、原則として、参照した文献の表記にしたがつてゐる。ただし、太宰治と三島由紀夫の文章は、参照した文献の表記にかかはりなく、歴史的仮名遣ひをもつて表記した。

解　説

桶谷秀昭

一

蟬声がしきりにきこえる。あをく澄んだ空から、ひるさがりの激しい陽光が窓外の樹木に降りそそいでゐる。

八月十五日が近づいてゐる。六十八年まへも八月十五日の太陽は変らずに輝き、蟬声もおなじやうにきこえたが、あの時は永却の時空に吸ひこまれるやうであつた。いまは、蟬声はしきりになにものかへ私をうながすやうに感ぜられる。

なにものかは、まちがひなく、死である。死は生を生むが、生は死にゆきつくだけである。

長谷川三千子氏の『神やぶれたまはず』を、くりかへし読んで、数日を過した。

この、くりかへし読むといふ行為を支へたのは、『神やぶれたまはず』といふ著作に抱いた畏敬の念を、まづ言はなければならない。この本がとりあげてゐる批評対象は、章の順序で言ふと、折口信夫、橋川文三、桶谷秀昭、太宰治、伊東静雄、磯田光一、吉本隆明、三島由紀夫であり、『敗者の戦後』の著者入江隆則の名を章立ての他に逸することはできないが、どれも鋭敏な直観と深い洞察による行文に感銘する。これは通り一遍の賛辞と思はれては困るので、さらに言ふと、かういふ読後感を抱くことはめづらしいのである。

世代論といふものにこだはりたくないといふ気持を、日頃抱いてゐるが、長谷川三千子氏が昭和二十一年生まれであることを思ふと、昭和七年生まれの私とのほぼひとまはり近い世代の差が、この場合、うまくはたらいてゐるのではないかと思つたりもする。

たとへば、太宰治『トカトントン』の主人公の敗戦後の精神状態を、「精神病理学者がこれを聞けば、それは癲癇ではなくて、鬱病の一症状、あるいは統合失調症にともなふ離人症的な症状の一つと考へられる、などと診断するであらうが、いづれにしても、こんな風では、まことに生きてゆきにくいのは間違ひあるまい。」といふ行文に出会ふと、ああ、さうだつたかとわが身をふりかへつて微苦笑するのである。

私は昭和二十一年の三月に上京し、東京の私立中学の三年に編入学したが、中学二年の課程をまつたくすつぽかしてゐた。こんなでたらめが黙認されたのも、戦争のせゐである。戦争末期、連日の米軍機の空襲で苦労した東京の中学の先生方はまことにものわかりがよかつた。

昭和二十年の六月末、沖縄戦の敗北直後、本土決戦を予想して、中学を中退し、北陸の山村で食糧の自給のために農耕生活に入つて八月十五日の敗戦を迎へた。応召して不在だつた父親が復員したのは十一月、それまで、国ほろびて、人生いかに生きるかといふ難問を立てては崩す日々を送つてゐた。と言へば体裁はいいが、八月十五日の玉音放送を聴いたあの瞬間の後に、じわじわと襲つてくる虚脱感に耐へて農耕生活を送つてゐた。太宰治の小説の主人公の青年のやうな、「トカトントン」の音はきこえなかつたが、北陸の冬近い暗鬱な空の下で、あてもなく生きる日々はつらかつた。それは『トカトントン』の主人公と似た「鬱病の一症状」だつたと思はれる。

私は『昭和精神史』の第二十章で、この小説について、「太宰治は八月十五日正午に『天籟』を聞き、その記憶を持続しつづけ、それを表現した数すくない文学者のひとりだつた。」とだけ書いて、主人公の幻聴「トカトントン」にまつたく触れてゐない。触れるのがいやだつたのである。それは、自分もこの主人公と似たりよつたりで、この主人公に触れることは自分の醜態をわざわざ曝《あば》くやうな気がしたからにちがひない。

しかし、『トカトントン』の主人公と似た「鬱病の一症状」は私において執拗だつた。それは東京の中学の三年生になつてからもつづいてゐたにちがひない。

学力の空白を埋めるために、私は神田の古本屋で昭和十年代の英数国漢の受験参考書を買つて来て、むさぼるやうに読んだ。学力の空白を埋めるためといふのは嘘ではないが、しかし、もつと大きいきつかけは別にあつた。

それはアメリカ占領軍権力が、旧制の中学と高等学校を廃止して、六・三・三制の教育制度を押しつけたことである。そんなくだらない制度に服従するのは我慢できない。二年後の昭和二十三年三月の最後の旧制高等学校に四年修了の資格で受験し、入らなければならない。

さういふ次第で、ガリ勉を始めたが、さういふ無理な受験勉強がすこしも苦にならなかつたのは、あの北陸の暗鬱な空の下でのあてもない農耕生活の日々にくらべれば、無理な受験勉強の方が、よほど楽だつたからである。

どちらかといへば勉強好きでもない人間が、無理な受験勉強を楽だといふのも変な話であるが、実際、あのじわじわとやつてくる虚脱感、「鬱病の一症状」に苦しむつらさにくらべれば、さうとしか言ひやうがない。

二

『神やぶれたまはず』の「あとがき」に、作者は次のやうに書いてゐる。これは冒頭の一節である。

「当初これは『昭和精神史』考」として書かれるはずのものであつた。一読して、この『昭和精神史』といふ本の魅力にとりつかれてしまつた私は、その魅力の源泉が、なにか或る不可能な試みを目指してゐるところにあると直感し、その「不可能な試み」のかたちを明らかにしようと、「『昭和精神史』考」を雑誌『正論』に連載しはじめたのである。平成十七年暮のことである。」

私はこの文章に、ほとんど戦慄に近い感動を受けた。一般に他人の著作の動機を摑むには鋭敏な直感力を必要とするが、ここに言はれてゐるのは、その著者にもよくわかつてゐない意識下の領域の動機にかかはることだからである。「なにか或る不可能な試み」といふのが、それである。この言葉は、それを抱いた当の人間にもよくわからない途方に暮れるやうな「試み」といつた類のものである。

つまり、私はかなり以前から、昭和を生きた（そして死んだ）日本人の心の歴史を書くことを思つてゐたが、どんな方法でそれを書くかは、まつたくわからなかつた。方法がわからないといふことは、書く対象の像がよくわかつてゐないといふことでもある。

そんな風にして時間が過ぎてゆき、やがて昭和天皇の御不例のことを聞いて、「蟬しぐれ昭和の夏も終るべし」のやうな句を日記に書いたりした。そして何か強ひられるやうにして、昭和六十三年、昭和の最後の年に、『昭和精神史』と題する文章を書き始めた。

手さぐりするやうに始めたのであるが、はつきりしてゐたのは、自己史とか個人史といつた発想の叙述描写は部分的たりとも排除することだつた。私は回顧趣味を尊重しないが、ノスタルジイといふ心のはたらきを重視する。

たとへば、国体といふ考へ方はいくらでも複雑になるが、その本源的実質は、民族にけるノスタルジイの共有である。誰が共有するかは問ふ必要がないので、共有する者の位階、階層、職業、民度にかかはらないのである。

考へてみれば、大東亜戦争は、日本の歴史のうへで、さらに言へば世界史において、類例のない性格の戦争だつた。それは昭和十六年十二月八日早朝の「蒼ざめた緊張感」において始まり、昭和二十年八月十五日正午の「シーンとした静寂」の瞬間において終つた。この二つの瞬間は、濁流ルビコンを渡らんとする決意の「蒼ざめた緊張」と敗北の「茫然自失」によつて対照をなしてゐる。しかし二つの瞬間に共通するのは、黙々とした静寂である。

この言葉にも声にもならぬ黙々たる瞬間は、謎めいてゐる。今日、八月十五日正午のあの一瞬の静寂については、玉音放送によつて、ラヂオを通してではあるが、はじめて天皇の肉声を聴いたことによる衝撃に原因を求める考へ方を多くの人が抱いてゐるやうである。しかし、それなら、十二月八日開戦の日の早朝の静寂は、何に由来するのであらうか。「帝国陸海軍は本八日未明、西太平洋において、アメリカ、イギリス軍と戦闘状態に入れり。」

これは、大本営発表を放送局のアナウンサーが読みあげたのであつて、玉音放送のやうな背景を雰囲気として何ももつてゐない。街はしんと静まりかへり、この静寂はかなり長く、正午近くまでつづいたと記憶してゐる。

しかし、ここに謎めいたものは何もなく、日本民族の独特な決意の姿があると言ひ切ることができる。大東亜戦争は、緒戦の輝かしい連戦連勝から、後半の連戦連敗と特攻作戦といふ近代戦争を逸脱した壮烈無比の展開過程において、十二月八日の決意につらぬかれてゐた。そして、その決意の最後の局面である本土決戦を目前にして、突如、降伏といふ断絶、反転が起つた。本土の主要都市は東京をはじめとして悉《ことごと》く廃墟と化し、広島、長崎の原爆投下といふ、これまた近代戦を逸脱した、非戦闘員の大量殺戮が、大きなきつかけになつてゐる。しかし、戦争意志の決意からすれば、降伏と休戦は、突然の断絶と反転である。

現実のかたちのうへでは、戦争意志の決意に対して、突然の断絶と反転を求めたのは、天皇である。それが、終戦の詔書であるが、その最後の段落、起承転結の結の冒頭に、

「朕ハ茲ニ国体ヲ護持シ得テ忠良ナル爾臣民ノ赤誠ニ信倚《しんい》シ」

といふ文章がある。

私は『昭和精神史』第十九章において、「しかしここは文意のわかりにくい箇所である。国体を立憲君主政体といふ統治機能の根拠と考へる法的カテゴリィからすれば、ポツダム宣言はそれを保障することを明記してゐないのだから、『国体を護持し得て』ゐるかどうかは、希望的観測を出ない。それを既定の事実として宣言することによつて、国民に安心

をもたらさうとしたのであらうか。」と書いてゐるが、これはまちがひである。

私は二重にまちがつてゐた。第一に、国体といふものの本源的洞察に欠けてゐたことによつて、したがつて天皇の真意を希望的観測と見誤つたことによつて。

「朕ハ茲ニ国体ヲ護持シ得テ」といふのは希望的観測などではない、天皇の確信の表明である。八月十四日の御前会議において、天皇は、

「国体問題についていろいろ疑義があるとのことであるが、……先方の態度に一抹の不安があるといふのも一応はもつともだが、私はさう疑ひたくない。要は我が国民全体の信念と覚悟の問題であると思ふから、この際先方の申入れを受諾してよろしいと考へる。」（傍点、引用者）

と仰せられた。その趣旨は、ポツダム宣言が何をたくらんでゐるか、疑へば際限がないが、そんなことは第一義の問題ではない。自分は「我が国民全体の信念と覚悟」を共有してゐる、それで充分ではないか。これに尽きるであらう。

本土決戦をやるといふなら、自分も共に戦つて死なう。その覚悟はある。しかし、今は国民と共に生きる道をえらびたい。その生きかたは「時運ノ趨ク所堪ヘ難キヲ堪ヘ忍ビ難キヲ忍ビ」……――これが「朕ハ茲ニ国体ヲ護持シ得テ」の真意であるにちがひない。

あのとき、ラヂオの雑音がひどくて、玉音放送の言葉の区々はとても明瞭に聴きとることができなかつた。実際、あれは、さらに戦争を継続せよといふ激励と受けとつた者がす

くなからずゐた。もちろん、戦争中止、敗北の承認と聴きとつた者の力が多かつた。雑音のせゐだけでなく、あの抑揚起伏の激しい、独特のうつくしさをもつ天皇の肉声による日本語が耳あたらしく感ぜられたせゐもあらう。

あらためて思ふに、当時、「承詔必謹」、「国体護持」といふ標語が、ギャアナリズムによる指導言論の中にしきりにあらはれたが、この二つの標語は対のやうになつてゐて、被占領期はじめの頃、国民の意識に訴へかけることを意図したと思はれる。

しかし、たとへば「国体護持」といふのは、国体の本来の意味からして、をかしい訴へかけなのである。あるいは、訴へかける方向を誤つてゐると言つていい。「国体護持」といふ考へ方は、圧倒的な武力と財力によつて優位に立つ異国の権力者にむかつて投げかけるのはいいが、同胞にむかつて言ふ必要のない言葉である。国家が存亡の瀬戸際にあるとき、同胞にむかつてそれを言へば、すでに共有するもののない同胞との間の溝を認めてゐることで、同胞間の対立か断絶かにもとづく疑惑が潜在的につきまとつてゐる。

国体論といふものにつねにまとひついてゐる暗い権力闘争的臭気は、この疑惑に由来すると思はれる。ノスタルジイを共有するといふ国体の本源的性質に逆行する衝動である。

三

昭和二十年八月十五日の正午の玉音放送の直後、人々はすこしうなだれて、ラヂォに背を向けて、三々伍々、家路をたどつた。そのうしろ姿を見送るやうに、昼さがりの蟬声がはげしく鳴いた。

この人々の群れは、群れてゐるやうでゐて、ひとりづつ孤独であり、黙々と歩いてゐた。何を聴いたのか、何を知り、理解したのか、それを言葉にすることができなかつた。悲しみがこみあげてきたが、何が悲しいのか、自分が悲しいのか、人が悲しいのか、いや、日本が悲しいのだつた。このやうな悲しみは、いままで経験したことがない。日本が悲しい。

そのうちに、ふと気がつくと、視界が暗くなりはじめた。日暮れにはまだ間があるのに、前方の山も樹木も、田や畠もおぼろにみえ、やがて見えなくなるやうだつた。ただ、蟬声だけが絶えることなく、降るやうに、あるいは虚空に吸ひこまれるやうに鳴いてゐる。

そして、悲しみは、変らずに湧いてくる。日本が悲しい。

八月十五日の正午、あの瞬間につづく内的風景を言ふとなれば、概念に主導される論理的文章によつては不可能で、右のやうな描写で言ふしかない。

それまで、そしてその後も経験したことのないこの悲しみは、占領下の戦後において、「虚脱状態」あるいは「茫然自失」と言ひ換へられた。では、この悲しみは何であらうか。人は「虚脱状態」で悲しむことができるのであらうか。

しかし「虚脱」してゐなければ起り得ない悲しみがある。悲しむ我が消えてなくなり、ただ、悲しみだけがある。もはや意識ですらない、名づけやうのないこの情動を、絶対的な悲しみと感じ、古いアジアの神秘思想から借りて、あの瞬間、われわれ日本人は「天籟」を聴いた、と私は言つた。

これを、あの戦争の体験からいつまでも自由になれない人間の、独断妄想と言つて否定する反応は予想してゐたが、その反応は意外なところからあつた。司馬遼太郎がハガキをくれた。

「荘子の〝天籟〟ひさしぶりでこのことばに接しました。〝天籟〟、大切なような、大切でないような、知らずとも生涯、知っても何程もなき生涯、これは一体何でしょう。」

否定的反応と言つても、司馬さんのハガキは、おだやかな、この人らしい気づかひのこもつた文面である。ただ、あきらかなことは、「天籟」といふ神秘思想の是非以前に、司馬遼太郎が八月十五日のあの瞬間の体験を共有してゐないといふ事実である。これは、いかんともしがたい、絶対的な事実である。

ところで、私のせまい知見の限りでも、八月十五日のあの瞬間に「天籟」を聴いた人が四人ゐる。そのことは『昭和精神史・戦後篇』にも述べてあるが、『トカトントン』の作者太宰治、詩人伊東静雄、『ジャーナリズムと国民の心』の河上徹太郎、名前をあきらかにしないが、昭和二十年九月五日の朝日新聞の社説の筆者である。そして「天籟」といふ言葉を使つてゐるのは、当時、朝日新聞の論説委員だつたにちがひないその人である。

「『あの一瞬の静寂』は『名も形もなく』ただ、『場所』においてのみ、人びとの記憶に刻みつけられてゐるはずであつた。しかし、名づけやうもなく、どんな観念組織の形もなさず、そこにおいて一切が生成しまたほろびる『場所』の在り処の記憶の上を、進駐軍といふ異国軍隊の占領が捲きあげる濛々たる砂塵が蔽ひ埋めつくした。」(『昭和精神史　戦後篇』第一章)と私は書いた。

それにいま一人、「あの一瞬の静寂」につよい関心を抱き、それを「天籟」と名づけることに全面的に同意はしないが、深い感受力によつて、日本人の精神に起つたその出来事の意味を解釈したのが、『神やぶれたまはず』の長谷川三千子氏である。

四

『神やぶれたまはず』の著者が、八月十五日のあの「シーンとした瞬間」を、どう解釈したかは、端的にこの書名があらはしてゐるとほりである。これを私なりに言ふと、大東亜戦争は、近代戦争としては確かに敗北であるが、絶対的な戦争としては、敗北ではない。なぜならば、日本の神々はやぶれてゐないからである。

「われわれの神は、死にうる神々である。『古事記』に語られてゐるとほり、われわれの神は、全知全能でもなければ絶対的最高善の体現者でもない。国を生み造らうとして失敗し、首をかしげて原因を問ひ尋ね、再度挑戦して成功する——人間と同じやうに手さぐりし模索する神々でもある。（中略）たうてい最高善の神などではない。しかし、ただ一点、ユダヤ・キリスト教の神に真似のできない特色があつて、それは、死にうる神々だといふことである。われわれの神ならば、モリヤの山頂で、自らの死を差し出してゐるイサクと直接のやり取りをすることができる。『汝がおそれることなく自らの死を差し出したので、私もまた、ためらふことなく自らの死を差し出さう』とイサクに語ることができる。

そして、それがまさにあの昭和二十年八月十五日正午の瞬間だつたのである。」

右の一節を補足するやうに著者は、次のやうに書き加へてゐる。

「国民たちに命が返却される、その瞬間——『もはや時間がないような瞬間』において、天皇の『死』と国民の『死』とは、ホロコーストのたきぎの上に並んで横たはつてゐた。あるいは、もつと適切な表現を借用するならば、その一瞬、天皇も国民も『日本人はみ

んな死んでいて焦土にひゅうひゅうと風が吹き渡っている』——その音を、人々は聴いたのである。」（第九章）

これは驚くべき文章と言はねばならない。これを書いた人が、昭和二十一年生まれの、したがつて、昭和二十年八月十五日正午のあの瞬間を共有し得たはずのない人の、卓抜な、あの瞬間の洞察だからである。「神やぶれたまはず」といふ書名は、折口信夫の「神こゝに　敗れたまひぬ——」といふ詩句を意識してつけられたにちがひない。

折口信夫は、沖縄戦が玉砕敗北した戦争末期、沖縄本島守備隊の司令官牛島中将の辞世の歌、「秋待たで枯れゆく島の青草は、皇国の春によみがへらなむ」を、ラヂオ放送で聴いて、かつて昭和のはじめ、古代研究のために訪れた沖縄の「白波砕くる残波岬」の風景を思ひだし、辞世の下句、「皇国の春によみがへらなむ」の微妙な感情をつたへる正しい語法に感銘した。「……よみがへりなむ」ではない。「さうとすれば『来るべき御代の盛りには、今この島に朽ちゆくわが身の志も、継承せられ栄え行くであらう』といふ意味ではない。『よみがへらなむ』とある以上は『よみがへつてくれ』『よみがへつてくれるやうに……』といふ義である。わが身の志を継承して行くもの〻あることを祈つてゐることになるのである。」

動詞の未然形を受ける「なむ」といふ語法は、文法学者の説明によれば、終助詞といつて、祈り、それも相手にむかつてあからさまにいふ祈りではなく、ひそかに、ひとりごとのやうに言ふ祈りである。

このとき折口信夫が打たれたのは、「さうした歌詞の文法に馴れて居られる筈のない将軍が、どうしてかういふ緻密な表現を獲たか」といふ驚きを伴ふ感動だつた。もはや戦局の見通しのない連戦連敗において、言霊は生きてゐる。日本の神々が信じられたのである。

しかし、その年の夏、ある日、ふつとある「啓示」が胸に浮び、愕然とした。

「それはこんな話を聞いたのです。あめりかの青年達がひよつとすると、あのえるされむを回復する為に出来るだけの努力を費した、十字軍における彼らの祖先の情熱をもつて、この戦争に努力してゐるのではなからうか、と。もしさうだつたら、われ〳〵は、この戦争に勝ち目があるだらうかといふ、静かな反省が起つても来ました。」（『神道の新しい方向』）

このとき、八月十五日の敗戦の日が、刻々と近寄つてゐようとは思つてもみなかつたといふから、折口信夫の心は敗戦を待たずして、すでに折れてゐたらしい。もろい折れかたであり、自分の学問の後継者であり養子の藤井春洋の硫黄島での玉砕戦死から受けた衝撃と悲嘆に心が蔽はれ、戦争と日本の運命への関心も暗い視界の中に見失ひ、めんめんたる呪詛と歎きが、神やぶれたまひぬの声となつた。戦争末期に指導者と国民が抱いた「天祐神助」の標語に、神への信仰を失つて現世利益を求める功利心と批判したが、その批判が自分のめんめんたる悲嘆に当ることにも気づかなかつた。

長谷川氏はそのことを鋭く突いてゐる。敗戦期戦後日本の世俗の汚濁への折口信夫の激しい歎きは、戦争末期の悲歎と連続しつつ、あの敗北の瞬間を含まない。そしてそこから、昭和二十二年五月五日の「新憲法実施」のやうな、人を啞然たらしめる詩の愚作が生まれてくる。

「われらの生けることば以て綴り／われらの命を捺印《オシテ》し、／いちじるき清き紀元を晝日《ヒカ》く――。／うちとよむ　時代の心／句々に充ち　章段にほとばしる。／我が憲法　生きざらめやも」

『昭和精神史』を私は昭和六十三年から平成三年末まで、私なりに苦心して書いた。書きをはつたとき、これを書くために生きてきたのだといふ感慨を抱いた。が同時に、それは何らかの達成感を伴はなかつた。

「ここに氏が『昭和は終つた』といふのは、もちろん『歴史過程』における昭和の終りではなくて、あくまでも精神過程のうへでの話である。すなはち、〝戦後〟の日本人の精神過程における『大きな変質』が、精神過程そのものを消滅させてしまひ、その結果として、もはやあの『シーンとした国民の心の一瞬』の『謎』すらも残らなくなつてしまつた、といふ状態である。これは、『昭和精神史』からのその『謎』を受け取つて出発した『戦後篇』の敗北であるのみならず、その『謎』を差し出した『昭和精神史』の

敗北でもある、といふことにならう。」（『神やぶれたまはず』第三章）
ここで長谷川氏は、私が『昭和精神史』脱稿後に抱いた、「達成感」の欠如の構造的な理由を的確に指摘してゐる。つまり「敗北」である。しかし、「実はこれは誰の敗北でもない」といふ留保をつけてゐる。
私は想像する、近い将来ではないが、いつか、八月十五日正午のあの瞬間が、ノスタルジイとして共有されるとき、戦後日本は決定的な精神の変革をもつであらう。そのとき、あの「瞬間」の記憶は、保田與重郎風に言へば、「偉大なる敗北」となるであらう。
この節の冒頭に引いた長谷川氏の二つの文章が、さういふ想像を私にうながすのである。

（おけたに　ひであき／文藝評論家）

＊本稿は、「昭和二十年八月十五日の『天籟』――長谷川三千子著『神やぶれたまはず』が問いかける『戦後』」（「正論」平成二十五年十月号掲載）に加筆、再録したものです。

『神やぶれたまはず　昭和二十年八月十五日正午』　二〇一三年七月　中央公論新社刊

中公文庫

神《かみ》やぶれたまはず
——昭《しょう》和《わ》二《に》十《じゅう》年《ねん》八《はち》月《がつ》十《じゅう》五《ご》日《にち》正《しょう》午《ご》

2016年6月25日　初版発行

著　者　長谷川《はせがわ》三千子《みちこ》

発行者　大橋 善光

発行所　中央公論新社
〒100-8152　東京都千代田区大手町1-7-1
電話　販売 03-5299-1730　編集 03-5299-1890
URL http://www.chuko.co.jp/

ＤＴＰ　嵐下英治
印　刷　三晃印刷
製　本　小泉製本

Published by CHUOKORON-SHINSHA, INC.
Printed in Japan　ISBN978-4-12-206266-5 C1195

中公文庫既刊より

各書目の下段の数字はISBNコードです。978－4－12が省略してあります。

は-57-1
バベルの謎　ヤハウィストの冒険
長谷川三千子
旧約聖書「創世記」の徹底的な読み直しは大胆きわまりない精神の展開の軌跡を明らかにする。おなじみの物語のラディカルな解読。和辻哲郎文化賞受賞作。
204840-9

は-57-2
からごころ　日本精神の逆説
長谷川三千子
日本人の内にあり、必然的に我々本来の在り方を見失わせるもの――本居宣長が「からごころ」と呼んだ機構を追究。日本精神を問い直す思索の書。〈解説〉小川榮太郎
205964-1

あ-1-1
アーロン収容所
会田　雄次
ビルマ英軍収容所に強制労働の日々を送った歴史家の鋭利な観察と筆。西欧観を一変させ、今日の日本人論ブームを誘発させた名著。〈解説〉村上兵衛
200046-9

あ-3-4
石原莞爾
青江舜二郎
満州事変の首謀者、世界最終戦争の予言者、東条の弾劾者。熱烈な法華信仰に生き世界史の行く末を見据えた一理想主義者の生涯。〈解説〉村松　剛
201920-1

あ-82-1
昭和動乱の真相
安倍　源基
警視庁初代特高課長であり、終戦内閣の内務大臣を務めた著者が、五・一五、二・二六、リンチ共産党事件、日米開戦など「昭和」の裏面を語る。〈解説〉黒澤　良
206231-3

い-61-2
最終戦争論
石原　莞爾
戦争術発達の極点に絶対平和が到来する。戦史研究と日蓮信仰を背景にした石原莞爾の特異な予見は、日本を満州事変へと駆り立てた。〈解説〉松本健一
203898-1

い-61-3
戦争史大観
石原　莞爾
使命感過多なナショナリストの魂と冷徹なリアリストの眼をもつ石原莞爾。真骨頂を示す軍事学論・戦争史観・思索史的自叙伝を収録。〈解説〉佐高　信
204013-7

い-108-1
昭和16年夏の敗戦 猪瀬直樹
開戦直前の夏、若手エリートで構成された模擬内閣が出した結論は〈日本必敗〉だった。だが……。知られざる秘話から日本の意思決定のあり様を探る。
205330-4

い-108-4
天皇の影法師 猪瀬直樹
天皇崩御そして代替わり。その時何が起こるのか。天皇という日本独自のシステムを〈元号〉を突破口に徹底取材。著者の処女作、待望の復刊。〈解説〉網野善彦
205631-2

い-123-1
獄中手記 磯部浅一
「陛下何という御失政でありますか」。貧富の格差に憤り国家改造を目指して蹶起した二・二六事件の主謀者が綴った叫び。未刊行史料収録。〈解説〉筒井清忠
206230-6

お-41-2
死者の書・身毒丸《しんとくまる》 折口信夫
古墳の闇から復活した大津皇子の魂と藤原郎女との交感を描く名作と「山越しの阿弥陀像の画因」。高安長者伝説から起草した「身毒丸」。〈解説〉川村二郎
203442-6

お-47-3
復興亜細亜の諸問題・新亜細亜小論 大川周明
チベット、中央アジア、中東。今なお紛争の火種となっている地域を「東亜の論客」が第一次世界大戦後の〈復興〉という視点から分析、提言する。〈解説〉大塚健洋
206250-4

き-42-1
日本改造法案大綱 北一輝
軍部のクーデター、そして戒厳令下での国家改造シナリオを提示し、二・二六事件を起こした青年将校たちの理論的支柱となった危険な書。〈解説〉嘉戸一将
206044-9

く-16-4
われ巣鴨に出頭せず 近衛文麿と天皇 工藤美代子
戦犯法廷を拒んで自決した悲劇の宰相・近衛文麿が命を賭して守ったものとは？ 膨大な史料を駆使し、新たな近衛文麿像に迫る傑作ノンフィクション。〈解説〉田久保忠衛
205178-2

こ-8-1
太平洋戦争（上） 児島襄
二五〇万人が命を失って敗れた太平洋戦争とは何であったのか？ 旧戦場を隈なく訪ね渉猟した内外資料を突き合せて戦争の赤裸々な姿を再現する。
200104-6

各書目の下段の数字はＩＳＢＮコードです。978－4－12が省略してあります。

こ-8-2
太平洋戦争（下）
児島　襄
米軍の反攻が本格化し日本軍の退勢が明らかになる昭和十八年以降を描く。軍上層部は何を企図していたのか。毎日出版文化賞受賞。〈解説〉佐伯彰一
200117-6

こ-8-17
東京裁判（上）
児島　襄
昭和二十一年五月三日、二年余、三七〇回に及ぶ極東国際軍事裁判は開廷した。厖大な資料と、関係諸国・関係者への取材で、劇的全容を解明する。
204837-9

こ-8-18
東京裁判（下）
児島　襄
七人の絞首刑を含む被告二十五人全員有罪という苛酷な判決。「文明」の名によって戦争を裁いた東京裁判とは何であったのか。〈解説〉日暮吉延
204838-6

さ-4-2
回顧七十年
斎藤隆夫
陸軍を中心とする革新派が台頭する昭和十年代、「粛軍演説」「現状維持」等で「現状維持」を訴え、除名されても信念を曲げなかった議会政治家の自伝。〈解説〉伊藤　隆
206013-5

さ-66-4
日本の愛国心　序説的考察
佐伯啓思
西欧発のナショナリズム論では捉えきれない愛国心の問題。保守・左翼の図式的対立を超え「日本の精神」という磁場からこの難問に挑む。〈解説〉藤本龍児
206130-9

し-45-2
昭和の動乱（上）
重光　葵
重光葵元外相が巣鴨獄中で書いた、貴重な昭和の外交記録である。上巻は満州事変から宇垣内閣が流産するまでの経緯を世界的視野に立って描く。
203918-6

し-45-3
昭和の動乱（下）
重光　葵
重光葵元外相は巣鴨に於いて新たに取材をし、この記録を書いた。下巻は終戦工作からポツダム宣言受諾、降伏文書調印に至るまでを描く。〈解説〉牛村　圭
203919-3

し-45-1
外交回想録
重光　葵
駐ソ・駐英大使等として第二次大戦への日本参戦を阻止するべく心血を注ぐが果たせず。日米開戦直前まで約三十年の貴重な日本外交の記録。〈解説〉筒井清忠
205515-5

す-10-2
占領秘録
住本利男
日本史上空前の被占領、激動の日々を現場責任者たちが語る。天皇制、復員、東京裁判、アジア諸国からの亡命者たちなど興味津々の三十話。〈解説〉増田　弘
205979-5

す-26-1
私の昭和史（上）二・二六事件異聞
末松太平
陸軍「青年将校グループ」の中心人物であった著者が、実体験のみを客観的に綴った貴重な記録。上巻は大岸頼好との出会いから相沢事件の直前までを収録。
205761-6

す-26-2
私の昭和史（下）二・二六事件異聞
末松太平
二・二六事件の、結果だけでなく全過程を把握する手だてとなる昭和史第一級資料。下巻は相沢事件前後から裁判の判決、大岸頼好との別れまでを収録。
205762-3

そ-2-4
マッカーサーの二千日
袖井林二郎
日本の〈戦後〉を作った男の謎に満ちた個性と、五年八ヶ月に及ぶ支配の構造を、豊富な資料を駆使して描いた力作評伝。毎日出版文化賞受賞。〈解説〉福永文夫
206143-9

た-7-2
敗戦日記
高見　順
〝最後の文士〟として昭和という時代を見つめ続けた著者の戦時中の記録。日記文学の最高峰であり昭和史の一級資料。昭和二十年の元日から大晦日までを収録。
204560-6

と-28-1
夢声戦争日記 抄　敗戦の記
徳川夢声
活動写真弁士を皮切りに漫談家、俳優としてテレビ・ラジオで活躍したマルチ人間、徳川夢声が太平洋戦争中に綴った貴重な日録。〈解説〉水木しげる
203921-6

と-28-2
夢声戦中日記
徳川夢声
花形弁士から映画俳優に転じ、子役時代の高峰秀子らと共演した名優が、真珠湾攻撃から東京大空襲に到る三年半の日々を克明に綴った記録。〈解説〉濱田研吾
206154-5

と-30-1
内村鑑三
富岡幸一郎
既存の宗教者像を根底から覆し「仰ぐこと」によって近代人に覚醒を求めた単独者の営為を提示。本書はまさに思想のダイナマイトだ！〈解説〉杉原志啓
205925-2

各書目の下段の数字はISBNコードです。978－4－12が省略してあります。

に-16-1
國破れて マッカーサー
西 鋭夫
永久平和と民主主義なる甘い言葉と引き換えに日本人の「誇り」を扼殺し、憲法第九条の中に埋葬したマ元帥。その占領政策を米側の極秘資料を駆使して解明。
204556-9

の-3-13
戦争童話集
野坂昭如
戦後を放浪しつづける著者が、戦争の悲惨な極限に生まれえた非現実の愛とその終わりを「八月十五日」に集約して描く、万人のための、鎮魂の童話集。
204165-3

は-68-1
大東亜戦争肯定論
林 房雄
戦争を賛美する暴論か？ 敗戦恐怖症を克服する叡智の書か？「中央公論」誌上発表から半世紀、当時の論壇を震撼させた禁断の論考の真価を問う。〈解説〉保阪正康
206040-1

み-9-6
太陽と鉄
三島由紀夫
三島ミスチシズムの精髄を明かす表題作。作家として自立するまでを語る「私の遍歴時代」。三島文学の本質を明かす自伝的作品二篇。〈解説〉佐伯彰一
201468-8

み-9-7
文章読本
三島由紀夫
あらゆる様式の文章・技巧の面白さ美しさを、該博な知識と豊富な実例と実作の経験から詳細に解明した万人必読の文章読本。〈解説〉野口武彦
202488-5

よ-38-1
検証 戦争責任（上）
読売新聞戦争責任検証委員会
誰が、いつ、どのように誤ったのか。あの戦争を日本人自らの手で検証し、次世代へつなげる試みに記者たちが挑む。上巻では、さまざまな要因をテーマ別に検証する。
205161-4

よ-38-2
検証 戦争責任（下）
読売新聞戦争責任検証委員会
無謀な戦線拡大を続けた日中戦争から、戦後の東京裁判まで、時系列にそって戦争を検証。上巻のテーマ別検証もふまえて最終総括を行う。日本人は何を学んだか。
205177-5

マ-13-1
マッカーサー大戦回顧録
マッカーサー
津島一夫訳
日米開戦、屈辱的なフィリピン撤退、反攻、そして日本占領へ。「青い目の将軍」として君臨した一軍人が回想する「日本」と戦った十年間。〈解説〉増田 弘
205977-1